日近长安远

平凹题

周瑄璞 著

北京出版集团公司
北京十月文艺出版社

目 录

Contents

第一章　罗锦衣

脸庞与窗外夜景重叠，在玻璃上印出一幅画。

向前走，霓虹灯灯光刺穿她的脸，高楼群像一枚邮票贴在脸颊。再走一步，来到窗前，面孔融化，消失，绿城之夜呈现脚下。红，绿，黄，蓝，白，灯光点点，汇成海洋，扑朔迷离。远处防撞灯红点明灭，像眨着的眼睛。正南方，几乎每个省会城市都有的万达广场，白色光束射来照去，像是跨栏运动员的长腿，所向披靡。看那气势应该有声音的，唰唰唰那种。可的确无声，这就显得更加神秘，是将军巡城，大手电筒照射，不知想要寻找什么，光束像是某种暗号，屏住呼吸，扑来闪去，突然某处惨白明亮，像张大的惊愕的嘴，又立即陷入暗中，闭口不语。

看不厌的都市夜景，成功时看，失败了也看。

她手抓椅背，站在窗前。

下午的时候，罗锦衣坐在这只椅子里，做样子拿一本书，或者捧一本杂志。她家最热的季节是夏天和冬天。暖气很足，只需穿件单衣，午后窗外太阳一照，仿佛就是夏天，都市却是一片干枯，显得形势严峻。才读几页，目光转向窗外，看云，那些云朵、云团、云带、云的团伙、云的队伍，晴天时是白色，阴天时是灰色，悬浮在天，默默涌动，缓缓游走，不一时变了模样。小时候她最爱看云，一会儿像一只羊，慢慢地飘，飘着飘着不像了，她小小失落一阵，迎接下一个图像，那一团又像一只马头，再一会儿像个麦秸垛，后来，巨大麦秸垛竟然也散了，扯得不成形状。现在这些云，还是那时的云吗？它们是不是也长大了，老去了，传宗接代了。有时候没有云，天空一片瓦蓝，向下过渡，变作灰蓝，再是浅灰，最后接近地面，是乌嘟嘟的深灰，与雾茫茫的城市融为一体。平铺直叙的都市，生长高楼的森林，默默无声，天上人间两个世界，无言对峙着，等待着，期待要发生什么。

可终究一直静着，冬季里没有暴雨，不会突然变天。一日一日过去，什么也没有发生，手机常常从早到晚不响一声，她怀疑信号有问题，给自己发一个短信：你好吗？立即收到了。心里小小感动一下，再发一个：这就是最终的结局吗？

是的，一切已成定局。不可能再有转机。伤口不再流血，疼痛也慢慢迟钝。人对生活的适应，原是如水一般，放在什么容器，都能随形。

三十年前，罗锦衣站在县教育局楼下，仰视那个三层小楼。能在这楼里工作的，都是什么样的人啊。走进去，会有一个怎样的结果等待她。快要虚脱的样子，觉得自己的热情和体能，在来时的十五里路上，已经耗尽。激动，幸福，疲惫，害怕有变。她靠着一个电线杆，手捂住咚咚跳的胸口。她需要平静一下，才能走进那个大楼。这是她第一次命运改变——那时她只以为是唯一的一次。民办变成公办，是全部的人生梦想，她不知道除此之外世上还有什么更大的前景，更高的去处。她像是个口渴的人，使劲咽下唾沫，上唇吸回到嘴里，用舌头润一润。不敢轻易走进，担心进去后，那大楼里的某一个人说，弄错了，名单里没有你。好像那楼里的每一个人，都能决定她的命运。她在楼下徘徊等待了十几分钟，才溜着边，腿发软地走进去。

如今，她已经站得足够高，看得足够远，二十五层楼上，世界展开在她脚下，这平原上的城市，四处没有遮挡，如果她是传说中的千里眼，就能看到南边三百里之外她出生和长大的那个村庄，捡拾她走过的脚印，一个个收回珍藏，或者用橡皮擦掉，重写。我们都不能看到未来，只为眼下的利益轻易献出自己。今夜，她似乎不用再仰视什么，也无须心潮澎湃。所有故事上演，一切归于平静。她只是俯视这个世界。

穿过茫茫黑夜，她看到两个少女，正一点点走来。

宝珠。

她怎么样了？有好几年没有见面也没有联系，电话和短信也不发一个，而两人的心里，无一日不想起对方。她独自住在老家那个院子里？夫妻俩好得像一个人，现在失去了秋生，她怎么过日子？

哎呀，我干吗不回去看看宝珠呢？二三十年，各走各的路，虽也见过几面，可再没有交心谈过，相互攒了多少话要说呀。她打开手机地图。高铁十来分钟一趟，四十分钟就到，下了高铁打出租车，用不了一个钟头，就到北舞渡。原来如此方便。宝珠就在那里，静静地待着，一直等我。

必须快快动身，回到北舞渡，来到宝珠身边。她转身走到卧室，开始收拾东西。

三十五年前的秋天，罗锦衣和甄宝珠走出县城，踏上土路。两人村子相邻，周日下午一起上学，周六下午一起回家。天边铺开晚霞，火红一片，是她们的锦绣年华，可二人只在担忧与落寞之中。太阳燃烧一天，陷入冷静温和，大地默默无语，一副疲静之态，正如二人的心情。两人沉默地走，不知刚才谁说了什么，反正都是有口无心，说了啥也不重要，突然都不言语了。总有一个让人担忧的话题，摆在那里，想到明年，再次经受高考的折磨，心都黯然下来。秋季的天空高远辽阔，大地丰盛而慈悲，可她们只过了十九个这样的秋天，来日多多，并不觉得珍贵，断不会有欣赏晚霞、静听大地呼吸的雅兴，只有现实的考验是头等大事。去年已经初尝失败与痛苦，这让二人常常陷入寂静之中，听得到彼此的心跳和眨眼的声音，却都不敢相视，怕从对方眼里看出不祥。

地球轻轻地转动一点，仿佛吱扭一声，大地和村庄坠入一幅被金黄与火红涂染的画卷里，西天的太阳摇摇欲坠。前方就是北舞渡。过了沙河上的大桥，二人就该分手，一个继续向西，一个右拐，各自回家。

对面一个老婆婆，从桥上走来，头上的白发被夕阳染成红色。走到桥的这头，与两人迎面，笑眯眯地问："这俩闺女，学里回来了？"锦衣嗯了一声，向她笑笑，宝珠从书包里掏出厚厚一卷卫生纸，将书包交给锦衣，她进了路边用砖垒的小厕所，叫锦衣站门外给她看着。农村厕所，都是只有一个，不分男女，如果里面的人听到门口有脚步声，就咳嗽一下。锦衣知道她这几天来月经了，是要进去换纸。

老人站在锦衣身边，东张西望。锦衣以为她在等自家孙子。那老人微笑着，问她："是在县里上学？"人老了爱找人说话，其实不为要问什么。锦衣又嗯一声，再丢给她一个笑，说三高的，便和她站在一起，望她所望的方向。河面映着夕阳的红和杨树的绿，将两种颜色扯得丝丝絮絮，一路向南流去。河滩里的杨树有好多行，快要成林，杨叶被风吹得翻出背面的白色，而那个大大的夕阳，藏在杨叶间，闪来闪去，就像一个人，将眼睛眨呀眨。她那时还不懂得欣赏风景，后来她常常忆起那个黄昏，大地像烤热了的巨案，蒸出一个寓意深长的画卷，后来她看到城市里乌嘟嘟的太阳，常常疑惑，真的是同一个太阳吗？

老人摸摸索索，从怀里掏出一个苹果，递给她："要是有俩，一人一个多好，可就这一个，给你吧。"她手托苹果伸向罗锦衣。

那样一个大而红的苹果，很少出现在她们的生活中，它绝不是北舞渡街里摊位上所卖的苹果。“为啥给我呀？奶奶你自己吃呗。”这样一只苹果，在昏暗中，也能看出它的品貌不凡。她们这块土地上，不产苹果，即使自己家强种几棵，结出的果，不甜，也不脆，而这只苹果，分明来自更远的地方，罗锦衣的意思是说，宝珠我们两人一起，却只明确给我，让宝珠心里咋想。奶奶叹口气：“这么好的苹果，我没牙了。你看你的脸，就像这苹果。有福人能看出来。你将来，不会在家里，肯定要到外面去。”

锦衣眼里现出激动与惊讶，看看厕所门口，压低了声音：“那，她哩？我同学，刚才进茅子了，你看到的。”奶奶再轻叹一声：“老话说，人的命，天注定，不信不中。你说说，我正想着一个苹果，该给谁呀，她就进茅子里了。这不是命是啥。唉，我这一辈子，心强命不强，落个使得慌，到老了，连个苹果都咬不动。快装书包里吧，别叫她见了。”红苹果放在罗锦衣怀里，老人转身走了。

大地又轻轻转动一点，那些杨树叶子，挂不住夕阳，终于叫它坠了下去，掉入河水之中，天又黑下来一点。罗锦衣站在昏暗里，惊异地看着她。老人不走大路，却下到河边，沿着杨树小路去了。一阵秋风，呼啦啦扯旗般跑过，天一下子黑严了。

甄宝珠从厕所出来，苹果还在罗锦衣手中，只好将刚才老婆婆的话复述一回。二人再去看河边，没有人影了。

“哪有那么玄乎？宝珠，这苹果你拿去吃了，又能咋？”

“不是给我的，我不吃。”宝珠口气里有点失落和恼羞，右边脸颊疼痛般地抽搐了一下，忌妒的银针扎进穴位，万般不自在，幸好天黑了，锦衣没有看到。二人同时想到，这是否预示着明年的高考。

“要不，一会儿先到你家，洗了咱俩切开吃。好运一起沾。”锦衣说。

“不了，你拿回家去，快装书包吧。”宝珠推她手里的苹果，有点黯然地说。

第二年，5月的预考通过，两人又一次来到高考门前，7月里走进考场，8月里公布分数，又都落榜。和去年一样，默默地在心里背那个三位数，每个数字像一滴血，滴答滴答流淌。一起走向回家的路。一种大难来临的悲怆与空旷，铺满眼前土路。村庄消失，树木隐去，连风也止步，只有苍白而严峻的土路，要将她俩接回家中。地球不管人们高兴还是痛苦，照样轻轻转动，它又那样缓缓地吱吱扭扭了几回，要将二人一点点带向暗中。二人舔舔干裂的嘴唇，眨几回眼，仿佛从一个大癔症里醒来。麦茬地里，玉米苗脚脖子高，黄绿相间，无边无际地铺开去。年年如此，失败没有悬念。土路泛着忧伤的微白光芒。两人身上冒着汗，天是热的，心却冰凉，像是掉在深井里。都不说话，只默默走路。想起身边人也落榜了，稍微好受一些。

“咋弄啊？”甄宝珠问，“还复习不？”

“唉，恐怕家里不让了。去年跟俺伯俺妈说好的，再供一年，考不上，就回家种地。”

可是，真的回家吗？两人对望一眼，彼此有惊恐的神色。这才看到，路边地里有人在锄草，弯着腰，娴熟地举锄，毫无心事的样子，似乎他们向来安于自己的命运，两人看着那人慢慢朝前挪动的身影，感到他手中的锄刃一下下落在自己心上，立即被切开一个大口子，有血涌出。二人吓住了一般，慢下脚步来，好像不知道要去哪里。能到哪里去呢？农村女孩子，考不上学，唯一的出路就是回家，干两年农活，等人来提亲，嫁一个路边地里这样的男人。

前方就是北舞渡。抬眼四顾，正是去年遇到那位老奶奶的地方，小破厕所仍在路边，忽地走出一个男人，嘴上叼根粗壮的纸烟，趿拉着布鞋，边系裤带边匆匆奔桥上去了。那棵树还是原样，可是再没有那个神秘的老人。北舞渡的大桥是这里人们通向外面的必经之地，北舞渡街里的人差不多也都面熟，可她们在那之前、之后，都没有见过那个奶奶。太阳在西天热辣辣地烤着，路边野花无所心事，粉的、紫的、黄的，兀自开放，它们的一生一世，就是夏天的一次绽放，秋季的一地枯黄。两个失意的女子走在路边，脸儿惨白，很想望一眼对方，却是不敢，怕从对方脸上看到自己的泪水。

“回家，你伯你妈会不会吵你？”过了这座桥，就要分手，若不再复习，两人今后将不会相见、厮守，而且又是这种失败的结局，罗锦衣心里更加难过，对宝珠生出了姐妹般的疼惜与不舍。

“不吵，要复习也是我自己，去年他们就说，回家来种地吧，甭扔我的血汗钱了。”

假如农村孩子，一心要上高中的话，无非就是抱着一个梦想：考学——其实大学也不敢想，中专、大专，离开农村就行。二人从小一路上来，学习中不溜，最后读的是县里三高，也就是第三高中。一高一多半都能考取，拿到商品粮的通行证；二高一少半能走人；他们三高的学生嘛，全靠着一个梦想支撑，或者自欺欺人地念下去，看谁是那百分之十的幸运儿。能躲开农村一年是一年，年龄改了再改，瞒了再瞒，哪怕已经过了二十，总算是个学生，家里人就得供着。每年夏天，就是他们梦碎之时。心痛一番，要么认命，要么重来。复习班总是在高考分数公布十几天就开班了，给他们抉择的时间并不多。

二人口干舌燥，缓缓地走着，期望永远不要到家。可是，北舞渡就在眼前，沙河上的石桥，静静卧着，等待她们走过。今后，再没有理由每周走在这条路上了。桥那边等待她们的，将是村妇的角色。

其实都想再试一年，但无法向家里开口。伯妈都是掏大劲的农民，血汗榨干也拿不出闲钱让她们再糟蹋了。罗锦衣的哥，也是考了三年，险乎乎上了一个地区师范学校。村里人说，花钱买了个不掏劲。下面一个弟弟，已经初三，雄心壮志地也要考学。伯妈供养儿子，没有怨言，让闺女一年年花着冤枉钱，他们可没那能力。

周日下午，罗锦衣不由自主走出家门，来找甄宝珠。她从罗湾出来，向甄庄走的路上，有一刻恍惚是从前的周日，她该叫上宝珠去学校了。两人相见那一眼，差点落下眼泪，都从对方脸上，看到自己的憔悴，知道对方这些日子在家，承受了什么。罗锦衣说，出去转转。

一起走出甄庄，就像从前她来叫她去学校一样。只是没有背书包，也没有带干粮，不走街里，灰不溜丢从村后小路出来，向东而去。

还是无话，也许是肚里话太多，不知从哪儿说起，就是想见见，相互得到安慰，遭到命运遗弃的，不是我一人，千千万万的落榜生，像割过的麦茬，一大片呢，这不，身边就有一个，我俩一起上高中，一起落选，一起复读，再一起落选。迎面走来一个年轻村妇，穿着三元一件，集上买的花汗衫，里面没有戴胸罩，任由两只鼓胀的乳房在薄薄的棉织汗衫里跳荡。可能正在哺乳期，衣服没有及时洗，被汗水和乳汁印出纹路。正被无尽的烦恼事纠缠着，脸庞的汗水之上，蒙了一层尘土，头发更是在好多天里被土盖过几层，被热汗湿了几回，实在痒得不行了，手伸进去狠挠一阵，弄得像个热气蒸腾的鸟窝一样。她完全忘记了几年前，她如对面的这两个人一样，是矜持的姑娘家，长得细细白白，床头的小桌上有一个白色的雪花膏瓶子，夏天里每晚弄一盆温水擦洗身子，给蚊帐里洒一点上海花露水。她现在只粗粗拉拉地迈大步走，每一步都让大地嗵地一响，谴责般地瞅了二人一眼，为这两个姑娘矜持的忧伤而不明所以，理直气壮地在心里说，现如今，我只提供力量，不负责好看，咋着？二人避开她的目光，擦身而过之后，不约而同地扭头看看对方，无数语言只在心里咚咚乱跳。

她要是复习，我也说服伯妈，让我复习，她若不复习，我也就算了。心里都这么想着，这是两人最赤诚相见的时候。过了北舞渡的大桥，两人心领神会，向着县城的方向走去。顾不得酷热，也都没有打伞，从前是学生的时候，出太阳时撑个伞，标志着与农民不同，现在是地道的农民了，再撑着伞，惹人笑话。瘪瘪症症的，拣着树荫下走，路过一个又一个村庄。脚边的野花，天上的云朵，麦茬地里的苞谷苗，都与她们无关。她们恨这风，恨这蓝天，恨这辽远与宁静，恨这广大无边的土地，恨这长在土地上的一切，恨这不能逃脱的命运。多年来上学的目的和支撑，就是有朝一日离开，变成另外一个身份，用光荣的方式，回来省亲，用优美的语言，歌颂野花和庄稼，收缴被命运长绳拴在这里的人们的羡慕。可是那长绳，竟然将她们死死捆住了。在恨与疼痛之中，十几里的路，竟然不知不觉就要到了，从前上学时候，只嫌路远，都走累了，还是不到，羡慕骑自行车的人从身边闪过。而现在，走路只是借口，只是放逐，用缓慢的走，来排解心里的痛。路过一个西瓜摊，罗锦衣一摸裤兜，带了钱的，说："歇歇吧，吃块西瓜。"坐下来，让卖瓜的给切了几牙。两人拿起来，先给对方，疼惜地看一眼对面那张消瘦的脸，交换接到手里，低下头默默地吃。还是文明的高中生，还是文静的大闺女，尽量避免西瓜汁沾到脸蛋上，尽量不发出声音，轻轻地扭头，将黑色瓜子，吐在脚下的破盆里。有一个时刻，二人觉得，吃完瓜，就要起身去县城赶路了，要赶天黑前到学校里，放下东西，洗洗脸，吃了晚饭，抱着书本说说笑笑去教室上晚自习。再次悔恨，如果那道数学题做对，语文那个填空填对，历史那个年代记牢，只需捞回八分，就够得着上一个大专，哪怕任何专业，管它对不对口，录取就是万岁，一纸大中专院校的录取通知书，那就是鲤鱼跃龙门的通行证。“别说大专了，你弄个半截砖头也中啊。”她们的伯妈，期待向来也不高的，只要跳出农门，脱离苦海就成。

看到县城的影子在前方雄踞，两人停下来，相互看看，终究没有勇气再往前去了。那里生活着的，是另一个世界的人。掉转头，向回走。时光若能倒流，回到几个月前，还是当时每周放学回家，多好啊。都不再说话了。二人空前的真诚，相信彼此内心疼痛的频率也都一致。大地轻轻颤动一下，又颤动了一下。天彻底黑下来的时候，她们又过了北舞渡的石桥。罗锦衣送甄宝珠回到甄庄，自己默默向罗湾走去。她并不进村，绕开去，向北边走。

虽然生长于农村，可一直在学校里，没有真正接触农活，内心里也不把自己当农民看的，总觉得，前方那个槛，等待自己跨过，一步登天，而之前生活，只是寄居这里。现在，天光大白，梦已醒来，这最初的，也是最残酷的人生挫败，兜头从天上落下，将她们的世界砸出一个巨大黑洞，她在跌落的过程中，竟然什么抓捞都没有，罗锦衣向着前方黑暗中的村子走，她非要把自己搞得精疲力竭，方回到家里，钻进小东屋，倒头睡去。

开学临近，罗锦衣鼓起复习的勇气。事不过三，再考一年。

农村许多学生，一年年地考，年龄改小再改小，有的都二十四五岁了，还在参加高考，有人落榜后，再由高一重新上起。他们会有一个介于日记或笔记的小本子，上面记着一些励志的话，比如：有志者立长志，无志者常立志；比如：吃得苦中苦，方为人上人；比如：有的人活着是为了吃饭，有的人吃饭是为了活着。他们并不见得都相信自己真能考上，只是逃避的一种方式，迟迟不愿回到农村，认了当农民的命，暂且在学校里混着，能拖一年是一年。他们明知道这个时候不该谈恋爱，不该多玩，可是，却谈恋爱了，却玩了。只好一次次迎来失败的打击，最终回到农村，由此开始，习惯于人生的一个又一个失望。

再次来到甄庄，找甄宝珠商量。宝珠眼睛一亮，自己不敢说的话，被她说了出来："你要复习，我也复习！"

"那，就再求伯妈一回，横竖最后一年。"或许她们也都知道，伯妈总会答应的，他们情愿自己榨干，也不能落一个对不住孩子的后果，豁出去几百块钱，宁愿卖粮，卖树，卖血，卖他们能卖的所有东西。

黄昏时候，二人分头回家，想好了措辞，准备去求伯妈。

却不想天黑之时，突然有人骑着自行车，风儿一般进村，打听罗锦衣的家在哪儿。马上有小孩将来人引到锦衣家院子里。

此人捎话来，叫二人明天到学校去一趟，校长有请。

咦，校长何时找过她们？难道是动员她们复习？补习班学生年年爆满，都开始上课了，原本不用他来做工作呀。

不管怎么说，校长找，说明被重视了。全校毕业生三百多人，能想起她们俩，也真叫人激动。一晚上，两人都没有睡好觉，各自辗转一夜。急切的心等不得，不能再像从前那样，使脚走路了。第二天一早，罗锦衣借了邻居家的自行车，一个带一个，两人换着骑，不到一个钟头，就来到校长办公室。

本县北舞渡公社所辖几个小学的代课老师，年龄到站退了一个，合乎政策转正了三个，现空出四个民办教师的岗位，乡里管教育的领导跟三高校长是同学，托他给物色几位高中毕业生。校长便在落榜生里，按分数从高往下找人。在她俩之前，校长已经问了几个落榜生，那几个继续复习，于是分数继续下延，叫来她二人问。

这下，把两人难住了。

不管怎么说，这是个机会。民办老师比起当农民，自然高级很多，每月有十五块钱工资，今后还有转正的希望。如若不是北舞渡公社书记自己家七亲八戚里再也扒不出高中学历的人选，还不会来找校长呢。

可是，当了民办教师，也就失去了考学的机会，再也走不出农村了。

校长让她俩回去考虑一下，本周内给回复。

回去的路，走了将近仨小时。遇见不好的路段，下来推着走，这一推就再也不说骑了。

甄宝珠说："你去，我就去；你复习，我就复习。"

"你自己就没个主意？咋老是看我哩？"罗锦衣有点烦恼地

问，她此时很想有一个人，给她出出主意，分析各种利弊。

“不是一直都这样吗？你主意正，我遇到大事，就不知咋弄了。”

夜里，两人又是没有睡好。跟家里人商量，伯妈说，主意你自己拿，要复习，砸锅卖铁再供一年；要当民办，你就去。不管将来咋样，不要埋怨我们就是。

天一明，两人都起床往对方村里走去，她们在路上相见，碰头一商量——其实心里已经有了主意，只是想从对方那里得到一点力量，不约而同地说，去吧！然后又给自己找出坚强的借口，民办老师，总是一个权宜之计。有可能转为公办，就算一辈子转不了，也比农民强。

罗锦衣分在离北舞渡三里地的尹张小学，甄宝珠分在大杨庄小学，两人相距十多里地。学校里都给安排了一间宿舍。两人相互走动了一回，都到对方的学校里参观，挽着手臂在村头转了几趟，让村民们将两个鲜花嫩柳的大闺女也看了个够。宿舍里留宿一晚，在蜂窝煤炉子上下了挂面，熬了大米稀饭，算是招待对方。今后她们的相会地点，就约在罗锦衣的尹张小学。两人在小屋里吃过比农民精致一些的饭后，顺便到北舞渡街上逛逛，采买些生活用品。

夜里，罗锦衣常常站在自家阳台，望向南方，那无边的平原尽头，三十年前那个姑娘，扎着粗粗黑黑的马尾辫，在那里留下了几多足迹，凌乱，惊慌。我如何能穿越回去，眷顾一下那个无措的人儿，告诉她，眼下这些都不算什么，你将来还会看到更精彩的人生，受到更大的挑战，感受更多的苦恼与欢乐。

她在阳台上伸展双臂。当年，那个叫罗锦衣的姑娘，也曾在黑暗中张开手臂。她左右转头，看了看自己的双手，真的是现在这两条已然松弛了的胳膊吗？那时她恰遇眼前呼啸而过的火车，在轰隆声中试图拥抱自己的未来。或许，她有一部分生命留在了那里，停留在二十四岁的时候。今天的她，可以做那个罗锦衣的母亲。她将回到那片平原，回到北舞渡，寻找到她的足迹，闻到她留下的气息，她将跨过众多的光阴，呼应她的拥抱，那个激动的姑娘，她的肉体和心灵正在激烈地跳荡，她要安慰她，平息她内心的焦乱，告诉她说，向前走吧，你想要的东西，它们都在前方那里放着，只等你走过去拿取，你要有足够的热情与渴望，勇敢地涉过险滩，走过悬崖，去夺取一切。那个夜晚，二十四岁的罗锦衣徘徊在无边的田野上，等待黑夜来临，等着钻进孟建设的小屋，那个她，可曾想到今天的自己吗？正站在二十五楼的阳台上，母亲一般的目光，远远地望着她。

前年罗锦衣到南部山区的一个县上开会，会议安排在山间别墅。夜里是真正的安静与漆黑。她突然有一个奇怪的念头，如果四十多年前，那个游走于乡间算命的人，有一个镜子能照到未来，照出几十年后某一天，某个人，以一个小黑点呈现在哪里，以此来解释一个人的命运，那么，以他们平原人的优越感，可能会将她的命运解析为被卖到山区做媳妇了。除此之外，他们的脑袋里，还能想出什么呢？敲扁了他，也想不出什么山间别墅的名堂。那个呢子帽里垫着一张纸，从而使那张纸变得油腻腻的老头子，既不想洗头，也不愿洗帽子，只好委屈了纸张，从哪个学生的本子上撕下来的写过字的，没字的一面贴住头皮。几天后，那张纸油腻得不像样子，只好再换一张。他常常摘下他的呢子帽，手挠着头皮，用蛮有把握的口气，预示别人的命运。每个人都心甘情愿地来到他面前，交出自己的八字和零钱，容他眼睛半闭不闭地自语一番，说出一些充满歧义的话语来，事后想想，也对也不对，任你事态怎么发展，他都会说，当初我就算出来了呀。罗锦衣非常期待她妈能将自己领到那个老头子面前。可妈说，小孩子家，算不出啥名堂。但人们总是有着对自己未来的展望，从日常生活中猜度一番。老家有个说法，闺女家拿筷子靠上的，嫁得远，靠下拿的嫁得近。小小的罗锦衣每次捉筷子时，竟然不知道该靠上还是该靠下，常常要纠结一回。

为了这些有趣的胡思乱想，山间别墅里的罗锦衣那晚一个人倒在床上咯咯大笑了几声。看着黑漆漆的窗口，她想，此刻谁会知道我今晚宿在地球上某个大山的褶皱里。假如我没有从农村走出来——她永远以这个话题作为注脚，对命运生出敬畏。

第二章　北舞渡

县上举办教学比赛，公社要每个小学推选一名青年教师，在北舞渡中学里，利用星期天进行选拔赛。尹张小学推荐罗锦衣，大杨庄小学推荐甄宝珠。二人又在北舞渡相会。

“早上，白茫茫的一片，远处的塔、小山都望不见了。近处的田野、树林，像隔着一层纱。”平时的教学，要求老师讲普通话，教学比赛嘛，其实就相当于普通话比赛。甄宝珠是含蓄的，她用柔和、静美的声音，描述着课本上的初冬季节。下面第一排坐着公社的几位领导及头面人物，他们被请来当评委；第二排是教育专干，借来帮忙的工会、妇联、共青团专干；再后面是二十多个村级小学来的教师，年轻女子居多。罗锦衣用目光将她们分拣几回，她很想知道她们哪些是公办，哪些是民办，占多少比例。弄清这些，有助于她给自己一个恰当的定位。那几位在室内不时来回走动的专干不用说了，人家是明确的干部身份，好像生来就是奔着这个职位的，定是有着不俗的背景，举手投足都是自信，连眼神里也含着一种风采。罗锦衣用余光扫视她的同行们，想从她们的穿着、表情上推断。还真不好分，都是精心打扮，一律洁净芬芳，娇娇贵贵的样子。上了高中的农村姑娘，最常见的出路就是考上地区师专，这属于大专，最不济的是县上还有一个师范学校，属于初中专，都是学制两年，然后分回家乡的村里小学教书。虽然没有离开土地，可手里有一个“非农业户口”的红本子，那么农民和她们，就有了天壤般的不同，她们生的孩子，理所应当是“非农业户口”，她们的择偶方向，最赖是有集市的大村名庄，那里有一条像模像样的街，一天到晚总有东西卖，有几个公家单位，比如邮局、中学、供销社、卫生所、粮食购销站，那么就会有几个在此工作的小青年，供她们挑选。若能通过联姻来到这种集市型大村子，她们就有权利说农村人为“乡旮旯里的人”。再高一级是面向公社，嫁到公社的女子，就可将她们的居住地说成“街里”，听起来有股城市的味道了。长相好、运气好的女子，祖先哪个坟上冒了青烟，或许能嫁到县城里去，脚上再也不沾土了。罗锦衣和甄宝珠都明白，以她们现在的身份，还不能进入这样的程序。

“雾慢慢地散了，太阳射出光芒来。远处的塔、小山，都望得见了。近处的田野、树林，也看得清了。”甄宝珠有些害羞，有些紧张，脸微微红着，声音也轻轻颤抖，眼睛不敢看下面的听众，实在是时候长了，该抬一下目光，不然可能会扣分，这才鼓足勇气扫视一眼台下，不小心和谁对视了，她便带一点自嘲的笑，赶快收回目光。她抽号太靠前，第二个上台。据说越是靠前的，越容易打分低，因为评委们还没有对比出一个标准来，先保守些为好。甄宝珠穿着一件浅蓝色拉链外衣，下摆微微收着一点口，不是紧口卡在身上，动一动就蹿了上来，堆拥在那里，要不时用手往下拉的那种，那不适合宝珠温婉内敛的性子，而是松松地收拢一点，意思一下而已，任你怎么走动扭身，也还是落落大方地保持下摆的自然状态，前面完全掩住小腹，后面遮住大半截屁股。里面的白衬衫领子翻出来，是二十世纪八十年代初期女青年的标准打扮。头发用皮筋绑在脑后，皮筋用劈开的毛线缠过。仅一个小小皮筋，女孩子们也要在上面做足文章，施展出各样颜色，还有的别具匠心，用两股或三股不同的线合在一起，里面的皮筋，一个就显得单薄了，力有不逮。那就用两个皮筋，这样内外兼修，制造出一个结实耐用的皮筋来。给皮筋缠毛线的方式，已经生动俏丽，左手手掌半张不合，五指呈百合花形状，皮筋套在五个指尖部位，右手将劈好的毛线搭上，左手一张一缩，像百合花张开了，合上了，又像在抓取什么，吸附什么，皮筋滚动，毛线便服服帖帖地缠绕于上。有的女孩子毛线用色大胆奔放，桃红，果绿，橘黄，不是因陋就简，有啥线缠啥线，而是要专门向织毛衣的人讨要一段毛线头。而甄宝珠这样的女子嘛，定是含蓄地用黑毛线的，温温厚厚裹住了事，结实就行。

“柿子树上挂着许多大柿子，像一个一个的红灯笼。”她内心里大大松了一口气，知道就要结束了，管它能得多少分呢，反正也高不了，反正我也不想到县上去比赛，别的老师不愿意来，我因为最年轻，没办法拒绝，被学校推荐来的。她一直用平静的语气背着课文，不愿意投入太多情感，她也不知道怎样能找到一种合适的情绪，融入这篇课文里来。都不能说是背诵，快快完结就好，不要再受这种别扭。“树林里落了厚厚的一层黄叶，只有松树、柏树不怕冷，还是那么绿。”她几乎是用一种追赶的语气，背完这最后一句，鞠了一躬，跳下台来。

罗锦衣抽到的是17号，比较靠后，这让她得以尽情观摩别人的表演，好在内心做足准备，避开她们的短处，吸取人家的长处。并且她有机会观察坐在前排的领导们的背影。其间她看到第二排的一个人起身出去，走向院子尽头的一个墙角。两分钟后，她走出教室，也朝那个方向而去，正遇到从那里出来的人，不知他是什么领导，也不知他姓什么，只看到一双炯炯的目光，那人一见她，像是被针刺了一下，脸颊上的肉有轻微的抖动。她刚才坐在人群中，那一系列顾盼紧张，使脸庞变成桃红，这女性最佳色彩笼罩她的五官，它们是否好看已不再重要。她伸展挺拔的腰身，再迈两步，走得近一些了，向那人展开一个真诚的笑颜，健康的，清澈的，羞涩的，那时还不兴说你好，她这个笑脸就相当于“你好”。不论任何时候，向坐在前排的人笑，是没有错的。那人站下来，她也站下来。

“哪个学校的？”那人问。

“尹张小学。”她保持微笑，落落大方地说。

“噢，学成那儿的。”尹学成是尹张小学的校长。那人的目光又在她脸上急扫一下，再次颤起被针刺了的波纹。“叫啥名儿？”问她。

“罗锦衣。”她说。那时候还不兴说请多多关照，她报完自己名字，迎着他的目光，大胆地与他对视了两三秒钟，忽闪两下眼睛，害羞地低下头，绕开他两步，往厕所走去。这一系列美妙的程序，就相当于“多多关照”了。

当她再坐回到自己的位子上，那人的背影已经从几个后背中叫她轻易认了出来。三四十岁的样子，身体稍微偏胖，表明他比一般老百姓吃得多吃得好，也可以证明他是个实在人。

一个又一个女青年来到台上，声情并茂地背诵自己准备好的课文，或者讲解一道四则混合运算题。二十二岁的扎着果绿色毛线皮筋的罗锦衣，坐在一群年轻女子中，打开课本，内心里又演示了一遍。

她轻盈地走上台去，鞠了一躬，装作自己很大胆的样子，先含笑扫视了大家一眼，这是前面那些青年女教师没有的，她们多是拘谨匆忙地弯下腰，有的像鸡啄米样点下头。“小蚂蚁突然听到鸟的叫声，它抬头一看，一只喜鹊站在树梢上。”她要表现出喜鹊的感觉，于是仰头四十五度角，向教室窗外的空里望了一眼。“秋风吹来，天气渐渐冷了，一队队的大雁往南方飞去。”抬起她削葱根般的白皙手指，为大雁指引了一下方向，深情地目送。她能感到下面特别安静，所有人都被她吸引了，屏住呼吸在看她。刚才那个男子，目光里生出小火苗，热烈舔上她的脸。

“小蚂蚁想，我也该准备过冬的粮食了。它找到一只小虫，就往家里拖——”她带着温暖的尾音，结束了整个朗诵，那个“拖”字，似有恋恋不舍，拖起一个合理的尾巴。下面还是静得出奇，好像都很陶醉。她鞠躬之后，直起身子，做了一个大胆而别致的动作，双臂伸展开来，好像是提醒大家，该鼓掌了。她在电影里看到过，一个歌唱家演唱完之后，就这样伸展出双臂，弯腰鞠躬，迎接着下面的掌声。她在比刚才都要响亮稠密的巴掌声中，轻快地走下讲台，坐回到自己座位，又兴奋又忐忑，心里像有几只小兔乱撞。

当场算出分数，宣布结果，罗锦衣在这次比赛中脱颖而出，和另两名青年女教师代表北舞渡公社，到县里去参加比赛。

从此她成为尹张小学的教师骨干，很多出头露脸的事都由她去。为此，她偷偷到县上给自己置办了一身衣服，买了一盒粉饼，背过人，常常打开那个小盒，在镜子里审视自己的脸。

罗锦衣的弟弟罗锦波在县二高上学，第一年高考，没有考上。他平时几次模考，成绩都还不赖，上大专线没有问题，考试时发挥得也正常，可竟然没有接到通知。听说有教育局的人，每年都会偷梁换柱，将上榜学生的分数及档案，倒卖给别人。

罗锦波怀疑他被人顶替，可也没有证据。只好接受这个现实，回去复习。

尹张小学的公办教师张雪芬，有一个六七岁的女儿，她却又偷偷怀上了。苗头出现后，先是学校领导说服她，让她去做流产，她说身体不好，不适合流产。四五个月后，又说过了最佳时机，还是不去。实际上是她做了B超，怀的是个男孩。公社教育专干来做工作，计划生育专干来苦口婆心。大家念及她是人民教师，念及她男人在北舞渡上班，以礼相待，给足她面子，要是普通农妇，早拉去公社卫生院强行做了。

眼看五六个月，她肚子越来越大，计划生育小分队谈了几回不见效，只好先礼后兵，这天上午，张老师正在上课，突然几个小青年踢门闯进教室，挥手让她停停停，跟我们到公社去。张老师说，我正上课，下课了再说中不中？一个小青年冲上来从她手里夺过课本，哗啦扔到地上，教室里的孩子吓得小脸全都变成了同一个模式。张老师说，同学们，大家先自己看会儿书，老师出去一下。话不及说完，已经被两个人一左一右地拉扯出去，拽到等在学校门外的小拖后斗里，强行拉到北舞渡卫生院，关进手术室，等待大夫来做手术。

进来一个大夫，与张老师的男人在北舞渡一天见几遍的熟人。为她检查之后说，胎儿月份太大，胎位有些不正，公社卫生院恐怕不敢做，建议他们到县上去。大夫说着的时候，意味深长地看了张老师一眼。

计划生育小分队经过商量，派那名计划生育女专干陪着张老师到县上做手术，也就是押解的意思。张老师请求让她丈夫给她送件衣服，意在拖延时间。张老师的男人得知消息，为她拿来洗漱用品和两件换洗衣服。两个女人在北舞渡桥头，等来了去县上的班车。一路上那位女子也并不与张老师说话。午后两人到县医院，先在门口吃了饭，张老师争着掏了钱，然后进医院里排队挂号。那女子说，你自己上去吧，我在这儿等你。张老师一个人上楼去到产科，没承想做引产手术的人很多，今天排不上。医生先为她做了初步检查，让她明天上午来做手术。

张老师下得楼来，在原来的地方找不到女专干，想她可能出去买东西了，走到医院门口四处张望，不敢走远。

门房里有位老妇人，挺爱搭话的样子，走到门口，主动问张老师，几个月了？来做检查？见张老师愁容满面，好奇心大增，紧跟着细问，张老师正六神无主，倒豆子般说明缘由与经过，那位大婶说："憨子媳妇，公社卫生院大夫和跟你来的那女人都是要帮你，你真的要让人家给你做了？"

张老师说："哎呀那咋办哩？不做，他们天天来催来吵，我有工作，又不像一般农民，起身跑了。"

"那你说，工作重要，还是孩子重要？"张老师怔怔的不说话，大婶问她，"你头生是个啥？"

"闺女。"

"这不结了，说一百二十圈，就是想要个孩儿嘛，俺老头在医院当把门的几十年，我见多了孕妇，你刚才从那边走过来，我就跟老头说，这媳妇怀的肯定是孩儿。你说，孩儿重要，还是工作重要？"

“当然是……孩儿重要。”张老师说。

“那你还等啥，还不跑？那跟你来的人，叫你自己上去，就是这个意思。”张老师恍然大悟。可一扭头，见到女专干从那边匆忙走过来。

“都这么大了，让人家给做了，亏不亏？你身体也受不了，弄不好出人命哩。”大婶急得轻轻跺脚，“生下来再说，工作再想法儿，交了罚款，兴许能保住哩。”

女专干解释说她去那边买了盒牙膏。二人商量晚上住在哪里。张老师说，她有个亲戚家在县城，她去住在人家家里，明早八点，二人在医院门口见面，如何？女专干说，那好，她去住同学家里。

第二天天刚明，张老师来到汽车站，登上了去邻县的班车，到了她男人的一个表姐家里，天黑下来后，又转移到表姐家的亲戚家，这样，计划生育小分队的人，有天大本事也找不着她了。

女专干在医院门口，从八点等到九点，九点等到十点。门房里那位大婶不时看着她，与自己的老伴开心地说着话。女专干一路打听到张老师的亲戚家，亲戚说，她早上就去医院了呀。女专干仿佛长舒了一口气，转身搭车，回到北舞渡，领受了一个处分。

张老师这一跑，等于鱼死网破。有公职的人，不像农民那么简单，从医院手术床上跑掉就算胜利，世界这么大，哪里都能逃，城市、乡村、田野、广阔天地，跑到哪里算哪里，只要把儿子生下来就是成功，管你们小分队在家里牵牲口，挖粮食，扒房子，甚至将公婆抓走关起来，也不怕的，公婆住到监狱里，心里也是美的，只要生了孙子，一切没了都可重来。张老师可就不一样了，跑掉，意味着拿公职换个儿子。这也是她一度想认栽，让人家把她做了算罢的原因。经门房大婶提醒，她激灵一下，是啊，儿子重要！温良害羞的女教师突然焕发出全身力量，问亲戚借了几十块钱，一路逃走。直到多年以后，她都毫不后悔当初的行为。

三个月后，张老师生下个儿子，换来一张除名通知。北舞渡公社以及下属各个村子的大喇叭里，天天播放对张雪芬的处分决定，“执迷不悟”“性质恶劣”“情节严重”“惨痛代价”这样的词铿锵有力地在全公社上空回响。

“你学校的公办教师，空出一个名额。”孟建设意味深长地对罗锦衣说。

自从前年公社院子里相遇，她就与教育专干孟建设相识，从此公社有了熟人。罗锦衣嘴甜会说话，有人的时候，喊他孟专干，没有人的时候，叫他叔。孟建设不高兴：“我就那么显老吗？我只比你大十来岁。”他酸不溜丢地斜着眼睛瞅她。罗锦衣从此喊哥。

这次，是他给罗锦衣和另一个青年教师捎话，叫她们谁路过公社时，找他一下，他有个文件，顺便捎回学校。罗锦衣想，有文件要捎，为啥不通知校长，不通知家住公社街里的丁老师？肯定有事。罗锦衣下了课，骑上自行车，来到公社。

“就知道你会来。我想着呀，就看你的悟性，看你的时运了。”孟建设坐在自己宿办合一的床上，斜眼看着罗锦衣。

“那，要是周秀玲来了哩？你就把这个消息给她说了？”

“那，不会，我只是叫她把这个没用的文件拿回去，给尹学成。”

“哥既是为我好，就给我出出主意，咋样才能拿到这个转正指标？”她也从眼角看他，彼此有了撒娇和调情的意味。

“那要看你，咋样报答我。”姓孟的像一个陷入情网的少年，脸膛红红，两手交叉抱住膝盖，身子朝后一仰，看似要倒在床上，却又忽地起来，向前伸去，排解着内心某种激烈的情绪。这个公办教师的名额，使他和罗锦衣一样激动。

“你能说了算？你说给我就给我？”

“我说了不一定算，但能给你指路，我知道公社书记家在哪儿，我也知道他没有亲戚要照顾，这个指标他给谁都一样。”

“快说。”罗锦衣并肩坐在他身边，头伸过来，脸逼近他。

“不说。”他噘噘嘴，拧了一下脖子。

“不说我走了。”罗锦衣作势起身，却像麻糖一样，身子扭得甜蜜而黏糊。

“走了别后悔。”他翻了个波涛汹涌的白眼，脸更红了，鼓得像要破裂的气球。

罗锦衣站起来，又转回身，靠近他眼前，让他能伸手搂住腰，下颏儿顶在她的胸口。酥软而又紧致的胸脯让孟建设痴了般站起，急赤白脸地搂进怀里，粗暴地在脸上亲了一通，又突然放开：“黑了说，这会儿，你不能多停，进来好一会儿了。你现在，拿上这个文件出去，到街里饭馆，吃了饭，转一转，天黑透再来。”

“那就不怕人看到了？”

“传达室老郭这两天家里有事，请假回去了，叫我晚上替他照看着大门。”

罗锦衣像喝醉了酒，一个人在北舞渡街里走着。两拃长的街，也没几个商店，五分钟走个来回。时不时穿街而过的大卡车，腾起一阵狂野的尘土，再细致无比地落下来，罩住街里的一切，过一会儿再有卡车经过，尘土再次欢腾一回。街两边的各种小摊位亲切熟稔，每个摊位后面，都有一双眼睛盯住她看，下巴朝后缩，眼珠往上顶，尽力装作冷漠，但内心热烈地想知道，这闺女，走来走去，弄啥哩。老这样走着也不行，她向东走出主街，来到桥头，沿着河边小路向南而去，顺着河水一起拐向东，又走了二里地，眼前横着京广铁路，一列火车由南向北而来，像条绿色长虫，奔到她前方的桥上，疼痛一般大叫一声，轰隆隆跑了。她进入涵洞，火车在她头顶，轰鸣而过。小的时候，如果有火车过，她不敢走涵洞下，生怕那轰鸣将她吞掉。她站下来，任由巨大的轰响在头顶持续。二十四岁的罗锦衣，当然已经不是处女。早在高中时候，就已经不是了，热情冲动的岁月，总是有各种事情发生，她也曾偷偷去邻县医院做过人流。她甚至都不好意思给男同学说这个事情，那男生也是靠回家背粮食交到食堂上学，一想到他会吓得半死，没有能力也没有勇气陪她去县医院，这消息会使他脸儿煞白，眼珠子不能转动，再没有相互吸引时那种温情与芬芳，她会变成一个巨大的累赘与风险，让他心烦意乱。她不愿看到这一幕，所以她不能说，那会破坏两人之间美好的感觉，也显得自己没成色，就那么一两次，失急慌忙，恐惧大于幸福，甚至都没有平躺下来，怎么就会怀孕呢？那精子有多大的力量，竟然可以逆流而上。现在这个男人，说不上喜欢，也说不上不喜欢，可要是不过他这一关，就与商品粮绝缘。

商品粮，是悬在远方的一个大灯泡，农村人只能远远望见，而它的光芒照不到身上，现在突然离得近了，仿佛够一够就触手可及，金光四射，照得她通身透亮，金躯玉体一般，上学十几年的苦苦奋斗渴望，不就是为了脱离土地，不再当老冤（农民）吗？高中时候，一次拉长战线的期中考试，每天上午只考一门，下午在寝室复习。哪里复习得进去，每人靠在自己床头，说话，走神，一个女生突然扔了手里的书，仰面倒在床铺上，长叹一声，哎呀，为啥咱生下来就是农民？应该农民居民轮着当，大家纷纷说，是啊，几年一轮也中啊！

罗锦衣现在，还够不着公社书记，只能迁就于孟建设。

当一个男人承担着拯救角色，对女人有强大的实用功能，那就会被蒙上一种情欲色彩。罗锦衣在田地边漫无目的地走着，天黑了，她不知道饿。又一辆火车在身后轰隆隆驶过，这一次是由北向南，火车里的灯光亮成一道黄色灯带，温暖而浪漫。这火车载着的，都是什么样的人，他们有着怎样的生活。她转过身体，张开双臂，面向那匆匆而去的一星灯火。将来会不会有一天，自己也能坐在那灯光里奔跑。火车驶过，眼前又是黑暗与寂静。大地承载着一切，缓慢转动，就要沉沉睡去。而罗锦衣体内的一切正要醒来，有一番饥饿与狂热从她身体里升起，她感受到一种勃发的力量和疯狂的冲动，陷入一种源远流长无法自控的深度湿润，她的身体变为沼泽，行走都已经不利落，她盼望着夜晚的来临，好似已经忘记了这场交易的由起，忘记了公办老师迷人的光环。年轻的身体里，只有一种代号为商品粮的情欲。理想也是情欲，奋斗也是情欲，四季都是情欲，就连这将要收割的，一片无边无际的金黄色的豆子地，也变作一触即发的情欲，四周各种虫鸣混合一处，是一场宏大的交响乐，秋天是虫子繁殖的季节，它们在拼命歌唱、交配，彻底暗下来的世界变成一张情欲的大网，身边河水里涌动着的，是全人类的情欲。路边墙上刷的大标语，秋收时节，严防火灾！那大大的感叹号，恰是一个完美的造型；拉不完的赊旗店，填不满的北舞渡，说的也都是情欲。平凡的平庸的伙食比一般老百姓好的体格健壮的孟建设，此时成为情欲的化身，在少女的心中演变为英雄，罗锦衣似乎已经看到他勃起的力量，愿意为她冲突拼搏，开出一条道路，而她急切地要将自己变成一个收放自如的容器，与他咬合一致，去完成人生的使命。北舞渡早在明清时期，就有“水旱码头”“小汉口”之称，南来北往的人，顺着河水会聚，在此演绎着的，是各种各样的欲望，你看那精心建造的青砖楼房，二楼上那花门楼里，难道不曾上演过各种激情吗？你看这河水浩浩荡荡，带来与流去的，不都是一代代的情色章节吗？

她没有吃晚饭，激动的情绪让她吃不下东西，有另一种饥饿战胜了肚饥，反身，顺着田地边向回走，天地更安静了，河水发着微微的白光，像绸缎一样，用最小的幅度流淌，竟然没有一丝声响，可是在平静水面之下，是深冷的激流，打着吞噬一切的漩涡。罗锦衣仿佛听到深处的涌动和呢喃，大地在她眼前，变得模糊而深广。生活了二十多年的土地，我能脱离你吗？我能将身份变成商品粮吗？啊，那需要我把自己的身体先变为商品。她的步子快了一些，她要将自己打造成一枚亮晶晶的无坚不摧的子弹，射向命运的靶心。

借着几点稀疏灯光，她来到公社门口。果然，传达室窗户里面，是孟建设那张被激情揉搓得更加扁平的胖脸。小声说，门没锁。她走进院子，借着大门口传递过来的微光，推开那宿办合一的房门，摸黑坐在床沿上，心咚咚直跳。

孟建设没有马上进来，他拿出最后一丝耐心，在门口又和路过的人搭了几句腔，说了会子闲话。街里彻底安静下来，他才锁了公社大门，走过砖铺小道，推门进来。

罗锦衣充分施展了她刚才漫步时的种种设想，直让孟建设说，亲娘吔，恨不得钻进去叫你生我一回；妹子，从今往后你叫我弄啥我弄啥，打半点磕绊，不是人造的。两人终于软在床上，进入休息说话阶段，他告诉她，公社书记家住北边十里外的县城，到时他送她去。她今天回去，写一份自己这几年来的成绩、表现、获得几个荣誉。再找家人商量斟倒钱。两条好烟少不了，书记的婆娘好打扮，金项链、乔其纱裙子料，都挺合适，总之，要好拿，不显眼，还不能太贱。既然送礼，就一次送得打动人家，叫人家想起你心里就顺畅，不给你办成事晚上躺那儿睡不着。

“不要暴露我，就说是你听说，张老师开除后，要在全公社民办里面转正一个，你认为你是最合适人选，你年轻，有理想，有抱负，又有成绩，想在教育战线上好好干，再说，这本是你们尹张小学的事，内部解决最好，有啥必要在全公社扩大呢？反正，话咋说全看你当时反应嘛。东西拿得他动了心，事就好办。”孟建设一步步分析，最后简直觉得自己是个好军师，有一阵忘了两人赤身在床，满脸挺严峻的样儿，真像是谈工作了。“我觉着这样，兴中，试试吧。万一不中了，我再给你想别的法儿，日鬼捣棒槌，保证叫你两三年内转正。”他好像趁刚才说话的这一时，也斟倒出了很多力气，抱住她，又亲一遍，又爱一回，“从今往后，你是我亲不溜溜好妹子，吃个虱都要给你留个大腿。”

孟建设家在另一个公社，女人搁家种地，他在此独身一个，十天半月骑自行车回家一次，此一回交上新鲜鲜一个大闺女，做梦一般，自是千般不舍，但时候确实不早了，叫她先穿衣出门，在街西头等他一会儿。他骑了自行车出来，让她坐在后座：“咦，你还怪沉哩。”疼爱地说，奋力蹬着，将她送回尹张小学。

三天后的下午，罗锦衣先来到县城，采购东西。天黑后，在说好的地方等待孟建设。两人一人骑一个车子，来到后街里，孟建设指给她一个小独院的大铁门。他接过罗锦衣的自行车，一手推一个，到街的那头去等她。

铁门开一条缝，她快速侧身挤进去。书记的半胖婆娘本要拦住询问，见她手提着个不小的布袋直往屋里走，没再阻拦。书记在屋里看报纸，见来了生人，直起身子，疑问的目光审视她。她有点紧张，再一想自己在讲台上灵活自如，这个场面不该怯的。书记夫妇二人没有让座，她弯腰在茶几上放好东西，搓下自己的手，一个握住一个，站在那里，像上课时说同学们好一样，说："徐书记，您好。您不认识我，我是尹张小学的罗锦衣。"

书记噢噢，表示知道此人，夫人过来让座，罗锦衣半个屁股坐在人造革沙发边上，侧身转向书记。

"今天冒昧来打扰您，很抱歉。就是想向您汇报下我的工作情况。"她从书包里掏出自己写的两页材料。好像顺便似的，拿出金项链的盒子，两手托着送到夫人的手上。夫人吃惊地推让，罗锦衣回转身放在眼前的茶几上。

书记还是疑惑的目光，好像他被打扰，很无辜。书记夫人脸上有了笑容，说："我给你倒点茶吧。"她摆动双手，说不用不用，站起来按住夫人的手，二人目光有了真诚的对视，罗锦衣心里一暖，好像这样一来，关系更近了一点，也好为自己壮胆，来个缓冲，再坐下来时，不像刚才那么紧张了。

罗锦衣按孟建设教好的，如此这般说来。书记的脸有所松动。

"好，年轻人要求上进，是好事，看你这材料，也怪优秀哩。这个事呢，我一个人说了不算，得上会研究。你回去等消息吧。"

罗锦衣起身告辞，她对自己的表现很是满意。

并不像她想的那样，立马就有结果，因为不可能临时给某一个人办转正手续，县上每年都有一些转正指标，由各个公社上报，年底时统一转一次。

她常去公社打听消息，孟建设那里，偷偷摸摸又钻了几回黑屋子，她怀孕了，突然觉得孟建设面目可憎，之前的欢爱是对她的陷害。孟建设带她去邻县做人流。她慢慢发现此人平庸无能，时不时露出一些愚蠢，想早点摆脱他。可转正指标总也下不来。说是报上去了，他们公社只报了她一个，那就是没有任何问题了。可是，时间呢？谁又能保证时间，会不会无限期拖下去？

“不会的，每年都要转几个。放宽心吧，啊。”孟建设带着心疼而讨好的表情说。

终于，过完春节，学校开学后，公社通知她去县教育局领取统一的转正表格。

第二年高考，锦波觉得自己和去年一样，考得不赖，可是，仍然像去年一样，既没有退档，也没有录取通知书。

孟建设通过他的渠道打听出来，去往汴梁市录取现场的一位老师抄下的上线名单里，确定无疑有罗锦波的名字。可锦波却迟迟没有接到通知书。种种迹象表明，他的名字连带分数将要被人顶替，另一个姓罗的考生或者干脆别的姓氏的考生，打算从此变成罗锦波，去省城上那个大专。罗锦衣突然想起，自己原来的一个女同学党爱丽，参加完高考后，改名党军侠，去地区上了师专，和所有高中同学切断联系，走到路上就像不认识一样，对上大学的事情避而不谈。联想到她伯是村支书，对，百分百是顶了一个叫党军侠的名字。

二十世纪八十年代高考录取，都是纸质表格，不贴照片，那时也没有身份证，工作人员在宿办合一、四季挂着门帘的房间里，什么移花接木的事都能做到。这就不难理解，为啥干部子女差不多都能上大学。想要顶替者，如果你的姓氏比较常见，那就会顺利，姓张的，姓刘的，多的是，随便哪个都可拿来去替，本叫王爱军，上了大学后叫王守业，本是周小云，进大学后叫周丽娜，人们也是可以理解的。而那被顶替者，完全不知情，只怪自己倒霉，没有考上。当然也有考生，上了线后，没有达到自己理想的大学，不去报到，那么他的成绩单和录取通知书，就成为教育局工作人员手中的资源，有愿去的人，拿了他的档案去上大学。反正那时没有什么网上录取，人为操作的可能性极大，只有想不到，没有办不到，关于大学录取，什么花样都能玩得出来。

换名不换姓，这还是有所顾忌的，知道找一位与自己同姓的人来顶，不至于将来回到村上，变了一个不相干的姓氏。要是姓一个奇怪的姓氏，在全县上线考生中，也找不到同姓又同性者，那么饥不择食，从此成为另外一个姓，周小军变成王飞鹏，祝彩霞摇身变为常爱英，这都是有可能的。将来有一天回到自己老家村上，将外面那个世界的新姓名遮掩起来，仍用老名字示人，可一旦有需要亮出新名时，总免不了一番脸红尴尬，面对村人的询问，“咋连姓都改了”，只好顾左右而言他。

一般的顶替方法是这样的，先在县教育局有人，拉上线，由他留心，在考上的学生中，找一个与你同姓的，那么你只要买通学校老师，改个名字，造一份学生证明，顶了他的成绩，再由教育局的人，伪造一份你在考上那人的高中上学的档案，而那个人，拿到的是你的在分数线之下的成绩。

这一切的前提是：县教育局里，得有人。

罗锦波在家里，一蹦多高地骂天骂地，要去跟人拼命，被伯妈和姐姐死死拉住。罗锦衣说，不可莽撞行事，现在要想办法把这个事扭转过来，先查找清楚根源再说。

孟建设带着罗锦波，坐班车去往市教育局，通过熟人打听出来，他们县上的录取通知书，被教育局一个叫王国正的人拿回去了。

锦波在孟建设的指点下，骑车奔走两个村子，叫来两个相好的高中同学，一个是成绩差太多放弃高考安心当农民的；另一个是自己伯有门道，先在公社邮政所干临时工，等着机会转正。三个小伙子骑两辆自行车，来到县教育局门口，先在烟摊上买盒黄金叶装兜里，学着大人的架势，打开来给传达室大爷递一根，问，这里有个叫王国正的人？大爷说，有。锦波说，能不能喊他一下？我是他家亲戚。老人站在院子里喊："王国正，有人找。"

半边楼的二楼上，一个门打开，那个认领此名的人，从一间房里出来，探头向下，看来看去，院子里并没有认识的人，又缩回办公室去，刚在桌前坐下，门被突然推开，呼呼啦啦进来三个大小伙子，反身插严了门，不及他发问，逼到眼前来。罗锦波从兜里掏出烟，递给他一根，却绷着脸，并没有找人办事的巴结样，小伙子太年轻，还不能轻松调节自己的表情，声音有些颤抖，严厉地说："听说，我的录取通知书，在你这儿？"这王国正知道，遇到了懂行的。他没有接烟，因为他嘴里正叼着一根，故作镇定地问，你考号多少？罗锦波报了考号，王国正拉开抽屉，拿出来一沓录取通知书，自语般地说，就说这几天找出空儿给你学校送去哩，忙得顾不上。他是那么轻描淡写，好像他手里拿的不是那几个人的前途命运，而是随便一个表格一张纸。他被自己的烟呛住了，嘴角夹住烟把，压低声咳了两下，将咳嗽声消化在自己嘴里，一段烟灰掉到手里的通知书上，他将它们倾斜，抖动，使烟灰掉落。罗锦波心里冒火，他想质问，我们学校的已经送去过，为何只将我们几人的扣留在你这儿。想起姐姐说的，不可意气用事。他忍下怒火，等那姓王的哗啦啦翻几下，从桌子后伸长胳膊将通知书递给他，又坦然地将其余几份放回抽屉里推上。他真想一把抢过，赶天黑之前，骑着自行车飞奔几回，送到那几位考生的家里，他们此时还被蒙在鼓中，为自己的落榜而伤心呢。同伴已经焦急地向他使眼色，另一个拉了他一把，他又捧着通知书看了一眼，确认上面是罗锦波的名字无误，跟着二人转身出门。孟建设也告诫过他，不可多事，自己的要来就行，要是把这事捅出去，惹大祸哩。那几个通知书里，也可能是考生压根就看不上，不想要的，学习好眼头高的人，不满足于一个大专，他们会明年再考的。

第二年，还是孟建设和公社书记的帮助，罗锦衣被调到北舞渡小学教书，成了公社街里的人。

宝珠到公社办事，就来看看锦衣。二人在锦衣的小屋里待一会儿，说说话，然后去街上喝一碗胡辣汤，要一个菜馍，中间切开，两人各吃一半。先头几回，争着掏钱，四只胳膊挥来挡去，拉扯得成为路边的风景，人们停下来看，最后老板发话了，你俩常来哩，一人掏一回不妥了？于是这样说定。喝完胡辣汤，走到街的北头，从桥头拐向东。乡下人，不兴说散步这个高雅的词，但两位乡村青年女教师，的确是在散步，她们的身段、气质、心境，也确实与散步这两个字相配。沿着沙河岸上的小路漫无目的地走，不觉间已经走出几里地，有时候说话，有时候也无话可说，就这样慢慢地走。望不到边的平原，仿佛可以走到天的尽头。路上常有小拖，贪心地拉着一车斗东西，满得不能再满，越过车斗，还要冒出许多，或是树枝，或是粮食麦秸豆秆烟秆苞谷秆，歪歪扭扭地驰过，突突突抖着，似一座小山在晃动。要是拉一车斗煤，那就更吓人，颠簸震动之下，好像那车斗随时会被撑得崩裂开来。二人就算躲开一点停在路边的杂草地里，还是显得路太狭窄，车上装的东西差不多要蹭到她们身上。干脆下到河滩地里走。远古时候的沙河水一定很宽，可以行大船的，北舞渡曾是方圆百里有名的渡口，南来北往的货物从水上来此云集。经过千百年的沉淀收缩，河水如今只在河滩三分之一的中间地带流淌，两边超过几十年不再有水光顾，人们确信河水永远也上不来了，先是商量般地给河滩里点了菜籽，长得密密匝匝，随吃随薅，就算哪一天大水冲走，也差不多吃得够本。菜一季一季地收获，后来放心大胆地种了更多品种，又种了烟叶，种了杨树，一年年过去，形成一片望不到尽头的树林，从某两行看出去，就是一条带有弧度的诗意小路。两人并肩走在小路上，各自在心里想，走在身边的，要是一位般配的男青年才好。她们确实该找对象了。春风吹得含蓄，羞涩之中却又有些什么情愫忍不住想要倾吐；夏风会很爽快，哗啦啦的，要另一些树叶快快地应答，七嘴八舌，急得喘不上气也要说，不成句的断章；秋风吹得就很抒情，由远而来，带着河面上爽利潮湿的气息，杨树叶子放开嗓门歌唱，两人踩着一年年被秋风扫落下来的树叶，踢得粉碎，是岁月发出微响。二十四五岁的姑娘，在农村，早该订婚了，可罗锦衣眼头挺高，一心要在县城里找，她觉得自己能调到县上去，她不想再和孟建设来往，可人走不了，就不好意思拒绝他的邀约。常常回味起来，心疼那时的自己，微微地抱屈，怎么就那样急急地送出自己，或许，还会有别的办法，或许，再等一年半载，因为工作的出色，也能转正。可是，人生紧要关头，不能坐等，等来的常常是失望，要是别人跳起来抓走，那不就晚了。

宝珠的身份，不上不下，比农民主贵了一点，可毕竟不是商品粮，在农村寻媒，肯定是不愿意，要想找个拿公家钱的人，那得对方小伙子品德高尚，看中爱情不计较农民的身份，可哪里有不计较的呢？这是人活在世上的前提呀。

第三章　尹秋生

甄宝珠自己不能走出农村，就在婚姻上想办法：嫁一个商品粮。当然这话不能明确说出口，得让介绍人自己揣摩。凡从事说媒的人，自然都是心理专家，人们肚里的蛔虫，他们身经百战，各条行情摸得熟透，绝不会将条件差太远的人拉到一处，如果某个人觉得大受委屈，那多半是他过高地估计了自己。一次又一次的事实证明，介绍人基本都是对的，他们不会看走眼。至于你内心刀砍斧剁，刮骨疗伤，他就管不着了，人活在世，咱只论看得见摸得着的那部分。

介绍人明白，她得先经历找商品粮这一步，不走完这条路，她不甘心，你猛不丁引一个农村里哪怕好上天的小伙子给她看，弄不好也得挨骂。

那么，从头来吧。

县预制板厂有一个死了老婆的工人，三十四岁，带一个八岁男孩。

此信息像一盆头遍洗衣裳水，哗一下泼到甄宝珠身上，让她一激灵，一懊糟，噢，只能在二茬商品粮里扒拉了。可是，若是光光亮亮的商品粮，人家为啥要找你一个农村户口呢？经过半天的心跳不正常，血流不平缓，脸色不对劲，她渐渐平顺下来，答应见见吧，也许是一表人才呢。

那人个头比她断不会高过三厘米，也就是说身高一米六上下，黑黑的脸，小小的眼睛，张嘴说话，牙是黄的，这倒不说，关键是头上早早地谢了顶，露着光亮亮油乎乎的头皮，这使他看上去倒像是四十三岁，甄宝珠很怀疑他的年龄，可再比照下他孩子的岁数，想也不会太老，可怎么就是这副样子呢？好像他从来就没有年轻过，全身上下，看不出一丁点青春的感觉。原本也不是县城里的人，当年托了亲戚的关系招工进去的，除上他有个属于县城的户口本，上面写着“非农业户口”之外，他全身上下没有一丁点“非农业”的感觉。这样的人，怎能白天黑夜守在一起过日子，允许他亲自己，抱自己，汗津津的手摸自己，他那肯定也是污浊透顶的身体，贴在自己光洁的肚皮上，他进到自己体内，无耻地呕吐，让她生下一个跟他一样污浊的孩子。

她带着受辱般的自尊，明确拒绝。

再一个，二十六岁，年龄相当，土生土长的城里人，没有上班，自己家开了个小卖部，日常吃穿花销一点不用愁，只是嘛，腿有点不得劲，小的时候得过小儿麻痹，没有治及时，落下了一点点残疾，只是一点点，不影响走路不耽误干活，也不需要人伺候。

见面是在他的小卖部，也就是他家里。临街两间房子，里面一间，爸妈住着，外面一间，他住后一半，外边一半用货架隔着，经营日常小百货。那小伙子坐在凳子上不肯起身，也不说话，一切应酬，倒茶、让座、寒暄这些，都由他妈在旁边完成。一定也是见了很多她这样的农村姑娘，相互挑拣，刻薄的目光领受够了，星星两两，来回计较，早已经冷了心，不敢抱太大希望，好像自己和他人都不再是有血有肉有温度的人，都只变作了他货架上的商品，彼此用做买卖的眼光打量，来来回回是问价还价的意思。他那条细细的、软塌塌的腿，穿着走亲戚才穿的新裤子，一动不动地半伸半蜷着，身子薄拉拉地倾斜着，带动得目光也是斜的。极力给自己涂染保护色，显示出挺坚强的样子。甄宝珠毕竟不能开口说，请你站起来走两步。对方或许也像她一样经历过屈辱与失望，含着自证清白的傲慢，矫枉过正的尊严，用硬壳包裹心中的虚弱，先做好了应对失败的打算。母子俩不卑不亢的礼貌与热情下，有心灰意懒的冷漠与敌意，笑容来得快，也去得疾，从眼角上下打量她。知道女方心里想的什么，可就是不愿意站起来走两步给她看看。强撑了十来分钟，对方母子竟然有些不耐烦，不再说话，也不添茶。就是这情况，你们回去商量吧，大有下逐客令的意思。

下一个星期天，甄宝珠和她嫂子一起，再次来到县里，找到那个小卖部，她躲在一边，让嫂子进去买几块肥皂，不，啥东西放在高处就买啥，期望那小伙子能站起来走动。

很快，嫂子走出来，撇着嘴，远远向她摆手。走近了说，根本不是介绍人说的，腿有点不得劲那么简单，是非常不得劲，带动整个身子都斜得快要坠到地上，像摘去一个轮子的架子车，“爬窝到那儿了”。

第三个城里人，是个刑满释放犯，三十一岁，曾为几句话拿刀砍伤人，监狱里关了十年，误了婚事。他用着热辣辣的眼神，无所顾忌地上下打量她，让人心里一凛。挽了袖子的手腕上，不知文的龙还是蛇，露出了一点点，随着他肌肉的鼓动，一跳一跳的。当他看你的那一眼，你觉得如若一句话说得不对，或者一件小事没做好，就会惹来大麻烦，连累全家也说不定。甄宝珠好言好语地跟他应付了一下，说，回去跟伯妈商量商量，赶紧溜走了，怕跑慢一步就会走不脱。

另有介绍人给说了一个，在邻县煤矿当协议工，是介绍人娘家侄儿的同学。如若愿意，下次他回家休假时，可安排一见。甄宝珠想，能下井挖煤，证明身体没有残疾。她也私下里打听了，啥叫协议工？人家告诉她，协议工也就是临时工，矿上活儿多了叫你去干，活儿少了、没活儿了就回家。干同样的活儿，拿正式工三分之二的钱。那么，回到家，不又成了农民？可人家告诉她，这么多年，还没有哪个协议工没活儿干回家了的。煤矿天天得出煤，煤矿外的大卡车见天排大队。于是，她就盼望那个协议工回来。在等待的时间里，慢慢悟出，协议工，跟民办老师的性质差不多，而他的工资却不低，他们都是高不成、低不就的角色，在商品粮与农民之间，难受着，不甘着，看来，这个还算般配，也真真难为了介绍人。还没有见到那个协议工，宝珠心里就有了惺惺相惜的感觉，她想，结婚后，她可以跟着他到煤矿上去生活，也算是脱离了农村。

没有等回来人，等来了煤矿塌方的消息，协议工命大，砸坏了一条腿，矿上赔了八千块钱，回家来了。听说，家里人正打算用这八千块给他盖座房，而他放出话来，这几年还攒下了近万块，想找个二茬女人。已经有一位刚死了丈夫的女人，表示愿意跟他过。

嫁到县城，是一条艰辛而充满屈辱的路，找个商品粮，看来也是艰难，不知道这条路上，还要遭到多少羞辱和曲折，就连找个协议工，也出这样的岔子，看来，真的是命赖。

妈说："就非得找居民户口？都是瘸的拐的，二茬三茬。咱这么多农村人，那么些排排场场的大小伙子，还不够你挑？天下一大片农民，不活了，不寻媒不成家了？"

退一步海阔天空，渐渐不再恼怒，也慢慢地灰了心，断了非商品粮不找的心思。于是她妈放出话去，我们放宽了见面的条件。

尹张村的尹秋生，大白鹅一般洁净齐整，与宝珠同岁，不高不低，不胖不瘦，头发厚墩墩黑亮亮，白净脸，双眼皮，一笑露一嘴白牙齿，全身散发着刚摘下来一刀破开了的菜瓜的芬芳气息，穿了件月白色新衬衫，上面带着几道折叠的印子，脚蹬三接头黑皮鞋，猛一看去，颇有点玉树临风之态。只一样不合适，初中毕业，可他是一表人才的小伙子，家里独子，上面俩姐，底下一妹，三间亮堂堂大瓦房已经盖起，里面各样时兴家具置办停当。从小长在离北舞渡抬脚就到的尹张村，熏陶得洋洋气气，简直像个城市青年。他的优秀外表与甄宝珠的平凡长相折了一下，甄宝珠的高中毕业就应当迁就他的初中学历，她的代课老师也应该包容他的农民身份。四则混合运算，总要清爽，任你数目字多得惊人，求证的过程，一行行写清，因为、所以的符号，总要妥当，起决定作用的，是那个小数点，等号两边，务必相符。

介绍人说完开场白，丢下他二人，出去了，只让他俩在屋里说话。宝珠只在刚进门时，约莫看了一眼，亮堂堂一个人，很是放心，现在低下头去，只等男方找话说。小伙子有点怯场，明显这不是他的风范，看他那模样，应当是伶俐的活跃的，现在却不敢轻易说话了。可能是怯着女方学历带来的压力，好像也没有敢多么认真地看她一眼，只闻到一股清淡的芳香，只觉得是个清秀的可人儿，面目长啥样，眼皮是单还是双，嘴唇是薄还是厚，鼻梁是高还是低，似乎已经不重要了。

像模像样地咳了一声，男方说了两人见面后的第一句话："走吧，去县上。"

"弄啥呀？"

"买衣裳。"

她差点笑出声来。事后问他："你头回跟人见面，就带着买衣裳钱哩？"

"去县上路过俺庄，我不会跑回家去拿？"

如果一个男青年给一个姑娘说，走吧，上北舞渡，那他是想和她确立恋爱关系，或者只是亲近一下，占点便宜，约她去北舞渡街上逛逛，喝一碗胡辣汤，吃一次羊肉烩面，最后总要变着法儿将她引进简陋的电影院，趁黑暗中摸索几下。而一个男子直接说，走吧，去县上，那就是直接要给你买衣裳，订婚事了。女方愿意跟着男方去买衣裳，也就是答应婚事的意思了。

当然不能立即跟了他去县上，再怎么说也得拿拿架子，先各自回家，再让介绍人来回问话、传话。

男方追得挺紧，一再催促去县上买衣裳。买了衣裳，遇到农忙时候，男方要把女方接到家里，以叫来帮忙割麦、掰苞谷、出花生、出红薯为由，吃住在男方家，就要把男方的伯妈叫作伯妈了，男方的弟弟妹妹，也就把女方叫嫂子。入夜睡觉时，女方在妹妹的闺房，由妹妹陪着睡，半夜里，变戏法一样，陪的人成了男方。也有很少一部分在实质接触中发生变故的。如男方变卦，所买衣服女方概不退还，所花的钱也不再追究；若女方反悔，买的衣服，要原物退还，花的钱，要赔回来。双方会为一些细节争执不下，如有没有睡过，要不要补偿，皮鞋穿过了，怎么办。介绍人来回奔忙斡旋，力争男方损失减到最低限度。要是还不能让双方意见统一的，那就只好你们去法院打官司。宝珠村里有一户人家，为一千二百块的纠纷打了一年多官司，最终落实到赔偿男方八百六十五元的时候，女方都嫁到另一家，快要生孩子了。

就农村小伙子来说，再也不可能有比尹秋生优秀的人选了，可甄宝珠还是觉着憋屈，她是与命运在怄气，为自己彻底落在农村而生气，答应了亲事，就等于再也没有机会出去了，可不答应，就有机会了吗？前面两次高考，四年代课，机会也没见上门来啊，如今所有向外走的路都堵死了，从前的民办老师，现在成了代课老师，更为临时的、勉强的一个说法，整天喊着清退，随时都会失去。她已经二十四五岁，再不找婆家，就有可能变成老姑娘。

怀着复杂的心情接纳尹秋生，喜爱他，迷恋他的身体他的气息，但与整个命运赌气，好像接受他就是降格以求，跟着他去县上买衣服时，也轻易不对他露出笑脸，坐在尹秋生的加重自行车后座上，闻着他身上清香的气息，晕乎乎陶醉一番，继而颇有些悲壮，想起前几次去县上相亲，受尽屈辱，想起从前去县城上学的路上，在那里度过的四年时光，想起罗锦衣早已吃上了商品粮，现在是北舞渡小学的老师，她还要想办法往县里调，终将会成为那里的一员，风不吹，雨不淋，脚上常年不沾土了，给她介绍的对象，全都是正式、合格的商品粮，可她并不急着找，她正忙于事业的上升，就是再等几年，也不怕的，她是另一个世界的人了，老姑娘的标准，对她可再上延几年。

这都是命，不服不中，当年那个奶奶的苹果，没有给错。

尹秋生欢快地骑着二八加重自行车，三角梁架上缠了密密实实的塑料彩条，遇到路上有人，把铃打得哗啦啦响。让让了让让了，给咱让路了。他欢快地对那些不认识的人说，如果人家回头看他，他会对人家粲然一笑。他一路上也不与身后的人说话，担心他的话被风刮跑，不能送进她的耳中，人在幸福的时候，是不需要语言的。坐在自行车后座上，感觉风更爽利，带着他身上好闻的气息，那是有点像肥皂放久了，长了一层白色小绒毛的可爱味道，唰唰唰直扑宝珠满脸，不由分说地将她的脸庞、脖子亲来抚去。啊，这么好的人才，他怎么就不是一个商品粮呢？甄宝珠的忧伤，落寞，对他故意做出的不情不愿，略带嘲讽和挑剔的眼神与小顶撞，小嗔怪，更让尹秋生觉得稀罕，难得，人家是高中生，知识分子嘛。内心世界本不一样的两股线，就要被命运的大手拧成一根，在拧着的最初，总有一股不甘心，不服帖，硬翘翘的不愿配合，另一股就得付出多一点的耐心与热情，去迎合攀附、热情拥抱那一股，给她个台阶下，让她半推半就地顺从。

约定俗成的四身衣裳买好，尹秋生还额外给买了条细细的18K金项链。这在二十世纪八十年代农村的相亲里，从没有过，农村姑娘，也少有戴项链的，可秋生说，你跟她们不一样，你是老师。甄宝珠沉甸甸抱着包袱，心里怀着莫大的感动，坐在自行车后座上，再有烈风扑来的时候，她的脸离秋生的后背不足二指，到底硬着心肠不挨上去，只悄悄抹了几回眼泪。

甄宝珠常常想起前面那些羞辱，像是给尹秋生撒娇一样，使着小性子，要从他身上补偿回来。尹秋生看得出她的恼也不是真恼，只一味迁就，拿话逗她开心，壮起胆拉住她的手说：“往后啥都听你的，你叫我朝东我不朝西，你叫我打狗我不撵鸡。”

“我叫你走远点，别成天来烦我，你干不？”宝珠的脸上已经有了陶醉，薄薄的脸皮渐渐变红，再也罩不住反抗，却还是硬着心肠拿话顶他。

“咦，就这一样不中，别的都依你！”趁机把她拉入怀里，壮起胆鸡啄米似的亲一口。她贴在他的胸前，眼里热热的鼻腔酸酸的。难道，就这样交代了自己吗？可是，不这样，还能如何呢？衣服都已经买过，项链已在脖子上，和你的体温保持了一致。那商品粮的大门，不向你打开，只从边边缝缝，露出那些不像样子的，专意来刻毒你，叫你寒心。认了吧，一切都是命运的安排。于是放松自己，任他大胆作为。

甄宝珠其实长得并不咋着，黑黑瘦瘦，个儿也不高，走路时两脚有点内八字，眼睛总细眯着，像是怕风吹一样，不敢睁大。确实像个没福样，不似罗锦衣那般白白大大一副喜庆模样。秋生秋云姊妹几个是北舞渡周边有名的美男子齐整姑娘，这得益于他们的妈是个东北人。秋生他伯年轻时候在东北当了几年兵，复员时领回一个大闺女，高高的个儿，白白的脸盘，说一口爽利东北话。来村上后，生下他们姊妹四个，人们都说，这才叫优良品种。按说秋生应该找个相貌相当的媳妇，可他独爱知识分子甄宝珠，一听说是高中生，民办老师，先愿意了一大截，一见之下还算秀气，有着一般农村姑娘无法企及的书卷气，就再也舍不下她。也不管女方其实心里并不是百分百接受他，他只是一个劲对她好。是个石头蛋，也得焐到怀里暖热你。他不几天就找个借口骑了车子窜到甄庄来，给宝珠拿几个苹果、两块香皂什么的，宝珠拿话气他，噎他，他也不恼，瞅空勇敢地抓住她的手说，非得我把心掏出来给你看吗？除了农忙时节帮忙，除了大事，平日里不兴男女对象到对方家里去，容易惹人笑话，但秋生不管这些，他就是要让人们都知道，他是宝珠的对象。

秋生走了后，宝珠她妈说："中了中了，别再包弹了，没有那攀高枝的命，就实际一点，找个把咱当回事的，比啥都强。"

宝珠彻底死了心，于是也盼着农忙时节，被叫去他家里干活，让尹张和甄庄的人都知道，他俩算是订婚了。

新婚后的甄宝珠，每天早上从秋生的肩头醒来，被他身上好闻的气息浸泡着，看到外面亮起的天光，对自己说，这样的生活，也算行吧。吃过婆婆做好的早饭，丢下碗，骑自行车到大杨小学去上班，中午在学校自己的宿舍里简单做点，下午下班后，骑车穿过北舞渡的街市，回到家中，婆婆已经把晚饭做好了。她不做家务，除了夏秋抢收之外，也基本不干农活，像个真正的工作人一样，每天上下班。如果不考虑商品粮不商品粮问题，她的生活，也算是幸福平稳的。

宝珠才新媳妇了不几年，就接连生下两个儿子，一个长得像秋生，一个长得像自己，都一律健康漂亮。宝珠还是清清瘦瘦，体型一点没变，只是多了些女性的风韵，尤其作为小学代课老师，这魅力在她领着孩子们念b、p、m、f、d、t、n、l的时候，在她掸着身上的粉笔末从学校里走出来的时候，更是显得优美。她穿得比一般村妇素净而讲究，步伐也有些韵律，说话再拿腔拿调一些，不似一般村妇那样粗喉大嗓，走路深一脚浅一脚没有章法，她成为农村人眼里的偶像，妇女们吃饭穿衣，时时处处，都要以宝珠作为参考标准。

宝珠给尹秋生家院子里添了两个小子，完成了一个女人最重要的使命，她在公婆的眼里，大有功劳。因为秋生是独子，没有兄弟纷争，也没有与父母分家另过，重要的是宝珠是知识女性，比一般村妇境界高，对公婆很尊重，从不像农村媳妇一样，给公婆甩脸子、办难堪。婆婆身体也好，看孩子、做饭、家务全部包揽，她基本是进门就吃饭，吃完饭丢下碗就转身出灶房，她的家务活也就是洗洗他们一家四口的衣裳，扫扫院子和自己屋里的地，除此她就像职业女性一样，每天轻轻闲闲地骑着自行车上班下班。

可突然之间，她知识不了了，也气质不成了，她犯了严重错误，叫学校开除了，一夜之间，沦为村妇，她昨天从学校里仓皇出来，便再也无颜面进去，她叫秋生在晚上学校里没人之后，去收拾了她屋里简单的东西。之后她可能一辈子都不会再走进那个院子里。

事情的起因是，秋生爱花钱。秋生从小爱花钱，有一个想花八个，要让人觉得他是有钱的，大张大张花出去，那才叫气派。秋生这次使钱是托人在县上买化肥。眼看苞谷苗半腰高该上化肥了，可今年化肥紧俏，在县上有亲戚有关系的人才能买来，趾高气扬地拉到自己家地里。他们那是撒化肥吗？他们那是务庄稼吗？那简直就是气秋生，我尹秋生这么个大能人买不来化肥怎么着？秋生放下饭碗就骑自行车去了妹子家，他去向妹子秋云婆家借钱，他不信他兜里装上钱买条烟到县上买不来化肥。

秋云去年才出嫁，娘家哥上门来，全家隆重接待新亲戚。他一说借钱的打算，妹子的公公婆婆忙得跟啥似的，自己家没有那么多，赶忙跑邻居家四处借，一会儿，手里拿着好多张零钱回来，说这里五十块你看够不够，要不够过两天再来看看。秋生说，放心吧叔，我去找好门路，把咱两家的化肥都能买回来，你只用把买化肥的钱准备好就中了。他到县上，拿着五十块钱却不敢花出去。今年化肥不但涨价了，而且眼下还没货，啥时有货不知道。他这五十块贴到化肥款里都不够。

骑自行车回到家，还是能看到有人从县上、公社拉了化肥回来，看来有门道的总是有门道。秋生气得晚饭也没吃，只恨自己钱少，只恨自己没有一星半点县上和公社的关系。

宝珠不忍看他着急上火，说："实在不中，学生开学刚交来的钱，我还没交给学校哩，你先拿去使，十天半月内能给学校交上就中。"往年都是这样的，学校十来天后才从各个老师那里把钱收齐，有时拖拖拉拉，一两个月交上来也是有的。秋生眼睛一亮，顾不得许多，叫宝珠拿钱来，他想，用这钱多买点化肥，回来转手卖出，挣的钱，可能就把窟窿补上了。宝珠交给他一百八十块钱。先让他去北舞渡找孟建设，孟建设给县里一个好哥们儿打了电话，秋生第二天一大早去了县上，给人家送了一条烟，赶天黑前化肥拉了回来，算是他扬眉吐气一回。

可是三天后的上午，校长突然说，县教育局突击检查学校各种指标，请各位老师把所收款项天黑前交齐。秋生这下着了急，只恨他太勤快，昨天把化肥撒得干干净净，要是剩下三五袋这会儿也能倒手卖出去。赶忙骑车到秋云家里，秋云家也已经把化肥撒了。借钱是借不来的，谁家能一下子拿出这么多钱，所有人都把钱攥得紧紧的，张嘴瞪眼只等着化肥有货。

宝珠正赶在风头上，谁也不敢给她说情，校长为了在教育局领导跟前拾回面子，当场宣布开除甄宝珠，连开会研究的必要都没有了。

一个人如果前天是村妇昨天是村妇，今天还是村妇那就没啥大惊小怪的，可一个人要是昨天还是代课老师今天突然变作村妇，那她在某种程度上，就连村妇都不如。过去她是知识女性的时候，从没有失眠过，现在反倒夜夜失眠。

宝珠天天躲在家里不出门。天转凉，收了苞谷豆子，卖了苞谷豆子，还了钱，不等麦子种下，地租给别人打理，秋生和宝珠收拾行李，两个儿子给妈放家里，二人在夜里十点半上了去西安的火车。硬座车厢里站一夜，天快亮时到了洛阳，有人下车，腾出一个座位，两个人挤着坐下，靠着才能入睡。

火车中午到达西安。

早些年就听说，北舞渡有一个人，家里弟兄多，十五六岁离家出门闯世界，在西安郊区给一个漆工当学徒，后来经人介绍，到当地一户人家做了上门女婿，据说现在掌门立户，混得不赖。

走之前，秋生去北舞渡吴成贵家里，要来了他在西安的地址，以备万一。

二人站在火车站广场，看着熙熙攘攘的人群，背着大小包袱，来来去去，步伐匆匆，好像只有他们两个，不知要去哪里。在家时，目的地是西安，到了西安后，他们才知，这个目的地太大太空旷，这传说中的西安城立即将二人变成沙漠上的两粒细沙。在老家里，去这村那村，总有人打招呼，主动相问，哪庄的，找谁，弄啥？而现在，这个庞大的城市里，没有人问他们，来了，找谁？谁也不在乎他们来自哪里，他们要找谁，甚至，没有一个人，能看得见他们。城市里到处都是人，但每个人，都不在别人的眼里。广场上，不重样的公交车，威武地掉个头又向南去，短的，给他们一个圆圆的后屁股，长的，半中腰那里有几层子像是手风琴上的褶皱，车从那里折起，不让长车显得生硬，感觉应当有一种音乐从那里冒出，不像短的开那么猛，缓缓停到出发的站点，人们一拥而上，在门口那里挤成一团大疙瘩，每个人都奋力相拼，好像都非常确切地知道自己要去的地方，对他们要搭乘的这辆车，没有一点怀疑。过多的人卡在门口那里，下羊屎蛋一样，嘣噔一个，嘣噔一个，弹进车厢里，车下的疙瘩渐渐消散，在车内密密排开，像一个大画笔给里面上色，上色，再上色，直到黑乎乎一片，大汽车变成了罐头瓶。

他俩仰脖看了一会儿，又相互看一眼对方，不出声，但眼睛都在问，去哪儿？两人心里都响起银环唱的那句，我往哪里去呀，我往哪里走？出发前的雄心万丈，改换天地的美好想象，突然像肥皂泡一样破灭了。要不要去投靠吴成贵？起码家里先住几天，否则这城里的旅馆，见天几十块钱，谁受得了。拿着那张纸，问公交车站小玻璃房里的调度人员，人家说了倒车路线，宝珠拿笔记上。她的包里，是有一支圆珠笔的，出门时专意带上的。又向前走几十米，找到出发站点，车进站后，他们也变成那奋力拥挤的人，秋生抢占先机，连人带包先挤上去，用包给宝珠占了个座位，这也是刚才看出来的门道，要贴着边挤，用巧劲往上钻。宝珠文雅地站在下面，让别人先上，看见车窗内坐着的秋生得意地向她笑，她心里涌出一阵幸福。

转了几趟车，穿过整个城市，二人在天黑前来到距离火车站四十里地的郭杜镇，打听出吴成贵的家。家乡话就是接头暗号，激活了记忆和情感。吴成贵虽不认识秋生，但一家人也挺亲热。他们见二人谈吐合适，穿戴体面，便在厨房里给支了一张床板，叫先住下来，明天再想办法。

二人合盖一套从家里带来的被褥，一夜搂着，一开始没有睡好，天快亮时，坠入深深梦乡。醒来已经八点多，院子里很安静。吴成贵夫妇见他们睡得熟，没有进厨房来，在街里买了早点，让孩子吃了上学去。葱油饼拿进厨房来，豆浆又给加热，他二人洗漱后吃了。

饭后，四人动手，在进院门的旁边，将一间放杂物的小房子收拾出来，叫他们住下。秋生和宝珠也是有眼色的人，争着干他家里的活儿。秋生说，哥，我们吃住你这儿，给你钱。吴成贵说，看说哪儿去了？三里地的老乡，能要你的钱？回家说出去，能叫人笑话死我。吴成贵媳妇说，甭熬煎，先安生住几天，再想办法。过一向等你们挣钱了，再说房租的事。西安这个地方，遍地都是钱，就看你会不会捡，只要不怕吃苦，每天都能弯腰在地上拾钱。“不管咋说，比趴家里强。”出来十几年，姓吴的仍然一口家乡话，夫妻二人不同的口音之中，都微妙地吸收了一点对方的语言，你中有我，我中有你的样子。吴成贵现在一儿一女，分别在镇上读中学和小学，当然他们都不姓吴，而是跟了妻子的姓。

哪里安生得了，秋生宝珠二人在郭杜街上转了一会儿。满眼满耳，皆是陌生景象，尤其人们说话，口音短促而结实，跟老家那里实在不同。二人的身体里，都还带着挤火车的困乏，一丝丝酸痛和不真实感，由不得心中一阵恍惚，真是要面对一个新世界了。两人靠得再近一些，相依为命的样子。这郭杜镇比北舞渡大得多，也洋气得多，毕竟是西安的郊区。从街这头走到那头，再走回来，看来看去，商量了几个回合，买了两包点心，两棵白菜，一网兜苹果，一只烧鸡，四只手提着回来。夫妻二人少不了责怪一番，说他们乱花钱。宝珠进厨房帮吴成贵的女人做饭。不一会儿，孩子放学回来，大家围在一起吃饭。秋生问吴成贵，有啥来钱快的办法。

“要想当天见钱，那就去康复路批发衣服，回到郭杜，路边扯根绳，挂那儿卖。”

第二天吃完早饭，二人按吴成贵给写到一张纸上的乘车路线，倒了两趟车，来到市区东郊的康复路。正是经济活跃的二十世纪九十年代初期，这里本因靠近军医大学和西京医院而得名，毗邻火车站、汽车站，接近于东郊的大型物流集散中心，广东最新式样的服装，三天就可出现在这条街上，再由各地来的大小商贩们，蚂蚁一样驮运回西北各地和相邻的山西四川。这条一公里长的南北路上，各省各地前来批发服装的人，见天像流水一样涌来，人挨人人挤人密不透风。传说温州人最早在这里，两棵小树之间，挂一根铁丝就是一个摊位，谁先占上是谁的，卖南方最新流行的服装，卖牛皮纸做成的皮鞋，每天收入相当于东西两隔壁一个大学教授和主治医师的月工资外加奖金。后来这里渐渐形成西北地区最大的服装批发一条街，独领风骚三十年。本是需要安静的康复路，天天人声鼎沸，各种车辆催命扎堆，连带着南北出口的两条马路上，也天天堵车，早晚出摊收摊高峰，警察密布，忙乱不堪，稍微疏通不利，人和车都走不动，挤得长乐路上，东西绵延一两公里的拥堵路段，任谁的巧手也解不开，喇叭乱叫，人声吵闹，小偷趁机下手，流氓趁势作乱，你若不小心陷进去，安宁喘口气的地方都没有。

秋生和宝珠从来没有见过这么多人挤在一起，先是唬得不轻，老虎吃天一般，不知从哪里进入，不得不手拉手，才不至于在人群中挤散。艰难地挪动，人缝里钻来挤去，康复路上来回走了一趟，眼睛简直不够用，看啥东西都好，也都很便宜，可他们手中没有太多本钱，又怕回到郭杜没有地方可卖。两人商量来去，花六十块钱，批了五十双“全棉袜子”（其实是腈纶材料，能有三成棉就了不得了），提在黑塑料袋里，挤上回郭杜镇的公交车，比在家里三伏天抢收还要紧张。

早早吃完晚饭，二人相伴来到街道边的路灯下，一块剪开的蛇皮袋子铺展，人在小凳子上坐下来，就开张了。要价两块五，搞价搞到两块，最优惠的，五块钱三双。不到俩钟头，五十双袜子出手，挣了三十块钱。

明天，二人又去，不妨胆子再大一些，步子再大一点，批了两百双袜子，增加了花色和品种。回来卖了两天，竟然也完了，挣了一百多块。郭杜街上每天人来人往，好像每个过路的人都需要袜子。嗯，他们不但需要袜子，还需要围巾手套、毛衣毛裤，需要棉皮鞋棉拖鞋，甚至需要呢子外套。而这两个外地口音的人，不辞劳苦地给他们把这些东西搬运回来，赚取并不贪心的差价，男的漂漂亮亮，能说会道，嘴甜得恨不得流出蜜来，女的话不多，温存地笑着，不管你最终买与不买，她那笑脸也不会变，不卑不亢这个成语安她身上蛮合适的。

钱竟然真的这么好挣，每天能长出来一两百块。一个月后，他们自己也有了需要。他们需要一小间房子，哪怕四五个平方米，因为天越来越冷，他们不能总在路边。吴成贵奔波了两天，帮忙搭线，在街尾拐角处租到一间小小门面房。当然他们开始给吴成贵交房租，也备了简单炉灶，自己开伙。

每天睡到自然醒，九点多吃完饭，两人一起到店里，开张营业。门外的墙上，贴一大张塑料布，钉两排钉子，挂出衣服。有初步相中的，可到房子里试。十二点后，一个人守店，一个人跑回家，简单下一小锅稠面条，连锅端了来，盛到一只碗里，另一个人端着小锅吃。晚上小店关门时候，两人拿着锅和碗，一起回家，做晚饭。他们不在外面饭馆吃饭，自己做省钱。吴成贵家改善生活时，叫他们来一起吃。所以他们自己从不买肉，关键是没时间做，平常只吃青菜面条，等着吴成贵家一周一回的改善，秋生给宝珠说，这叫最大限度节约开支。

快要过年，秋生给家里寄了一千块钱，叫妈在家好生带着孩子，他们不回去了，趁着过年，好好挣一伙。批货的时候，精打细算，给吴成贵的两个孩子每人买了一件上衣，一家四口送了八双袜子。

腊月二十六，二人在康复路批了几大捆衣服，公交车不叫上，租了一辆面包车，拉回郭杜，小店里放不下，也不放心将货搁到那里，拉回家去，小屋里堆得满满的，常常有一个人跑回来，紧急抱到店里几件。只攒着劲年前大挣一笔。人们手里的钱好像不是钱了，是花花纸，买东西不像从前那样瞻前顾后，也不再死压价，都变得痛快很多。腊月二十九直忙到夜里八点，三十上午还有顾客，二人忙不过来，小店里也装不下顾客，干脆扯了绳子到店门外，战场更大了。吴成贵的媳妇也来帮忙。吴成贵领着女儿儿子在家里笨手笨脚地盘饺子馅、炸麻叶。店里这三人直到下午四五点，才收摊关店回家。

二人关起房门，将钱倒在床上，妈呀，恁大一堆，从没见过这么多钱。那边吴成贵一家开亮所有的灯，闹闹嚷嚷在做饭，他俩也不好意思细细数钱。再看看床上花花绿绿一堆，仿佛这不是真的，抬头看看对方，咯咯地笑。那时买化肥，哪怕有二百块钱，哪能那么作难，害得宝珠犯错误。可是，若不犯那个错误，咱咋知道走出来哩，可能还一直趴到家里，出死力掏憨劲哩，那个破民办，有啥好的，一个月几十块钱工资，而咱现在，半天就挣几十。这真是祸福相连，谁知好事坏事，有着怎样的密码，在这世上变来变去。二人嘴里说着赶快过吴大哥那边去吧，却又不舍得离开那些钱，眼睛盯着，激动地说这说那，唾沫星子飞到对方脸上，还紧急畅想了一下未来，开店呀、盖房呀这些词都蹦出来了。年货什么都没准备，炉子也灭了，团圆饭在吴大哥家里吃，被罩床单都没有洗，没关系，撤下来换上新的，干脆单子一卷，将那些钱包了起来，塞到一个保密地方，明天后天，有的是时间数，有的是时间洗。二人洗手洗脸，换了衣裳，收拾好自己，给吴大哥两个孩子一人包了一百元的红包，来到堂屋里。所有灯光亮起，院门已经插严，饺子在锅里翻滚。大家高高兴兴围在一起吃了顿年夜饭。吴大哥的媳妇打开一瓶西凤酒，两个男人竟然哩哩啦啦喝完了，借着酒劲，秋生说不尽对吴大哥的感激之情，端着酒杯，像孩子一样哥哥、哥哥地叫，吴成贵便也弟弟、弟弟地喊。吴成贵也很有成就感，他十六岁出门，远离家乡，苦苦劳作，当了人家的上门女婿，生下一双不姓吴的儿女，虽然夫妻恩爱，家庭和睦，但作为一个男人，总觉得人生有一些遗憾，夜深之时，少不得想念家乡。现在这一对亲亲的老乡投奔而来，说着跟他一模一样的语言，大事小事都要向他讨个主意，叫他心里少了身在异乡的孤单和寄人篱下的忧伤，再说能有这样一个放心的房客，本是闲置的房子发挥了作用，每月收入一百块钱，院子里多两个聪明伶俐的大活人，对他们也是好事。喝了酒的吴成贵，勾起无尽的思乡情，说起小时候吃不饱饭，自己爹娘度过的艰难，一时泪水涟涟，两个男人搂肩膀拍胸脯，掏心掏肺，哭哭笑笑，他们的话语时不时被鞭炮淹没，耐心地翻起眼珠子，等待鞭炮声过去，再将刚才的话续接起来。瓜子皮、糖纸、点心渣掉了一地，吴成贵媳妇说，扔地上扔地上，一会儿十二点前一块扫。果然，十一点五十分的时候，她拿起扫帚细细扫了一遍地，撮到门外的垃圾桶里。大家一起看完春节联欢晚会，二人从吴大哥家暖烘烘的屋里出来，提了一个热水瓶，端了一小盆吃食，相互扶着，回到他们冰冷的小屋。简单洗了洗，钻进被窝，相依相偎睡了一个幸福的长觉，直到初一大中午才起。从吴大哥家炉子上夹一块燃着的煤，放到自己冰冷的炉子里，烧热水洗衣裳做饭，过他们自己的年。

在老家时，头遍洗衣服水是黄白色的，在西安，是灰黑色的。第一次发现这个现象，还觉得吃惊，但之后回回这样，也就慢慢习惯，随之也习惯了城市生活。秋生和宝珠在西安的第一个春天，劲头十足地奔波于郭杜和康复路之间。钱是这么好挣，只要不怕出力，天天都能见钱，趁着年轻身体好，还不多辛苦一些？有时候两人起大早，一起去进货，赶中午回到店里，开门营业。从来没有节假日，好像也不知道累。有时候秋生一个人去，留下宝珠看店。如果天黑了还没有见到秋生回来，宝珠是无论如何吃不下饭的，电炉子上简单的饭做好了放着，必得看到他驮着一个大包回来，或者在公交车站叫的三轮车，拉回到店门口，她的心才放下来。秋生呢，要是耽搁在路上，比宝珠还着急，他怕宝珠操心，他愿意自己的身影尽快投入宝珠期待的目光中。屋里地方小，两人恨不得头顶头地，坐在一起吃饭，好像分别的几个小时，竟然是几天一样。秋生说着他去发货的经过，衣服对比来对比去，如何搞价，几个回合，叙述得不能再详细。路上的见闻，也要一件件说的，要是哪天碰上个孬孙，起了争执，叫秋生动了气，秋生脸憋得通红，一路上在内心温习吵架的过程，起因高潮结局，连对话都一句不落地记下，进了门就开始给宝珠复述，从头到尾，详详细细，连对方的长相表情都要描述，只恨没有录像机录下全过程。宝珠静静地听，不时点评一句，最后劝秋生不要生气，出门在外，安全重要，和气生财，不要跟野人发生矛盾，万一人家打了你，伤了残了，人又跑了，那还不是咱自己吃亏。如果秋生又听到一个一夜暴富的故事——康复路上几乎天天发生这样的故事，讲也讲不完——那更是激动地讲给宝珠听，好像那人与他们有什么关系，少不得将他们的情况与自身做一下对比，进行一番展望，无非是说，我们好好干，不定哪一天，也有可能发起来，“奶奶的，等咱有了钱”，这是秋生每次都要说的话。宝珠疼爱地撇撇嘴揶揄他，你有钱，那不更是大手大脚乱花。秋生说，钱就是叫人花哩呀，等咱有了钱，先在家盖座小洋楼，叫咱伯咱妈享几天福。两人结婚后，从来没有哪一天分开过，没有哪一个晚上不在一起搂着睡觉。秋生幽默活套，爱说爱笑，宝珠性子温柔绵软，不爱说话，遇事只在心里思忖。两人从没有吵过架，好像对方说什么，做什么，他们都支持，都同意，他们看对方，就像是另一个自己，完全的满意和爱惜。偶有宝珠想起往事，心情不好，或者遇事心不宽敞，来来回回思磨，眼神发直了，闷住头不说话，秋生必得使出浑身解数，不把她逗笑不算完结。

第四章　优优

罗锦衣调到了县城工作，在第二实验小学教书。

县城里较之乡镇，能感到自己多了些独立性，不像在村子或乡里，你出个门全村人都知道，你骑着自行车从街里走过这件事，几乎所有人都看到了，听说了。两个小时后，还会有人说，刚才看到骑车子向东去了。路过东边的村子，从街里穿行而过，那些不认识你的人，会目送你骑车走出好远，然后问身边的人，那闺女，哪儿的？啊，像是尹张小学的老师。这样，慢慢地慢慢地，十里八乡的人，都知道你了。

县城里的几条大街，座座楼房，像是屏障一样，挡住了人们的目光，人们也不介意身边走过的陌生人是哪里的，姓啥叫啥、商品粮还是农业户、正式工还是临时工、机关的还是预制板厂的。县城人的目光，稍微淡漠高远一些，不像农村人，对啥都好奇，走过一个陌生人，非得打听出来，哪庄的，到谁家去，篮里挋的啥，仿佛这是他们今天的一个重要事情。可毕竟，县城只是个温情而凝滞的小圈子，七大姑八大姨地套着绕着，仔细追究下去，好像人人都是亲戚，每个人都认识其他的人，又都被所有的人认识。县城是个扩大了的村子而已。罗锦衣才调来不到一年，也已经是遍地熟人，走到路上要不停地与对面走来的人打招呼，说那几句一成不变的话，客气地笑一直挂在脸上，还来不及收回，就又得紧急启动，还不如一直挂着保险，人们上班下班，买菜串门，相互被问候与笑脸一路护送。罗锦衣想，出门戴上那种哈哈笑的面具，岂不挺好。

不管怎么说，她一脚蹬进了天堂，要在这里展开她的幸福生活。

遇有上级领导下来检查工作，需要应酬的时候，她定是积极参与，小小县城的所有酒店、休闲娱乐场所，都让她足迹踏遍。吃完喝完，唱歌洗脚按摩，她全程陪同，一直到最终一个环节。她自带洗漱用品，夹层的角落里，还会有安全套。但那是领导提出用的时候，她才会拿出，对方若不提，她是断然不会拿出来的，否则就伤了领导的自尊，坏了领导的情致。如此，怀孕在所难免。她换个名字，到市上的私人诊所做手术。

“不能再刮宫了。”一位中年女大夫严肃地对她说，“子宫内壁已经很薄，再刮的话，今后不好怀孕。”

她木木地停了一下，脸扭向一边，过一会儿回过头来，对大夫说：“不中，我现在还不能生小孩，只能做掉。”

大夫给她开单子，让她进门帘后面的手术室。

怎么能不会怀孕呢，我这么好的身体，这不是，都怀了几次了吗？她躺在那个简陋的床上，腿高高架起，紧握拳头忍受着疼痛，告诉自己，快了，快了，再有几分钟。啊，下次一定注意，要告诉对方，得用套，我还是个大闺女，要是怀孕，我就完蛋了。领导会同意的，他们一定理解一个闺女家的难处。

为什么不能拒绝呢？他们又不能明确给我帮什么忙，不能答应我调到市里去，或者当个年级组长、教导主任什么的。我就不能狠下心来，回绝他们吗？

可是，真的不能，她试过了，当一个有官位的人，将她揽在怀里，嘴里喷着热乎乎的气息，用颤抖着的手摸索时，她总是不能拒绝，她觉得要是拒绝了，她就不再是个正常人、合格人——多少人巴不得呢，长得太差的，领导还看不上——就有可怕的后果，领导的脸，从此会对她冷下来，虽然那些人，不是她的直接领导，可是，领导，总是领导，天下领导一家亲，都是不能得罪的，要是拒绝了，她将再也不能进步。而她，是想要进步的，她还有弟弟，需要她帮助，伯妈活了大半辈子，弯腰缩脑几十年，需要在庄上受人尊重，家里这事那事，需要拯救。而这一切，都需要她的身体来开疆拓土。一个家里，有一个人中用了，其他人也都能带起来。

县城里的婚姻，并不能让你可着心挑拣，人本就不多，再每个阶层筛选圈定下来，也就没有多少可供选择的了。比如说，她几年前当民办教师时，理想是找个县上的工人，可现在只能在坐办公室的人里面找。

罗锦衣二十八岁时，有人介绍县民政局的祝新生，大她一岁，两人一见，相互挺满意——就算不满意却也没有更好的，婚姻有时候由不得自己，是由着一种强大的惯性向前走。二人很快确定了关系。

祝新生大学连考四年，勉强进入本省一个地级市二本学校，毕业后，借着亲戚套亲戚的关系，他爹又卖了家里的牛犊，使了不少钱，将他送进公务员队伍，从此坐进冬暖夏凉的办公室，与茶杯、报纸、文件相伴。而他的伯妈和全村人都坚信，从此县上咱有人了。

地区民政局给县民政局拨了一批轮椅，要在全县分期分批发放给有困难的群众。当然，轮椅有限，不可能需要的人都有份，也不可能大鸣大放地吆喝说，来来来，咱这里有轮椅发放。有限的轮椅对于大多数需要者来说，只能是春天里落小雨，湿个地皮，也只能润物细无声，悄悄进行。各级领导都先问自己亲朋好友，几十个轮椅发了一圈下来，竟然还剩几个在库房里。祝新生跟领导请示，能不能给他批两个，他考上大学出来这么些年，白白领受村里人的赞美与巴结，还从没有回报过乡亲。

星期天，祝新生和罗锦衣两人相伴，骑着自行车，分别回了祝庄和罗湾，让伯妈悄悄问问村上的人，有谁愿要，这是咱落人情的一个好时机。祝新生的伯妈和罗锦衣的伯妈先是脑子飞转，经过一番筛选，然后综合考虑，只恨名额太少，怎么只有一个，内心抉择一番，承担了访贫问苦的职责。拍去衣服上的灰土出门，摇身变作慈善大使，前往村里有残疾人的一户人家——当然是和他家走得近的，有过交情的，农村里病的残的瘫的可真不少，暂时顾不过来——告诉他们这个大好消息，让他们赶快写个申请，趁着锦衣在家，给你捎到县里去。被通知到的人家立即领了好大的恩情，天上凭空掉下个轮椅呀！听说值几百块，连说愿要愿要，可申请我们也不会写呀，关键是不知咋写才符合上级的要求。最后还是祝新生和罗锦衣帮他们写的。当他们看到自己的名字缀在“县民政局”开头的申请下面时，激动得快要掉下眼泪。

果然，下个星期天，一个大纸箱子由罗锦衣带在自行车后面，送回到罗湾；由祝新生的自行车驮着，送回到祝庄。但说罗湾这边，当街里拆开，由一个木匠和罗锦衣一起，照着说明书，将那轮椅组装起来。已经围了几十个人，在那里看，七嘴八舌地参与意见。那个半辈子在地上偎着行走的人被架起来，坐上了锃亮的轮椅，立时视线高了一截，在众人的见证之下，他在街里展示。哎呀，这轮椅却原来功能复杂得很，猛一下还操作不了，从前只看电影里的人，坐在轮椅之上，自己两手转着走，几多潇洒和洋气。咱家多年行动不便趴在窝里，快跟憨子一样了，被众人看着，越急越不会弄，只是窘迫地笑。罗锦衣耐心地教给他使用，咋推，咋拐弯，咋捏闸。看的人围了几圈子，进不去的孩子恨不得钻大人腿，钻进去的孩子好奇地凑上去摸，突然一声凄厉惨叫，手指头夹进了车轮，大人扑上去抢救，幸好没有流血断指，只是指头肚青紫了一块，趁着有这么多围观者，孩子张大嘴号哭，喉咙芯都能看到，那个小肉坠一个劲颤动。被大人又疼又恨地搂在怀里，被那么多人哄着，出尽了风头，于是这受伤的孩子内心生出幸福与豪壮，轮椅，将成为他童年的重要记忆。那人试了一阵，学会操作了，孩子们围上来，要推着他走。那受伤的孩子，脸上的泪已经干了，觉得自己更有理由当主推手，上去奋力将别的孩子拨开，又引出新的哭声，最后一窝蜂上去，轮椅上挂着四五个小孩。长久被冷落的这个人，变成大家的关注中心，他从此可以随时到街里参与各种话题讨论，身边早晚有孩子相伴。

轮椅成为福音，家乡人民得到实实在在的好处，轮椅改变了父老乡亲的生活，而这一切，都是中用了的罗锦衣带来的。一下子冒出许多需要轮椅的人，兜里装着烟、手巾里包了鸡蛋来找罗锦衣的伯妈，叫女婿再想办法给咱也弄一个。罗锦衣的伯妈走在街里，满面春风，他们答应再叫姓祝的寻情钻眼，轮椅要是实在没了的话，看能不能给点别的帮助，衣裳呀棉裤呀被子呀担架呀床呀，啥都中，给钱更好。民政局嘛，就是做这些事的，听说库房里堆得满满当当，一年到头都有好处给下面发放，只是咱够不着人，现在好了，那里边有咱的人了，有了好处自然先想着咱，今后咱要勤打听着，多往县上跑跑，到那机关院子里，去找找咱的女婿，去学校里看看咱的闺女，不定碰上啥别的好事？中中中，好好好，那就给咱勤打听，啥好处都中，啥好处咱都需要。罗锦衣家一时成了县民政局驻罗湾的办事处，不，成了县政府在罗湾的一个驻扎点，家里天天有人进进出出，成了生产队里又一个喷空儿点，她伯再也不用自己买烟吸，她妈再也不愁没人说话，大队支书也上门来，打问一些县上的政策。有时候等不到罗锦衣回家，支书就自己骑上自行车，到县上去找她，通过他再找祝新生，通过祝新生再找政府里相关部门的人。

那边祝新生的家里，想必也是同样场景上演。他们回报乡梓初见成效，大受鼓舞，又费些心思，打报告写申请给领导说好话，过了些时日，果然就有一些民政局库房里的东西用自行车不断地驮回祝庄和罗湾。

腊月里，祝新生和罗锦衣办了婚事。婆家娘家，来随礼的人乱碰头，院子里你来我往，流水席从早吃到晚。

结婚后一年，罗锦衣没有怀孕；两年，没有怀孕；三年，没有怀孕，不管是跟祝新生，还是跟各级领导，都没有再怀上，她之前多年里担心害怕的事情，却一直没有发生。在她最需要怀孕的时候，却再也没有消息，从前担心到日子月经不来，现在恼恨月月按时来临。

她全部承担了责任，给祝新生说是她的原因，她去医院检查过了，医生说是宫寒，要好好调理。

祝新生虽也难过，但也没有多说什么，对于生不出孩子的肚皮，说什么都是没用的。看她健壮的身体，饱满温暖的样子，怎么偏偏子宫就寒了呢？任谁也不相信她是生不出孩子的人。

她这种随身携带洗漱用品的良好素质，使她遇到又一个贵人，一个认为应该对陪侍过自己的女人尽点责任的人，那人颇费了一些心思，将她从县上调到市里。这让罗锦衣得出结论，大多数男人都是好的，总有那么一两个，不只是消费女人的身体，他们还愿意回报给女人以情感，会赠送一些礼物，愿意了解你的心愿，力所能及甚至全力以赴地提供帮助。她告别栖息八年的县城，并且离开了教师岗位，进入机关工作。半年后，将祝新生也调到市上。

二人怀着美好的期待，或许来到市里，她的子宫会变得温暖一些，也或许换个环境，周围人不再总是关注这个问题。

又等待几年，子宫依然不见回暖。三十五岁了，对于结婚已经六七年的夫妻，还没有孩子，谁都不再认为，这是个正常的事情。

没有孩子的拖累，她一心扑在工作上、应酬上、学习上，先是前几年在县上，通过远程教育，取得了大专文凭；到市里后，业余时间又上了党校，拿到了本科文凭。

在多年里，她仍然在办公室备着洗漱用品，她大大的包里，有一个小毛巾，几个简单的小瓶子小盒子，随着时间的推移，这些小瓶子小盒子的档次有所提高，有的是各级领导送的，有时是对方随手给个购物卡什么的，总之她那不变的洗漱袋里，装备在变得高级。夹层的角落里，还是有安全套。但那是对方提出用的时候，她才会拿出，对方若不提，她是永远不会拿出来的，反正她再也不用担心怀孕了。也并不是都要上床，有实质性的肉体接触，有时候那些下基层的上级领导，正直纯洁，十分爱惜自己的羽毛，比她还要害羞扭捏，基层人民，尤其是基层女人表现出全方位的崇拜赞美顺从臣服愿意为其做出一切的姿态，已经足够，也是很感动人的，让他们临走时紧紧握你的手告别，离开几天了想起你心里还是温暖。

罗锦衣刚来那年，市里建起一个新商场，照例要叫国际购物中心的。虽然是不大的四层楼，但因为有着最新式的手扶电梯，为此城第一家，就凭这个，大楼完全可以加上国际二字的。离她家不远，罗锦衣常去转转，当她手里有购物卡的时候，会到这里给自己买一件心仪的东西，或者给伯妈买件衣服什么的。多数时间也并不是一定要买什么，她那个卡，也不舍得一次花完，要分成两三回，好让她时时有着拥有一张购物卡的感觉，因为这种卡，不是一般老百姓能有的。有一回，省城来的一位领导，被她全方位照顾得舒心，竟然随手给了一张绿城亚细亚的购物卡，她一下子觉得跟绿城有了亲密联系。她一直等待去开会出差，可总也没有机会，于是在腊月中旬的一天，她专门坐上班车，去了绿城。花了半天时间将亚细亚从负一到顶楼逛了个遍，最后在负一层的超市，消费了那张卡，给伯妈一人买了一身内衣，给自己小家买了过年的东西，再搭班车回她的小城。

在小城的国际购物中心，她就是看看，一家一家细细地看过去，哪一家到了什么新式衣服，哪一家何时打折，她都清楚。或者她就是愿意感受一下在扶手电梯上向上升的感觉。反正回家也没有什么事，在该为孩子奔忙的年纪，却没有一个小孩叫她操心、劳累、吵闹，一间不大的屋子，显得空空荡荡，有时候落一层土，她也没心情擦，于是就更见荒凉，没有一丝生气，两人只是回来睡个觉，第二天爬起来各自出门，直到晚上回来，并且尽量推迟回来的时间。祝新生常在外面跟同事、朋友、一般大的喝酒吃饭打扑克下棋。

不管是大都市还是小县城，凡是双脚踏上这种购物中心电梯的女人，都像是上了一条神奇的传送带，立即被塑造成普天下一个模式：骄傲，轻浅，内心温柔，对物质依恋而顺从，被现实生活彻底征服，为着这楼上某一件心仪的东西，新奇和激动，甚至魂牵梦萦，恨不得每天来查看一回，它是否还在那里。若头一次就买回家里，又觉得这里那里不好，总是不像它们挂在商店时那么可人，带着一丝高贵和神秘，常常还要去退去换去调大小号，反正一件衣服，一次是搞不定的，总要来回跑几趟才中。傍晚，小城市华灯初上，喧闹中有着甜腻腻的温情和食物熟烂的气息。她在路边款款地走，看到带着孩子的女人烦恼疲惫地走过，看到年轻妈妈训自己的孩子，她内心轻轻颤抖。有次竟然见一个女人，在街上把孩子打得哇哇大哭，狠推一把，孩子坐个屁股蹲儿，妈妈转身走了，孩子爬起来舞着双手奔跑去追。她真想冲上去抱过那孩子，对女人说，你不想要了吗？我要，这么小的孩子，懂啥呀，你这样打他！那孩子哭得她心尖都是疼的。我要是有个孩子，怎么能舍得打呢，连吵一句都不忍心，一定把他当个小宝贝来爱，买最好的东西给他。那对母子已经走远，她心里还回响着那孩子的哭声。叹口气，电梯将她越带越高，她将楼下正跳广场舞的女人，将那些当妈的当奶奶的当姥姥的人，将那些身在福中不知福的女人，踩在脚下。

过年时候，罗锦衣和祝新生回老家。市里回来的人，带回的年货样样高级。婆婆在身后盯着她健硕的身子，想不明白这样的身板，竟然生不出孩子。可大家也都觉得，市里工作的儿媳妇，好像有生不出孩子的特权，因为谁也不敢像电影里的人一样，对她指桑骂槐，打狗骂鸡。好在祝新生有一哥一弟，都在家里当农民，也都生了两三个。家里的下一代，颇为壮观。从此一家老小，全靠这两口子帮衬，他家也是市里有人的门庭了，那么，生不出就生不出吧。两个妯娌不止一次说过，把咱的给你一个，看上哪个，只管领走。

罗锦衣听说甄宝珠夫妻俩也从西安回来，她在初四下午，骑自行车来到尹张，想先到她的校园里看看。大门上锁，院子里空无一人，她找到当年那间小屋的后窗。现在不知住了何人，高高的小窗子里拉着布帘，她踮起脚尖，从边缝里也看不到里面。十几年了，想想当初住在小屋里的人儿，最大心愿是转成公办，心甘情愿地和孟建设混在一处，那些从公社回来的夜晚，由孟建设骑自行车带到村头，摸黑走进大门，钻进这个小屋，转身插严房门，像老鼠偷了东西回到洞穴，窃喜而忐忑。她站在墙外，仿佛看到当年的自己，扑在床上，脸儿埋在被子里。现在的她替十二年前的那个姑娘，心怦怦直跳。她手放在胸口，啊，真的是同一颗心吗？那时竟如此卑微，对生活不敢多要。她转身离开，对当年的自己生出无限疼惜。

她刚才经过北舞渡街里，称了两斤油馍，买了一网兜苹果，见着几个熟人，亲热地打招呼说话。她知道自己走过去之后，那些人会站在原地，盯住她的背影观摩一会儿，然后说，三十六七岁了，还没小孩。

在秋生家里，遇见回娘家的秋云，小腹微鼓。宝珠小声对罗锦衣说："又怀上了，愁人。五年生了仨闺女，寻出去俩，跟前只留一个，东躲西藏，计划生育的成天找。打算过完年跟我们到西安去，要是闺女，还得寻出去。"

罗锦衣心里一闪，问："几个月了？是不是B超能看出男女了？"

宝珠怔怔地看了锦衣一会儿，都没有说话，两个人再次达成一种默契。

初五一大早，罗锦衣带着尹秋云坐班车去了市里。

过完春节上班之后，罗锦衣给单位里的人宣布：她怀孕了！她带着羞涩而甜蜜的表情给人说，唉，一直怀不上，都死了这条心了，也就从来不操心来月经的日子，还以为有啥问题了几十天不来，过年回家，我妈一看，说不对，这才一想，哟，仨月没来了，到医院一查，真的是怀上了。大夫说，我这属于高龄初产妇，还有点啥问题，说了一堆注意事项，反正得多加小心，建议在家休养。

过完正月十五，罗锦衣请了半年假，回老家保胎去了。

半年后，传来消息，罗锦衣在老家生了个女孩。

再三个月后，罗锦衣回来上班，带来了婆婆和孩子。

同事们说，哎呀你真会生，这孩子，吸收了你俩所有优点，长得可真漂亮。看你恢复得多好，身材跟从前一样。罗锦衣脸上涂抹着一层温柔的笑，像一个真正的母亲，接受人们的祝福和夸奖，说她除了没有奶水，其余一切都好。

这孩子少见地乖巧，好像知道自己身世，襁褓里的哭声都是试试探探的，不敢敞开了哭，有了诉求，只是唧唧哝哝一小声，点到为止，引起大人注意就行。喂了奶，换了尿布，就乖乖躺着，黑亮亮小眼睛睁着，看这个新奇的世界，看近在眼前的妈妈一张白白大大的脸庞，她小小的心里，涌上安全感，向妈妈一笑，将罗锦衣的心儿融化。一团小绒球抱在怀里，夜里肉挨肉贴着睡觉的时候，母爱被一次次唤醒。她心中释然，命中注定，这是我的孩子，只不过由别人替我生了。她以宝珠为中间人，和尹秋云达成口头协约。她补偿一些钱给秋云，从此亲生母女，永不相认，这孩子，任何时候论起，就是她罗锦衣生的。

罗锦衣夫妻大龄得女，把孩子爱得不得了，穿最漂亮的衣服，吃最好的奶粉、米粉，给她起名优优。

随着孩子渐渐长大，该打各种防疫针了，该吃糖丸了，该上幼儿园了，该进小学了，她和祝新生请假倒班，前后奔波，孩子生病的时候，她急得吃不下，睡不着，半夜里抱着上医院，孩子打针时，她先疼得直想落泪。

优优是罗锦衣的福星，自从有了她，生活步步顺利。罗锦衣张罗着找了市里最好的幼儿园，将优优送了进去。

第五章　开饭馆

歇了不到一年，秋云又怀孕了。她不敢懈怠，只争朝夕，因为民间有一种说法，若生女孩，就得生四个，凑够四条桌子腿就有可能转了。若四个后，还是女孩，那就得生七个，凑够七仙女，有转运的可能。秋云先向桌子腿进发。并不是每个未知的女孩都有好运气，有城里人来预订。富贵由命吧，生下来再说。果然，还是闺女，正好是年下，哥嫂回家过年，秋云托人叫来秋生，叫他抱去送人。前两回都是秋生抱走，送给人家，转身走的时候，那孩子哭，他也落泪，再怎么说，他是孩子的舅，听着小东西哭，他能不难受吗？送这个孩子的时候，格外奇怪，一路上，她的小眼睛圆溜溜睁着，一声都不哭，也不睡，只是盯着秋生看。秋生停下来，也看她，那双眼皮的小眼睛专注地和他对视。才几天的孩子，就会这样盯着人看，若有所思的样子，仿佛开口要问秋生，你真的要把我送人吗，然后你们就把我忘记，仿佛我没有来过你们家？秋生本是给她找好了人家的，也基本说好了价钱。当然，他们不是卖孩子，他们只是为了生个儿子，不得不一次次这样做，只是收点人家给产妇的营养费，算是双方感情上的交代，也是一种交割，从此之后，各走各路。可秋生看着这孩子，脚步慢了下来，他站在冷风里，将一团小肉肉又抱紧了一些，然后他转回身，抱着往回走了，回到家，给宝珠说，这孩子，咱要了吧，咱只有俩孩儿，也没空再生了，看这小闺女，多心疼人。宝珠接过来，说，好，咱就要了吧，带到西安去。

第二天，秋生去给秋云六百块钱，也没说把孩子送哪儿了。从前那两回他也都没说，秋云也不问。

第二年春节，大家再见面时，宝珠抱着一岁的婷婷说，我们在西安寻了个小闺女，你看，跟你这当姑的多像，不是一家人，不进一家门。秋云抱过孩子，仔细看了看，搂紧在怀里，掉下几滴泪来。

因这一年在西安，带着孩子，宝珠啥也弄不成，现在准备把孩子放到家里，让婆婆给带着。

秋生和宝珠在郭杜街上卖了六七年服装，刨去吃喝花销，余下的钱寄回家里，应付全家所有用度外，由伯妈给他们存下。差不多有四五万了。

通过卖服装初步脱贫，可是也受够了倒卖服装的辛苦。风里雨里，奔波来去，没明没黑地干，挣的只是辛苦钱，有时候进的货不对路，卖不出去。流行也真是怪东西，一说要兴啥，不管多难看，都抢着买，就说那踩脚裤吧，有啥好的，每个女人都要弄一条穿上。那些搭不上流行班车的衣服，就是一副寂寂无声的样子，挂在一边做陪衬，问的人少，最后剩下了，要么背回去退给批发商，要么便宜处理掉。

如此干下去，撑死也就这样。

还有没有更挣钱的事呢？

康复路对面有一条小街，叫平顺街，有很多小馆子，卖凉皮、面条、水饺、盖浇饭、肉夹馍。天天食客盈门，都是来康复路批服装的小商贩，急匆匆进来，随便要上一份，十块钱以内解决问题。两人去康复路进货时，常在一家小饭馆吃一碗面条。秋生觉得这个营生好，不搞价，就那么几样，墙上挂小牌，写得清清楚楚，不用说那么多废话，每天做好后，宝珠给人端，他只用坐门口收钱。饭馆小老板的日子令他向往，他开始打这个主意。

二人将这些饭馆尝遍之后，还是爱吃面条，总是在一家“大碗咥面”的饭馆吃扯面、刀削面。大碗六块，小碗五块，加肉的话再加两块钱。平均每碗七块钱，加上小菜拼盘和啤酒，每进来一个人，差不多撂下十块钱。每天最少进来一百个人，就是一千块，人说饭馆是对半利，那么，一天净落五百块钱。一个月……啊，顶他卖服装几个月，还不用来回奔波，也不怕刮风下雨，关键在这里开饭馆，不怕没人来吃。康复路上每天人头攒动，对面这条街，也是人挤人人踩人，午饭时候家家饭馆里没有空位子，还要在门口支桌子，实在没有凳子可坐，还有人蹲在门口吃。也不用给顾客说那么多废话，你爱来不来，不来你饿着去，不像卖衣服那样，拿了这件拿那件，试来试去，比来比去，讨价还价，有人拿回家几天了，又跑来退货，磨不完的嘴皮，斗不完的心眼。秋生算得热血沸腾，心里全是开饭馆的好处。结账时，给店主递根烟，攀谈起来。秋生不抽烟，但出门总爱给兜里装盒烟，在老家装的是黄金叶，到西安后改装金丝猴，出门问路说话，先递一根烟。店主夫妇是蓝田县人，见秋生两口子长得灵性，也都本分，每次来，只在他家吃饭。男主人吸口烟，与他细说端详："兄弟，我给你说，凡是在此一街两行开饭馆的，都是关系。到工商所先登记、排队，当然咧，还得塞钱、送礼，新增的门面，优先租给你，要么就是这里哪家饭馆不想干了，转租给你。可这街上几年来除了那家老板车祸死了，老板娘盘了店，再没有谁家不想干的，都是打破头削尖脑袋。康复路生意红火，这条街也跟着生意好，只要不怕累，天天拿簸箕撮钱。"眼见他一根烟抽完，秋生又递上一根，连带将快瘪了的少半盒塞他兜里。蓝田人用上一根点着下一根，吸一口，得意地低下声来，"看你也不像瞎㞞，不瞒你说，每个月，这个数，净落。"他伸出两个手指头，一个碰一个，来回晃晃。

秋生说，下回来批衣服时，按他女人身材，拣质量最好的，给拿一条踩脚裤，请蓝田大哥给引见工商所的人。

下一周，蓝田人胳膊肘里夹着黑色踩脚裤，高兴地给秋生留了传呼机号，说："兄弟，我给你留心着，哪怕碎碎的一间，先要下来再说。这地段，有席片大的地方都能挣钱。"

秋生二人高兴地扛着衣服乘公交车回郭杜，一路上心里都很激动，可四周挤满了人，也不便说话，只是用兴奋的目光对视几眼，然后转向外面，看路边的景致。路上的人都走得那么有劲，人们一来到康复路这个地方，不由得长出了好多力气，去赶路，去争抢，肩扛手提，奔向眼前不远所能看见的发财之路。二人各自心里畅想着当饭馆老板的未来。在郭杜下了车，每人背一个大袋子往店里走。宝珠问，将来门面房要下来，卖啥饭？

是啊，卖啥饭？

晚饭后给吴大哥说了这事，大家又是激动地畅想一番，最后停留在卖啥这个问题上。

吴成贵突然眼睛一亮："胡辣汤！北舞渡胡辣汤。"

北舞渡胡辣汤在老家那里闻名周边几县，基本上家家都会做。胡辣汤的重要步骤是搦面筋。这是个力气活，也是个细致活，和好一大块面，揪成一小块一小块，捧在手心里，放入清水中，用两个大拇指由里到外不停地揉搓，搓累了，再由外到里揉搓。淀粉洗出来，溶在水中，白白的像半盆牛奶，剩在手里的小麦纤维，抽抽成一团，就是面筋。将肉丁、黄花、木耳、海带、粉条、白菜等，伴以胡椒面等调料炒好出锅。锅里倒入清水——有肉汤骨头汤更好——水滚后，面筋扯成小片下进去，牛奶样的淀粉冲进去，最后炒好的菜倒进去，搅拌，小火咕嘟一会儿，稠糊糊香喷喷一锅胡辣汤大功告成。不知道哪个先人发明的，充分体现了中原人兼容并蓄的性格，不管你东西南北中金木水火土，到了我这里统统一锅烩，不浪费一丁点东西。有外地人说，胡辣汤源于中原人外出讨饭，讨回来各样饭菜倒进锅里加热，这说法当然是编造，埋汰咱们中原人。真正起源，自有多种说辞，总之，胡辣汤成为中原人的一道著名饭食，听起来不高雅，看起来也不漂亮，吃起来却是醇厚妥帖。

秋生去买了要用的调料，宝珠抽时间做了一大锅胡辣汤，叫吴成贵一家子尝了，都说好喝。吴成贵连喝两大碗，眼圈都红了，说："哎呀，多年没尝到这么地道的味了，一喝这种胡辣汤，好像回到老家了。西安人做的胡辣汤，不中不中，不是这个味。"

二人跃跃欲试，时不时在家里熬上一锅，盼望着他们的门面房能早点到手。

下次再去平顺街，蓝田人说，打听好了，工商所的人说，下半年就要扩展门面房，这条街拐个弯往后，现在看着背一点，到时一连上就好了，好多人都挂上号了。不过，现在办事的门道，你也知道，要拿钱打点。秋生问多少钱？蓝田人说，少于两千块恐怕弄不成事吧！见秋生脸上有吃惊表情，蓝田人说，康复路这地方，跟别处不一样，啥都是乘以几再说话。秋生说，我拿两千块，叫他保证给咱弄一间。

蓝田人说，不瞒你说，工商所这人，是我一个拐了八道弯的亲戚，早没亲戚情面，只是搭上话罢了，我当初这门面房，也是他给弄的，我也给钱了，他只认钱，别的不吃来。你要知道，到时开了饭馆，那天天就跟拾钱一样。秋生说，我懂我懂，两千块准备好了，你就说啥时去见那人吧。蓝田人说，我给你先打探好，你下次来进货，两千块拿上，咱直接去工商所找他。秋生说，也别下次进货了，就后天吧。你下午饭馆不忙了，就去找他说好，两千块，一定给弄间门面，有变化的话你给我打传呼，没有你传呼，我后天就直接来了。

多一天都不愿等，秋生对这种找人办事、送钱送礼的事总是有着极大热情，好像这个过程也是享受，往外花钱就跟挣钱一样的踊跃，钱递到别人手里，就像自己得了一般高兴。中间隔的一天，没接到蓝田人的传呼，他第三天就一个人揣着两千块直奔平顺街而来。在饭店等了一会儿，蓝田人忙完手里的活儿，洗洗手，掀掉围裙，带他去往工商所。来到那人办公室，先给递根烟，搭几句话，然后一片报纸包着，拿出来放桌面上。那人用手向回一扫，落到胸口下方的抽屉里，娴熟的样子让人觉得他常做这个动作，弄不好他那个抽屉，是专门用来装钱的。那人大吸一口烟，将自己埋在烟雾里，皱着眉头说："就这，回去等消息吧。"秋生赔着小心问，大概多长时间？那人说，"快咧一个月，慢咧俩仨月，那不是你看到了，老赵他们门面往西拐的街上，正在扩呢。"他说的老赵，就是蓝田人。秋生还想问点啥，那人像被烟呛了似的咳几声，皱着眉头不耐烦地说，"办不成事，钱退给你，一分不少。问你赵哥，都是这样弄的。"蓝田人在身后拉了拉秋生。那人稳坐办公桌后，屁股都没抬一下，"好，你们走，不送咧。"

秋生恨不得天天到康复路进货，好去蓝田人那里打听消息，在他店里吃一碗面条，喝一碗面汤，闲聊几句。店里总有顾客，关于门面房也不能说得太明白，他其实只是想在蓝田人这里求得个心理安慰，想让人一遍遍告诉他，没事的，你的两千块是保险的，门面房是有望的。唉，这种事，也只能冒个险，寄希望于对方不是坏蛋、骗子，不会翻脸不认人，不承认收过你的钱，人家又不可能给你写收条，既然愿意去送钱上门，那是出于双方的信任。他默默观察蓝田人那张圆圆黑黑的脸，怎么看也不像骗子，当然不会的，人家在这里扎根开店，忙得跟啥一样，哪有心情要骗你两千元呢？他现在没工夫理你，不陪你说话，是因为太忙了，一个饭馆里，有那么多事要干，扫帚不到，垃圾不会自己跑开，铺在地上看着难受，抹布不到，桌面不会自己干净，顾客就站在那儿喊叫；他那个工商所的亲戚是一张更黑更油腻的脸，那么傲慢不愿多说一句是因为人家胸有成竹，见得多了，没必要跟你废话，两千块钱在人家那里，碎碎个事，犯不着设局骗你，都是你自己心甘情愿往上赶呢。秋生明白了，在自己是天大的事，在别人那里，算不得什么。在人家店里坐得不好意思了，告辞出来，往街的后面走，看那些门面房，一间一间的，正在粉刷，闻到石灰的气息，也是一种安慰，好像这房子跟他已经有关系了。每一间二十多个平方米的样子，后面隔出四分之一，用于操作间，门前离马路沿还有两三米的距离，中午人多的时候，可摆放一两个桌子，这条街上饭馆都是如此。秋生设想着，哪一间是他们的，他甚至想象着，里面摆几张桌子，摆什么样的桌子。下次来再看，粉刷好了，门安好了，全都上了锁。下面就该通知他们来办租房手续了吧。

果真有一天，来了传呼，他立即跑到小卖部用电话回过去，蓝田人叫他来工商所办手续，一次交清两年租金，还有押金、水电费、卫生费、治安费、门头制作费等七股八杂：“先拿三万吧。”

宝珠吓了一跳：“这么多呀？”

秋生也是心里一疼，再一想，闹市区门面房嘛，就得这么多钱。“那不得先舍出去，才能挣钱？听老赵说，挤破头才能要上，这点钱，一年也就差不多回来了，咱今后就是西安市里最热闹地段的饭馆老板了。天天坐着收钱，再不用给人讨价还价磨破嘴皮了，为了两三块钱，来来回回说一火车皮的话。康复路啊，那么多人，乱踩脚后跟，他有本事别进来吃饭，饿着去。”

“人家不会去吃别家的，要是没人进来吃，可咋办？胡辣汤不煎饥。”

“一条街那么多饭馆，你见哪家空着了，都是只嫌位儿少。也就是吃个口味，谁能保证他喝一碗胡辣汤就饱了？咱不是还有菜馍呢嘛。”

“菜馍，也吃不饱，一个一个踏，跟不上他们吃。”

“咦，咱老家的饭，咋都是不煎饥的？你看人家陕西人的饭，羊肉泡馍，锅盔，听着都实在。”秋生心里说了，难道咱那儿的人真的是虚头巴脑不实在，怎么就没有一个结实饭食？想来想去，噢，咱那儿人太穷，常年不是打仗就是逃荒，有点吃的扒到嘴里，不饿死，就是好事了，哪有空闲静下心来，摆抵着吃。

门面房的钱还没有交上，两人就为胡辣汤配什么而展开了讨论。先是不想雇人，就他们两个，那就不能做太麻烦的吃食，可是菜馍，是他们老家特色，来西安这么长时间，还没见过有卖的。新式样总是好的。嗯，胡辣汤配菜馍，纯正中原特色。

这些天，吴成贵一直听秋生说着康复路的门面房，心有所动，康复路在他们心中，那是能生出钱的地方。和媳妇商量几次后，给秋生说，你们开店用钱，其实不用让老人从家里再汇钱来，服装款的钱凑一凑，其余的，由我们和孩子他舅来出，到时挣了钱，给我们分红，只要比银行存款多就中了。秋生二人一想，这样也好。于是说好分成的点，写好借据，三下里凑出四万元。还得买桌椅板凳、炊具食材，还有很多看不见的钱，这一点那一点，也不少花。

这是他们生活中的一件大事，又是一次装这么多钱，两人锁了店门，拿存折到银行，排队取了钱，秋生身上装一万，手里袋子放一万，宝珠身上装了一万，都放在最贴身的口袋里，一起乘上去往市区的公交车。在车上两人手紧拉在一起，都感到对方手心里的汗。

战场从长安县转移到市区，又是寸土寸金的康复路对面，他们将要过真正城里人的生活了，不由得心里有小小的激动和成就感。

若不是秋生爱花钱，他们存下的，还会更多。不过，秋生的钱也没有自己乱花，而是花给了别人，花在了大事上、面面上。他们这样的人，也认识不了再高级的人了，也就是工商所的呀，市容管理的呀，交警队的呀。秋生给他们花钱，好像从不知心疼，过年过节送礼，吃饭唱歌洗脚，有时候一晚上花出去好几百。宝珠埋怨他不该这样手大，我们挣钱多不易呀，起早贪黑的，为了一件衣裳和人还价，三块五块地抠。秋生说，钱花给他们不冤，咱在人家手底下讨饭吃，有啥办法？人心都是肉长的，他吃了咱的拿了咱的，遇事总会高抬贵手，你就说老赵这个亲戚吧，那今后有啥事，不还得找人家？秋生八面玲珑，嘴又会说，走到哪里，一双大眼四周一轮，就能将行道摸个八九不离十。来往于康复路和郭杜之间，他确信市区比郊区好，市区人多热闹，挣钱机会当然更多。

他们先在八仙庵附近租了一间住房，和宝珠跑着买齐了锅碗瓢盆，只是遗憾找不到做菜馍的鏊子，无奈用一个大号平底锅代替，小了不行，菜馍掐尺等寸放进去，不好翻，弄不好就翻烂了。还是老家的鏊子好，鼓肚子朝上，麦秸火在下，菜馍、烙馍在馍坯儿引导下，来回游走、挪动、翻面，正反两面、每个方位都吃透火，才能熟得均匀。

二人盘了经营六年多的服装小店，与吴成贵一家辞别。也没有太多东西，打包背着坐公交车，来回跑了两趟，家搬到了东门外八仙庵。

门面房里石灰味的潮气还未散尽，小饭馆就开业了。胡辣汤三元一碗，菜馍中间切开，一块钱半个，也就是说，进来一个人最少四块钱。一个菜馍两张皮，先擀好一张，放高粱秆锅排上，调好的馅儿放上摊匀，留出周围一指宽的边，再将另一张皮对齐放上，圆周一点点压实，由锅排上顺着落到平底锅里，下面的蜂窝煤炉火是动不了的，只好端着锅挪动。宝珠想得周到，菜馍切开卖，吃起来文雅、细致，边沿踏得严实下面兜底，菜不掉出来，上面热气和香气随着一股细烟冒出。后来她想了更好的办法，将菜馍进行改良，半个半个地踏，擀好一张皮，只摊一半馅，另一半皮折上来，踏成半圆，这样省得切时有所偏差，这个大了，那个小了。她的馅做得实在，粉条、豆腐、白菜（没有白菜的季节，用青菜、西葫芦、茄子、豆角代替），它们是最佳搭配，相互配合，吸收，不至于太干，也不会哩哩啦啦流水，馅儿切得细致，偶有不小心从嘴上掉落，正好跌在下面的胡辣汤里。带着刚开饭馆的新奇与喜悦，忙碌的宝珠偶一抬头，看到人们小心翼翼的双手捧着菜馍，孩子般地张大了嘴，多是满足的表情，她心里也很舒展。几天下来，每天收回四五百块钱。

关键问题是，菜馍速度跟不上，宝珠一直守在平底锅跟前，擀皮，摊菜，压边，高粱秆锅排倾斜，小心抖动，落到锅里。平底锅的边很碍事，馍坯儿磕磕碰碰施展不开，角度过于陡峭，不如在鏊子上运行自如，也不敢多翻，一个菜馍翻一回，保证烙熟。可它们毕竟是用时间来熟的，顾客再着急，哇哇喊着，咋还不好还不好，可它也不能吹口气就熟，又不能急，火一大，皮就煳了，里面馅儿还支支煞煞。

一个星期下来，得出结论，菜馍太娇气，太费事，摊工夫太大，不小心就翻烂，一烂卖相不好，顾客嘟嘟囔囔不愿意要。看来一块钱半个包不住。第二天，变成两块钱，竟然没有一个人提出异议。连秋生都觉得有点贵了，可门外街上，每天进来的人不重样，挤挤扛扛，都是做着发财梦的，谁也不会在意半个菜馍两块钱贵不贵，好像走进康复路这片地方，就被各种梦想搅得大脑兴奋，生活充满了传奇和惊讶，不指望什么回头客，也无须什么好口碑。

胡辣汤好办，早起熬好一大锅，放在炉子上保持热度就行。菜馍，得一个一个踏，做好两个半拉子菜馍至少七八分钟。宝珠只有两只手，从早到黑忙不停，也供不上一个一个张开来要吃菜馍的嘴，那些三五成群的人走进来，随随便便地说，来五个菜馍，秋生想的是，十块钱到手，宝珠却全身一哆嗦，心下生烦。慢性子的她，所要做的是手下怎么能快一些。

天天低头踏菜馍，翻菜馍，不到一个月，宝珠的颈椎出了问题，僵硬，疼，恶心。再也不能低头了。看来菜馍是做不成了。秋生叫她负责盛胡辣汤，他来踏菜馍。秋生只用半个钟头就学会了擀皮，哗啦哗啦，速度不亚于宝珠。于是他发现了宝珠的问题，人太实在，放菜太多，成本摊得大。而他秋生做的菜馍，皮厚，馅呢，薄薄摊一层，薄得直想透过馅看到下面的那张皮。一变熟，馅儿变软收缩，显得更少，两张皮中间几乎没有东西，都贴到一起了。之前宝珠做的，皮不薄不厚，菜摊得实实在在，饱登登，温存存，拿在手里都叫人觉得肯定好吃，而秋生的菜馍，皮厚，馅儿少，干橛橛，硬邦邦。可是，还是没有人表示异议。大家都是赶路人，恨不得三两口吃完，扔下钱起身奔赴发财路。从对面那个各种商业玄机，各样欺诈伎俩，钩心斗角大市场，小偷儿、碰瓷者出没的地方走出来，哪能对一个小饭馆的细节问题挑剔呢？康复路这个地方嘛，你还想要多实在呢，两块钱一个菜馍，行啊，谁又能说这不是菜馍呢？当宝珠用她那双视力不好的眼睛去瞅那端上桌的菜馍时，秋生对她挤挤眼。

宝珠有时间在小店门口坐下来，用她那不卑不亢的知识女性风格招呼客人——其实也没怎么招呼，就是微笑一下，让人家坐下，她给盛了端过去而已，人家吃完起身出门时候，她算账收钱，拿抹布擦桌子——她得以有时间看眼前的人来人往。这莫不是世界上人口密度最大的地方？低下眼帘的时候，只见一片腿的森林，牛仔裤的腿，踩脚裤的腿，压成棱形块的居家棉裤外穿的腿，毛裤外面套丝袜的腿。那时正流行踩脚裤，从十几岁的小女孩，到五六十岁的大妈，从双腿笔直修美，到大粗腿，小短腿，罗圈儿腿，小腿肚子上一个大疙瘩完全不像是女人腿的腿，全部都用竖条细纹的踩脚裤来武装，腿的缺陷展露无遗，漫画似的夸张。那个发明踩脚裤的龟孙，不知躲在哪里偷着乐。怎么会有如此魔力，叫女人们无一例外爱上这种最省事的裤子，轻，薄，耐脏，好洗，好干，有弹性，不用熨，最重要的是便宜，质量好的上百，便宜的五六十，甚至一些薄的、面料差的，十五、二十就能买来，想想吧，几十块钱就能赶上一个大大的时髦，那谁能不赶呢？大多是黑的，也有藏青、咖啡、深绿，偶有敢于出风头的，竟然穿一条火红色踩脚裤在大街上奔走，像是两团火苗在跳动。反正在二十世纪末的那几年里，踩脚裤独领风骚，春夏秋冬，包打天下，好像每个女人都至少有这样一条裤子。可是，宝珠没有，她尽管卖过上千条这种裤子，却从来没有想过给自己腿上套上一条。这裤子多丑啊，它本不是外面穿的，只是把薄毛裤下面加了个环套，能够踩住不叫它往上抽抽。女人怎么就穿着这样的裤子满世界跑呢？上衣短的，屁股那里紧绷绷光溜溜地包着，屁股瓣的轮廓都看得清清楚楚，年龄大的体格壮的，肌肉松弛，后腰到屁股那里像一堵大门扇子，一走路就波涛般晃动，真是不知羞耻。她宝珠是绝不会穿这种裤子的，她还是穿传统的料子裤子，或者宽展的、定型的、熨出两条道的牛仔裤，秋冬时候，穿一条量身定做的薄呢小格格裤子，既不是喇叭也不是锥子，而是永不过时的直筒形，底下翻上来一个小边。她人苗条，腿细细直直，穿这种裤子也不显得臃肿，反而有一种别样的矜持与雅致，很像一位知识女性。

可是，她那条薄呢格子裤，平常干活时是不穿的，过年过节了穿一下，大部分时间在箱子里放着，每次拿出来，带着一股卫生球的气味。现在，穿着一身工作衣，外套一件蓝大褂的宝珠，坐在她的饭馆门口，鉴于她的颈椎问题，头向后仰去，左右来回动着，垂下眼帘，看她眼前腿的森林在移动，鞋的小船在奔走。她想起多年前，她和锦衣在北舞渡喝胡辣汤吃菜馍的情景，那时两人是娇滴滴的闺女家，跷着兰花指两手合起捧着菜馍，不小心把馅儿掉在胡辣汤里，都要不好意思地笑一下，嫌自己没成色，吃完掏出手娟细细擦嘴，最后两人争着付钱，四只胳膊挥来挡去。

每天中午，不知从哪里来一辆三轮车，扎在平顺街路口卖盒饭。一大桶米饭，几个菜，大勺子各挖一点，塑料饭盒装得鼓起来，纯素的每份五元，要肉菜六元，两个人，一人收钱，一人打饭，顾客排长队。中间还有一个人骑三轮再送来一桶米饭、几盆菜，将炒好的菜哗啦啦倒进盆里，像他们在农村往猪食盆里倒，引起猪圈里一阵骚动，而这里是排着的人群一阵涌动，情绪激昂。他们两个小时结束战斗，收钱的那个人，来时胸前的包是瘪的，走时鼓囊囊的。宝珠观察，他们一中午卖出两百盒是稳的。那些市容工商检查占道经营的，却独独对他们视而不见，绕开了从身旁经过，其中定有端倪。偶有闲下来的饭馆老板站在自家门口看着，小声咒骂。相互谈论，别小看卖盒饭，南方有个女老板，怎么发起来的？深圳刚建特区那会儿，那四川女人领着一家老小，在路边租了摊位，用最糙最烂的那种米，蒸一大锅米饭，炒几大盆菜，每勺两块三块五块不等，米饭免费。都是打工的来吃，排着队啊，每天从早卖到晚，收钱的专收钱，打菜的专打菜，挖米饭的专挖米饭，甚至那个收拾一次性饭盒的，手不停地专门收拾饭盒。两年就发了，在特区开了工厂。

宝珠看到斜对面卖荷叶饼夹馍的那一家，蒸笼架得快要接到房顶，每次上锅和起锅，要两个人站在椅子上，再踮起脚尖，一层一层高高架起。她眯着眼睛数那蒸汽里的大笼屉，天哪，二十五层。假如每层放三十个荷叶饼，一锅就是七百五十个。大锅从早晨到中午，不停地蒸，鼓风机呼呼地叫。除了自己卖，大量地对外批发。想自己手工一个个踏菜馍，该有多笨啊。原来，挣钱不能掏憨劲，得想办法，省时，省力，多收钱。

每天早起的搦面筋，也是个体力活，一个动作不停地做几十分钟，胳膊酸疼，又耗费时间，也是不能着急，一急功夫不到，那面筋洗不透，下到锅里是硬疙瘩。手工搦面筋总是不能供上胡辣汤的用量。

宝珠给秋生说了她观察到的斜对面蒸荷叶饼的情况，秋生叉腰站门口看了一会儿，那屋子的蒸汽里几个人的身影在忙碌，要是不挣钱，这么个小屋子，怎么要得了四五个人。两人替人家算了一笔账，吓得直吐舌头。再次悟出，减少成本、减少体力是增加盈利的好办法。

每天天刚亮，人们就从四面八方涌向康复路，骑着三轮车，驮着大袋子，拉着行李箱，人潮汹涌，一天不休，来往的人皆是匆忙，身后狼撵着一般，走路都挤挤碰碰，谁也没有心情在饭馆坐下来细品。要快，要饱，要实在，这就是他们的要求。没有人计较你什么特色不特色，风味不风味，也没人在乎你跟你家乡感情深不深，甚至没有人要求你货真价实，肉就真的是肉，面筋也真的是你亲自手工洗的面筋，你老家那种温暖真诚的面筋，我们压根就没见过，我们所知道的面筋，就是市场上卖的那种机器制作，蒸出来的大眼儿如蜂窝的面筋，压出来的瓷不登登的面筋，我们没有说这不行呀。你没见康复路整个一条街，还有附近延伸出来的各种店面，虽然挂着名牌产品的招牌，可哪里有真货呢？全都是仿制品、廉价货，每个人都急死忙活，只争朝夕，向批量要效益，向低价要效益，向速度要效益，谁会要求一个小饭馆卖多么实在的东西。只要别把我们吃出问题当场撂倒在大街上耽误我们挣钱就行。好吧河南到河北咱两省了，那我们就没有必要出力不讨好。一切按最省事的来，胡辣汤里配菜也可以少放一些呀，那些木耳黄花，都挺贵哩，不用自己手搦面筋了，当然也就没有牛奶般洁白的面汤了，直接冲面糊好了，多冲点，不行了配点粉面，只要显得稠稠糊糊的，菜嘛，也就是个点缀啦，泡好的碎粉条多放点，不值钱的豆腐皮碎海带多放点，木耳黄花减少，肉丁嘛，改成人造肉。胡辣汤一步步在偷梁换柱，还是没有顾客提出异议，之前在这里喝过最正宗北舞渡胡辣汤的人，早就不知扛着大包回到他哪里的老家去了，他甚至都不记得他是在哪家喝过胡辣汤。

二十世纪九十年代，中国人好像从一个千年睡梦中醒来，揉揉眼睛，复苏了自己的各种需求，市场这个词，从遥不可及的，陌生可怕的，变得亲切迷人，让人痴狂。钱！钱！钱！每个人心里都在想着这个字眼，从前耻于谈起，现在变成世界的主题，好像所有人活着，都为了一个钱字，伸出千千万万的手，拼力向它够着，抓着。我给你钱，这几个字，可让暴烈者变得温顺，坚硬者很快柔软，铁面孔立马和善，可使一切不配合、不对接、不可行，掉转为亲密咬合，如鱼得水，刚才还是此路不通，转眼化为放行通过，从前谨慎慢行，今朝加速前进。每个人都充满斗志，向着一个目标奋不顾身地前进。可能从前穷得太久，饿得太狠，金钱的重要性突然间无比强大。可是，它们只带来短暂的幸福和安慰，立即转化成永不知足的黑洞，带来无尽烦恼。刚挣到一千元的时候，欢喜半天，立即又有一种饥饿和恼怒，为什么不是三千、五千？秋生想起他们小时候夏天捉知了，一个小小的、薄薄的洞眼，轻轻一抠，薄皮坍塌，越抠越大，带着惊喜与好奇，比指头略粗的洞穴豁然开朗，一只没有蜕皮的蝉躲在里面，看准蝉的正面，放下去一根小棍，那褐色的胖墩儿抱紧了它，小棍轻轻一提，带出来了，真是一个惊喜的收获。可有时候那洞显得怪异，洞口并不是明朗而轻浅，只是一种可怕的深与厚，觉得不对，可还是想扒开看看，越扒越不对劲，总是不甘心，要伸进去摸摸，妈呀！一条怪虫藏在里面，差点咬了手指头，吓得大叫一声跑开。

半年之后，秋生也懒得天天踏菜馍了，直接批发斜对面的荷叶饼，自己弄了几样小菜，卖荷叶饼夹馍。夏天来临，又增加几样凉菜，引进啤酒汽水，中午饭口，门外也放了两张桌子。最忙的时候，两人恨不得脚下安上滑轮，屋里屋外奔走，再长出两只手多好。可他们不愿意雇人，雇个人每月得给三百块钱，还要管吃住，多个人就多操一份心。二人配合默契，多累一点就是了。

生活就是每天的劳作，日子就是由一锅又一锅胡辣汤组成，一筐又一筐荷叶饼垒起，一盆又一盆小菜延续。五六点起床，到店里开门收拾，择菜，洗菜，熬一锅胡辣汤，从对面端一筐子荷叶饼，二人随便吃点，附近买早点的居民也都陆续来了，上班的人也路过了，一锅胡辣汤盛完，荷叶饼夹菜也卖完。宝珠洗锅收拾，秋生出去采买一通，十点多回来，两人按部就班各做各的活儿，准备中午的胡辣汤，再从对面端一筐荷叶饼。

再也不像前几年提起胡辣汤满怀深情，觉着是他们老家的象征，是期待的美味，现在他们经营的胡辣汤，早已经变了味道，完全不知道是哪里风味。后来秋生干脆去批发了胡辣汤调料，包装撕开，先将不明所以的混合粉面倒进水盆里，搅拌成面糊，一大锅水烧开后，将面糊冲进去。零星地下进一点黄花木耳，大把放进去豆腐皮碎粉条碎海带人造肉。之前那种按照家乡风味的做法，切肉，切菜，炒菜，太累人，也没必要。现代生活就是便捷快速，一切都要省时省力，烧开水吗？一根热得快插入暖水瓶里，几分钟水就烧开，连灌开水都免了。早上上学的孩子，干脆手里拿一包方便面干吃，就一根小小火腿肠，喝一袋泡在热水里加温的牛奶。

他们没有义务和责任维护老家胡辣汤的声誉和品牌，开饭馆，就是为挣钱，更多的、各式各样的手递过来的钱。城市里有那么多工作，都是需要心黑手狠才能干，我们这算什么呢，又没有给里面加啥化学成分，起码还都是能吃的东西吧，我们自己也天天吃哩。要干事业，要挣大钱，就不能思想保守，裹足不前。秋生学会了炒几个菜，知道打鸡蛋时给里面拌点水，炒出来的鸡蛋又蓬松又软乎。这是隔壁小齐告诉他的。小齐说，开饭馆正常是对半利，再多动点脑筋，就是在对半的基础上，多争取利润。小齐卖饺子也有窍门，全在调馅儿上，馅儿里多放点水，调得稀一些，放在冰柜里，冻上两小时，再拿出来，馅儿半硬不硬，似冻非冻，这样包出来的饺子，看起来都鼓鼓包包的，摆在窗口，叫路人一看这家饺子又大又实在。至于煮出来嘛，饺子塌下去，很正常呀。当然，这种方法适合当即包好、很快下锅那种。中午时候人流量大，排队争着吃，嗷嗷叫快点上等着赶火车哩，才能使用这招。平常人流量少时，又是另外的办法。“不能给你说太多，你自己慢慢悟吧。反正哪行都有窍道。咱这都够好的了，又不害人，只是想利大一点。”小齐说。每天满口欢迎光临的人，定然会积累一肚子对付顾客的办法。干啥吃啥各行各业莫不如此，秋生当然和小齐异曲同工，他短短一两年，就摸索出自己的经营之道，将他的胡辣汤改良得物美价廉。为了不在夜深人静时过于自责，他最后给自己定出一个底线，不能害人，不能给锅里放人不能吃的东西，只从偷工减料上做文章，牛肉早就绝迹，成本高的黄花木耳花生米少放，水多添，调料面糊搅稠一些。每天两三锅，轻轻松松利润丰厚。哎呀，我这么聪明的人，可惜只能卖胡辣汤，要是给我个大事业干干。

秋生这种地段和等级的小饭馆，进来吃饭的，不可能有太高级的人物，多是小公司职工、推销人员、保险公司业务员、贩夫走卒、小民地痞，偷鸡摸狗、不法之徒也是有的，搭眼一看，贼眉鼠眼，黑瘦肌黄，不是小偷，就是大烟鬼，可你又不能拒绝人家在此吃饭。有的龟孙吃完饭抹抹嘴走人，你问他要钱，他送你俩字：没钱。噎得秋生伸长脖子张了嘴无话可说。宝珠等那人走远，小声劝秋生，做生意求个平安和气，不要与他们争执，咱在明处，人家在暗里，天黑没人了，把咱店砸了，划算不来，一碗汤，一块馍，不值几个钱。秋生心下一算，成本不足三块，去龟孙，权当是喂狗，不生气啦！

人们进进出出，来来去去，各种信息和气味汇聚小屋之中。打着大包小包的人走进，将巨大包裹放在凳子上，凳子站立不稳几乎要倒；上身和面孔各有千秋但统一穿着踩脚裤的女人走进来，吃完饭默默交钱；或者有男人陪着她们进来，女人吃完抹嘴坐在那里，等着男人结账；站在门外立等夹好荷叶饼带走的人，匆匆而去。人们在秋生的小饭馆里吵架，相爱，怄气，醉酒，行骗，和解，拉皮条，谈生意，说趣闻，骂社会。那些夜色中走进来，叫了几个凉菜一捆啤酒的人，偶尔谈着一桩大得吓人的生意，要是座中再有一两个穿着对面康复路买来蕾丝花边衣裙的女人，崇拜地看着他们，认真地听他们大谈未来，那他们就更起劲了，老板，再来盘花生米，叫声会更加响亮。喝得满桌子满地空瓶子，直到外面路上行人稀少，相邻饭馆都关了门，宝珠连打哈欠，秋生叫她先回去睡吧，宝珠说没事，等着一起走，再看那几个人，谈兴正浓，好像不知道有饭馆打烊这件事。话题中的大事业才刚起步，断不可随便收场。

其中一个说："我同学，不知从哪儿弄了个二手面包车，从康复路批发床单被罩，每天拉着满街道乱跑，看地方合适，就停下来，后厢盖支起来就开业。见市容来撵，后厢盖砰地合上，开着走咧。一个床单最少挣十块。不多吧？可你知道不，他每天卖出去多少个？真是账不敢算，毛二百个！啥概念你知道不？"秋生宝珠心里同时算出，天天挣两千元。俩人瞪大眼对视一下，竖起耳朵继续听。"没出半年，面包车的钱挣回来咧！现在屋里存款不少于这个。”他的两个指头，交错晃着。那几个听的人也露出羡慕表情，只恨自己没有个二手面包车。

另一个说：“我邻居，一个女人家，男人有咧外遇，把她蹬咧，带着个娃，每天从康复路批发那种最薄的袜子，黑的，肉色的，一把十双那种，八块批的，卖十块，挣得不多吧？可你猜她每天卖出去多少把？少咧七八十把，多咧一百把朝上。人家就从街那头，最里头背出来，在康复路这头大街上转着卖。一个女人家，没本钱没摊位，天天挣一二百，是个啥概念。”

另几个人不说话，只是羡慕人家每天进账几百，却不愿去受那种辛苦和烦乱。康复路这地方每天地上铺满了钱，就看你会不会捡。秋生宝珠不作声地听，想他们之前的郭杜，地方是有些偏了，要是早些年来康复路，挣得更多。那康复路上，天天像过大会一样拥挤，打仗一般激烈，每个人的目的，都是要将自己一身力气和手中货物变成钞票。而这几个闲谈的人只看到人家挣钱的后果，没有见到人家出的苦力流的血汗，没有见到刮风下雨，市容队收了东西砸了摊子撵得四处乱跑。那看似挣钱的天堂，其实是虎穴和炼狱，有胆有识的人，拼了体力、健康、青春，深入其中，与虎谋皮。现在西郊那里，全市最大的汽车配件市场的老板，南方人，只有小学文化，年轻时在小作坊加工衣服，白天黑夜踩缝纫机，为赶一批活儿，连续几天没有睡觉。身后一座衣料的山，身前一堆成衣的山，将他夹在中间，身后那座山不停地长，有源源不断地裁好的布料运来堆积，身前那座山，他一件件扔上去，长大起来，被人运走，他再一件件往上扔，一座一座小山被车运走。交货期限像一座更大的山，催逼过来。他不吃饭，不喝水，不上厕所，不睡觉，活着只有一件事，车衣服，这世上只有一个声音，缝纫机声，他已经不知道外面是白天还是黑夜。终于他眼前一黑，歪倒在一堆布料里。再醒来时，耳朵听不到了。挣的钱，刚够去省城治病。治好病，还是要做发财梦，毕竟他还不到二十岁，未来有无限可能。遇到一位神人，给他算命，说你发财的地方，在西北方。他当天收拾行李，上了火车。那趟说是三十九个小时的火车，实际走了四十一个小时，双腿粗肿地来到西安，扑向康复路。先是观察两天，看到每家店铺里堆积的服装山，想起自己的从前，对服装生意怎么也爱不起来。他出了康复路，再向北走，来到三府湾的城东客运站，看到进进出出的汽车，他想，这么多车，总有坏的时候，需要修的时候。他想到一个堂哥会汽车修理，写航空信叫堂哥也来西安。

一个敢于拼命车衣服的人，有聪明才智，又有着血的教训，将一间小小修理铺开到了国营汽车修理厂旁边。先是与厂长搞好关系，陪人家打牌喝茶，吃饭聊天，最后成了兄弟，常在歌舞厅的黑屋子里议事。后来自己的店越来越大，国营修理厂越来越破败，最后，连厂房带职工，全归了他的名下。几乎全城的司机，都知道他的故事，开车路过那里，看到他建起的大厦，那金光闪闪的招牌，不服气地骂两声，一个初中没毕业的乡下人啊，可不得不在心里佩服人家，摇头感叹一番。

这几个吃饭的人，借着酒劲，将这个大家都知道的故事，又添油加醋地讲述一遍。

另一个不服气地说：“还有一个人，比你说的这个厉害。”好像拥有传说和故事，也是一种能力和财富，“南郊那个有名的房地产商，咋发起来的？本是商洛山里的农民，原先也是在西安城做点小生意，自己舍不得吃舍不得穿，只一心给当官的送礼，四五千块钱的西服，十件八件地买，专门送人，结果，拿到最便宜的地，转手卖出一半，有了资本，另一半盖房，正是房地产最火的时候，全部卖出。妈的，现在，大富豪。”

他们的语气有点落寞，好像是这些外来人口抢了本属于他们的东西。总之，说东道西，发财致富，都是人家的事，与他们无关，而他们是什么样的人呢？自己称为好面子，没资金没胆识。其实说白了，懒汉一个。

真像是电视栏目，每天一个故事，每天一个传奇，嘉宾换来换去，主题总是不变，皆是发财版本，被各种各样的人在他这里不厌其烦地讲述。听多了，秋生心说，如果有机会，我也会抓住的。秋生想起上学时候学的一句话，假如给我一个杠杆，我将撬动整个地球。

这样的人，饭菜一般是不会昧的，只是要陪上精力，搭着时间，任由他们地老天荒地坐下去，总不能赶他们走吧。他们的感慨和见闻多得像城河里的水，自我循环，没完没了，带着几多淤泥，需要时时清理疏通。他们大肚能容，真不知能喝下多少瓶，只是仰头往里灌，有人开始起身出门找厕所，满肚子凉菜啤酒，身体里恐怕已经成为江河湖海。他们好像深深地爱上了这里，一间小屋，临窗而坐，风不吹，雨不淋，扭头可看景致，想吃什么，呼一声即来，也不用像玻璃外的人那样，扛着包裹吃力前行，也无须脚步匆匆，天黑了往家赶，他们有没有家也不一定呢，呼朋引伴、吃吃喝喝就是他们的生活。秋生知道，这城市里有一种人，叫“闲人”。“闲”不念“闲”，而念“寒”，这一“寒”不要紧，内容就丰富意蕴就深长来路就复杂。“寒人”不仅是指闲散的人，闲云野鹤，清静无为，游手好闲……不，绝非那么简单。无事生非，节外生枝，饱暖思淫，顺手牵羊，坑蒙拐骗，这都是他们的拿手好戏，无事强三分，得理不饶人，没事也要找出点事，你要是走路不小心踩了他的脚，碰了他手里东西，那就麻烦大大的，叫你辩不清说不明，不出点血你是走不脱的。要是一群冒似“寒人”的人，进了你的小饭馆，你得小心伺候，笑脸相赔，心里祈求他们顺利结账，好好出门而去。如果夜深了，普通食客走得光光，就只一桌“寒人”执意滞留，不停地叫啤酒，那店主更得处处小心，大气不敢出，他们那里猜拳行令，大声喧哗，你在屋角心里暗求，不要出什么岔子，看看墙上的表，压住心里焦虑，小心奉陪到底，甚至有一个时刻会想，去龟孙，哪怕饭钱不结，只要好生离去，不要再出别的事情。

但见那几个人，没有一点收场的意思，秋生本子上的啤酒数已经记了二十多瓶，他们桌面上，一片残局，空酒瓶早放不下，在桌子下面排成一片绿色森林，酒瓶盖似金币一般，铺了一地。其中一个说着说着，引发了伤心事，竟然流起泪来，张大了嘴，嗞嗞哈哈，大手在脸上抹泪。旁边人劝他，不要喝了。一个女子回头问宝珠，还有没有胡辣汤，给他盛一碗暖暖胃。胡辣汤早就没有了。宝珠走上前两步，对他们说，我给你们搅点拌汤吧。她真不明白，这些人为啥对自己的胃如此不爱惜，只图嘴上快活，乱七八糟直往里送。而现在，只有面糊汤，才能安抚他们备受摧残的胃。另一个男人说，好好好，老板娘，给我们一人来一小碗。那女子说，我来半碗。

拌汤，他们老家叫糊涂。将面糊拌好，等到水激荡荡滚起，迎着滚头冲进去，呼的一声涨起，马上要溢出锅了，及时把火调小，勺子搅一搅锅底，防止粘锅，锅里几乎看不到滚头，只有一个微微的圆圈，轻轻涌动，碎碎细细地熬煮，绸缎般起伏，像是要将面粉的香气一点点还原出来，直至白色熬成淡黄。闹肚子的人，连喝几顿面糊汤，准好。十分钟后，宝珠给他们端过去五碗稀面糊，淡淡清香飘拂，几个人好像被热气与香气惊醒。那女子问："咦，没见过饭馆卖这种稀饭，你牌子上也没写。多少钱一碗？"倒好像他们也怕被店家编（欺骗、敲诈）了，要先问清才敢喝。宝珠说："平常不卖这个，我是看你们吃一肚子凉东西，胃里准是难受，送给你们的。"秋生笑脸说："友情赠送，友情赠送。"有点巴结这一小群，好让他们顺利结账。宝珠又将锅里剩下的，给秋生和自己一人盛了小半碗，两人边吹边喝，免得打瞌睡。

那男人擦擦脸上的泪："哎呀，这老板娘人太好咧！从来饭馆只想着挣钱，谁操心你胃难受不难受，老板娘，你这碗拌汤，温暖了我的心，我将来有了钱，投资给你开个大饭店，主打你的拌汤。”

看来，不是纯粹的“寒人”，“寒人”是没有奋斗目标的，只会从下三流里讨生计，违法乱纪也是有的，而他们是守法公民，有远大理想，尽管他们的计划从来不去实施。宝珠对他们生出些同情与暖意，倒真心希望他们有一天会发大财。觉得他们快要坐成几摊子泥了，每个身体以屁股为重心，向下坠去，摊开，就要稀泥一样从板凳上往下流去，弄不好，吧嗒掉下来一块子泥浆，也不自知的。终于，几个人不再喝酒，端起碗，乖乖地喝拌汤，也都像揉捏得恰好的泥团一样温顺而无声，被强大生活教得又乖又顺，像每一天一样，胡吹冒撂之后，回去睡一个长觉，所有的誓言和感慨都会忘掉，偶然激起的斗志，像云一样被风吹走，而口中的大事业，一生都在筹划之中。他们无声地结账，带着泪痕与酒气，秋风中相携出门。秋生和宝珠早已经盘好今天账目，本子上写清，大小票面理好，装到身上，关了煤气总阀，再一次查看电源，桌子没劲收拾了，明天再说吧，跟在他们脚后，哗啦啦一声响，卷闸门拽下来，锁好了离去。时间已经过了十点，白天喧闹的小街上，灯光昏暗，人迹稀少，像是换了一个世界。此时离他们明早醒来，只有七个小时，回家里洗漱一下，立即上床睡觉。

秋生每天所想，就是怎样在这个二十来平方米的小屋里，生出更多的钱来。他们的钱，每天进得不少，出去的也多，各种税费检查罚款，天天应酬不断，这个来了，那个走了，每个来人，说了这样那样理由，摆出各种政策新规，目的只有一个：收钱。

全城创卫检查，突然让一条街上所有门面房停业一天，门外打扫干净，全部房门上锁。难得地有了一天休息时间，一觉睡到快中午，吃了点饭，二人决定出去转转，在八仙庵附近住了几年，也没有好好逛过。

那些假文物古董他们看不懂，也不感兴趣。八仙庵不要门票，两人走进去，看到不断有人进来烧香。宝珠小声说，咱也烧一个吧？秋生问，你想愿啥？宝珠不说话，静静站着看那边一个女子，在大殿外的铁香炉前，将三炷像老家烟炕里的烤烟杆一样长的香燃着，高高举过头顶，拜了三拜，走上前去一根根插到长方形大铁炉里，那些何种心愿焚出的烟灰，层层叠叠升空而去，正在度化这女人的愿望。

八仙庵里非常安静，大树投下片片阴影，空中飘散着香裱燃过的气息。真让人无法相信，这里离喧闹的康复路，只有二里地。

秋生见宝珠迟疑，说："咦，真想烧？走，出去买一把香，再进来，外面的便宜，各式各样都有。要我说呀，哪有那么简单，要是烧一下都管用，那咱啥也别干了，每天来烧个香，躺家里净等着好运来就中了。"

宝珠轻叹口气，跟着秋生出了门，二人都不再提烧香的事，向西一拐，小巷子里七弯八绕，去往城墙根下环城公园那里。反正有的是时间，哪儿不要钱，就去哪儿转转。

路边有一个三轮车，车上放着炉灶、盆碗，旁边地上，一个小桌，几只凳子。看来是个流动小摊位。秋生对饮食比较敏感，停下来，多瞅几眼，摊主是个五十岁上下的男人，脸上皱纹深切密布，用中原话说："辣子蒜羊血，来一碗吧？"

秋生停下来，笑了："咦，听你说话，咋这近哩？老家哪里的？"

那人也听出了他的口音，两人相互一问一答，步步紧逼，对方说出北舞渡公社，朱集的，秋生一拍巴掌，不足十里地。"咦，我一听你说话就是咱那一片的人。今儿不是大检查吗？那边饭馆都不叫营业了，你还敢在这儿卖饭？"

"咦，我不会去他不检查的地方？"那人脸上带着中原人特有的觉得自己很能的表情，"我专在背街小道转，有地方就停下来，谁说不叫卖，我收拾家伙，推着就走。"

宝珠见他黑乎乎的一双手，再看看他三轮车上窘迫的几件家什，怀疑他的碗是在哪儿洗的。她问："你这，有没有人来吃啊？"

"咦，长哩可漂亮，穿哩可光鲜的人，都来吃哩。"好像是对他这句话最好的注解，一个穿着高跟鞋的苗条姑娘走过来，坐下，说："来一碗，醋多辣子少。"那人赶忙拿起一个碗，伸出油乎乎的手，抓了一把切成条的羊血，上面放了切好的蒜苗芫荽葱花，揭开冒着热气的锅，里面翻滚着不明不白的汤，事后那人说是骨头汤，浇了几勺，毕毕剥剥地响，冒着舒心的小泡泡，直到完全拥抱了羊血，看起来还挺美味的样子，转身端给那位姑娘，问，要饼不要，姑娘说不要，已经拿好了筷子，低头很投入地吃起来。那人向秋生宝珠挤眼笑笑，那意思说，看，咋样？

秋生两人站着，又与他说了几句闲话，那姑娘吃完，拿了两块钱放到桌上，转身走了。那人伸手拿住，装到兜里。

宝珠小声说：“你这手又收钱又抓饭，可不卫生啊。”

“咦，不干不净，吃了没病，这么长时间，也没见叫谁吃出问题。”那人嘻嘻笑笑。

“哎，还是得改进一下，不要使手抓了，拿筷子夹羊血，拿小勺盛葱花芫荽不中吗？你这样下手抓，有人本来想吃哩，可能都不吃了。”秋生说，“这是给你的建议，听听没坏处。”又凑近点，小了声，“这是大地方，不是咱老家。你看这城市里的人，一个个讲究成那样。”

宝珠也用鼓励的眼神看着他，笑盈盈地说：“试试吧。可能生意会更好哩。”

“中中中，听老乡的。”那姓朱的快活地说。要给他们一人盛一碗尝尝，两人拒绝了，说他们在平顺街开饭馆，叫他有空了去串门。

告别老乡，继续向西走去，从小东门外，进入环城公园，像城里人一样，并肩漫步。路过唱豫剧的大棚，一个苍老而沙哑的女声在唱《打金枝》。二人站着听了一会儿，一个中年女人，穿着粉红色戏装扮演公主，一个皇帝坐在她身边。那么这两只灯泡照亮的拥了几十个人的大棚之下，也就是皇宫里的金銮殿了？立即有人托着盘子伸到他面前。秋生从口袋里摸出一块钱放里头。一段唱完，二人转身离开。

向南继续走，过了大东门，景致更好一些，走过城墙拐角，再向西行，来到建国门外，听到唱秦腔的，东边是一个女人在唱，哀哀怨怨，却不是真苦，倒是撒娇一般，弦子像是掐住了脖子，逼窄的音律，更显优美凄凉。秦腔的女声，总像是感冒了般鼻子不通气，齉齉地透出一丝娇憨和委屈，让人不由得心生怜爱。城门洞西边，是一个年老的男人扯着脖子尽力嘶吼，一派苍凉，嗓子眼那里仿佛罩了一个滤网，将声音撕成几十缕。看都不用看，那人一定是红了脸膛，伸长的脖子上，青筋暴起，唱词激越，像是跟人吵架。西安人富有，不似唱豫剧的，是外来者，以此为生，他们是本地市民，聚在此唱，纯属爱好。

冬天下午三四点的阳光照来，短暂而珍贵的温暖。路上走的，戏场里聚的，多是中老年人，城河沿上坐了一排晒太阳，后面看去，十几个圆鼓咚咚的后背。傍晚很快就会来临，人们的步伐不由加快，连秦腔的唱词也更紧凑，护城河的水闪着冷冷的光，在人工修葺的深深河道里，低低远远地流动。大树上的叶子，盛夏那么热的大太阳都没有烤焦，却在冬天里，一律焦黄了，世界一片枯索，行人干燥无比，脸上的皱纹更多一些。二人走过护城河的桥，由外面向东而回。

环城路上，一排门面房，全都是洗车修车的，不时有汽车停在路边，司机下来询问，或直接开上来，停在一间房里，有人拿着大水管子，向车上滋水。门外有洗好的车打蜡上漆，有的车扒轮胎打气。地面上有水流出，向店门外低下处流去，顺着马路沿下流淌。

二人跳着脚拣干地儿走。眼前一个十六七岁小男孩，拿着大抹布擦车，身板有点像他们的大儿子祥印。两人也是没事干消磨时间，就停下来，看那孩子干活。那小孩注意到了，擦车的间隙冲着他俩一笑，宝珠心尖一颤，想起家里的三个孩子，秋云的闺女婷婷，头一年本是她带在身边，可带着她就没办法干活挣钱，狠狠心，也放家里给婆婆带了。婆婆由此陷入无边无际的家务与劳作之中，唯一的安慰是，不再为钱发愁，他俩一年往家里寄几回钱，供几个孩子上学吃穿和家里各样开销，否则，是没有一点来钱门路的，光三个孩子的上学就应付不起。她和秋生二人，在这里日夜劳作，少有今天这样悠闲地逛街看景。二人已经交了四十岁，身体拿机器作比，只是使用，连续转动，从不维修、保养、擦拭，任由它磨损、生锈、破败。宝珠夜里醒来，能感到后腰、膝盖隐隐地痛。这样下去，身体将直至成为一堆不可收拾的废铁。隔着城河看去，那些曾经绿过一回的树叶，无奈地收场，再也没有什么力量能将它们挽留在枝头。刚才他们停留过的地方，正有别的人走过，怀着自己的心事，在枯叶中穿行，完全不知河的那岸，有人看着。那么他们刚才在那里时，这边修车的孩子，可能也隔着城河看到他二人的身影。

秋生对着那孩子研究了一会儿，自认为看出了门道，说："我看这活儿，祥印也能干，他那成绩，肯定考不上大学，高中上上也是白搭，不胜早早出来找个事干。"

"十四五岁，太小了吧，童工哩。"

"不是童工，是学徒，叫他出来见见外面的世界，也能跟咱一起生活。"秋生的意思是，把孩子们也都一个个带出来，他们全家将来在西安团圆。

宝珠觉得他说得有道理，再说她也想孩子。

下回给家里写信时候，就问儿子，夏天初中毕业，愿不愿来西安。

儿子祥印很快回信，说他愿意到西安来。

第六章　付良才

媒体到处说着新世纪、千禧年，好像翻过了这个坎，一切都不一样了，理想都能实现了，没钱的变有钱了，丑的变美了，病痛都解除了，本是商家的噱头和计谋，但天天喊来喊去，人人都觉得新世纪将是不一样的日子。也许，这将是罗锦衣的新世纪。年近四十的她，处于女性最鼎盛的时期，从来不知道累，总有一种冲动和力量自体内向外迸发，觉得自己还很年轻，逛街逛一天兴致不减，加班加到深夜也不困，说要睡觉，躺下几分钟内，进入沉沉梦乡。

她记得清，刚过完三十八岁生日的第二天，省上派人来市上调研教育工作。遇到这样的事，如临大敌，全体总动员，各种布置，准备材料，迎送，座谈，对话，走访观摩，一条龙接待。提前成立工作小组，安排任务，落实到人，能说什么不能说什么，都要有所交代。

级别高了一点，面目神圣了一点，口号响亮了一些，可实际步骤与内容不变，与在乡上、县上做这些事时，都是相同的心情与程式。总是要有材料，书面的，口头的，软件的，硬件的，彩色的，黑白的。午餐，晚宴，休息。到了饭桌上，绷了半天的神经总算放下，一切都变得轻松温情，慷慨大方，甚至奢侈，反正钱是公家的，招待的级别越高彼此脸上越有光。宴席，一定是档次最高的场所，平时没有理由出入，现在是最好的借口：接待省上的人。陪吃的一下子冒出许多。觥筹交错，互相致意，感谢不迭。一开始还安坐于自己的位子，酒菜过半之后，开始相互敬酒，拿着酒杯对着两小时前还不认识的人，拉拉杂杂地说话，致谢，问候，孩子，老人，宠物，住房，健康，锻炼，购物，都是话题，哪一个展开都能无尽止地说下去，迷宫一般出不来，搜罗世上最美的语言献给对方，你是我见过的最美的女人，你是我见过的最帅的男人，这样的话，也都不觉得离奇。最后桌边没有坐着的人了，全都立着，给别人敬酒或者起身接受别人敬酒，要么在回到自己座位去的路上，被拦截下来。无尽的感激与感叹，这些年的工作真不容易，你们这一块做得很好，让我们放心；哪里哪里，是上级领导指导得好，没有你们的关心支持，我们的工作开展不下去。下级把自己的酒杯放低再放低，只恨不得低到别人的腰部以下。七碟子八大碗，荤荤素素，一层已经放不下，后来者居上，层层叠加，小山一般。一筷子都没有动的大鱼、肘子，心有不甘地卧在那里，渐渐凉去，热气腾腾的一道菜，油汪汪灵动的汤水，以凝固宣告残局。盘盘盏盏，羹羹汤汤，骨头鱼刺蛋壳荷叶空杯剩饭凉茶，在桌上营造出一片小型山水。

高中复习时候，罗锦衣的副班长是个干瘦的女生，眼窝深陷在眼眶里，年龄十分可疑，怕早已过了二十岁，复习好几年了，总也没有考上。或许因为资历原因，被老师安排当了副班长、语文课代表，那一日晚上，学校停电，语文老师家里有事，叫她给大家上课，讲解一篇古文，那篇古文里有一个词：佳肴。县里高中，都说方言，老师上课讲方言，女班长自然用方言讲解课文，但到佳肴二字，她突然用普通话念出。害羞的她定定地站在讲台上，全身一动不动，连眼珠也不转一下，一直看向教室后方墙上，只有小嘴在动，机械地讲解着她学了几遍的这篇古文，她似乎无限迷恋佳肴这个词，不时地用普通话念出。教室里点着十几盏油灯。每两个同学合用一盏油灯，因为停电是常见的事，两个坐同桌的人，轮着买油，或者家庭条件好的，主动承担煤油。男生和男生坐，女生和女生坐，选择自己如意的人，自愿结合。讲台上没有灯，现在只是听课，为了省油，有人吹灭了自己的灯，教室里又暗了一些。女班长站在暗处，身后是更暗的黑板，她僵直的身板几十分钟保持着一个姿势，眼睛里映出灯光，是两个小亮点，佳肴两个字被她时时点亮在一堂漫长的课文里。下面的同学在低声哧哧笑，为她怪异的发音，她并不在乎，每当说到佳肴，她放慢了节奏，是那么陶醉与投入，仿佛这两个字对她有着某种特殊意义。当年那个教室里的六十多人，都还没有见过佳肴，女班长将它作为一种理想或者梦境念出来，仿佛佳肴，仿佛普通话，与他们的前途命运有着某种联系。他们这样一年一年地复习，不就是想跟普通话，想跟佳肴发生关系吗？那位女班长，最终没有考上任何学校，回家嫁人去了，因为亲事早已说下，男方催了几年，她的年龄，也确实不小了。想她这一生，与佳肴的关系，可能只是那个夜晚，在课堂上，用普通话反复念出的那两个字。

眼前佳肴，杯盘狼藉，人儿已经被喂得过于的饱，一再告诉别人和自己，不能再吃了，可又不得已一次次举起筷子。每个人都觉得自己鼓胀了许多，连眼波都变得浓稠黏滞，看人也是拖泥带水。空气中散发着不正当的芳香，令人厌恶而又不舍。彼此已经如此缠绵，都不愿意轻易告别的。

接下来，照例是唱歌、跳舞。唱完歌，有兴致的人再去洗澡、按摩。最后，要将上级领导送到房间门口。经过几小时近距离接触，尤其唱了那么多哥呀妹呀奴呀郎呀的歌，彼此好像早已情深深雨蒙蒙了。郎心妾意，一触即发。或在唱歌跳舞之时已经通过款曲，送过暗号。这个时候就有两种可能，被接待领导确实累了，或没有兴致，再怎么说，声色犬马是个力气活，不是人人都能连轴转深夜里还要拼搏体力，或是正人君子，洁身自爱，风情浪漫略微比画浅尝辄止，挥挥手在门口作别，嘎巴房门上锁，那么很好，就此拜拜，门外的女子，几乎是耸耸肩的样子，轻松离去。若领导没有在门口说再见，那么就跟进去，服侍他洗漱就寝。罗锦衣对这一切自是熟稔。星级宾馆处处高级，一尘不染，门窗紧闭，与世隔离，房间里混合美酒味、香水味、装修材料味、化妆品气味、荷尔蒙气息、肉体的芬芳，它们混到一处，香腻到微微眩晕与恶心。宾馆里的生活是出离日常之外的生活，是具有胡来特权的地方，此地一天，人间百年。好像你提出什么要求都能得到满足。她总有恍惚之感，似乎与身边的男人一同变作了高级人士，获得了一种级别，享受着由公家买单的一切福利，这不是嘛，肩并肩躺在一处呢。脑子稍微走神，想起十几年前，孟建设那猥琐的小屋，心里暗暗叫屈，可怜自己。如果没有安排她住会，那么完事之后她起身回家，夜半更深从香甜温腻之所离去，走之前仔细冲洗了，洗发精打了两遍，顶了她去公共澡堂洗一回澡，身上每个毛孔都是洁净舒展的。回到自己显得贫寒的家，看着优优熟睡的小脸，鼻头上有几粒小汗珠，祝新生也安睡得像个孩子，这个男人的心，也单纯得像个孩子，他只待在自己的生活里，把世上的事情想得简单，你在他面前的任何说法都是合理的。她怀着与贤妻良母格格不入的疏离感以及些许委屈与忏悔，轻柔地躺在两个没有血缘关系的亲人身边。

付良才与别的上级领导的区别是，他既没有果断地将罗锦衣挡在门外，但也没有表示她可以跟进来，他站在门口，有着短暂的迟疑，似乎他不知道这种事情该如何处理。这个世界将按部就班的工作与令人羡慕的职务赋予他的同时，也将享乐和放纵一起打包给他，让他这种本分男人有点难为情，甚至不知道该怎么办。罗锦衣经过不到两秒的迟疑，果断跟了进去，伸手扶他坐在床上，他害羞似的笑笑，推开了她的手，抱歉地说，头晕。罗锦衣手放在他红红的额头上，汗津津热乎乎。她的手在那里，没有马上拿开。如果他有意，会抓住我的手，下来一切自然发生。他抬手抓住她的手，却是为推开，窘迫地说，喝多了，对不起。她起身到卫生间，打开水龙头，放出温水，将毛巾洗一洗，轻轻拧一下，带着点水，又不至于滴答，拿出来给他擦脸，然后回到卫生间将毛巾洗净，拧干，再出来，他姿势没变，脸上湿着，等待她擦干。感到她擦得过于繁复和缠绵，他再次推开了，拿过毛巾自己擦脸。嘿嘿笑笑，说："让你见笑了，不好意思，我喝不了酒的，你们一个挨一个来敬，我又不好意思不喝。"低下头靠在床头，想睡去的样子，却是介意着她在眼前，不好意思躺倒在床上，也不好意思开口说，那你走吧，只是还在礼节性地撑着。罗锦衣说："那我扶你到卫生间洗漱下？"他说："不洗了，头晕。"她说："那你好好休息，我走了，明天早上八点我在前台打电话叫你吃早餐。"他立即说，好的好的，挣扎着起身要送，她将他放倒平躺在床，盖好被子，自己打开门走了。

第二天早上，她一打房间电话，他立即接了，还没等她开口，他说，好的，就下来。在一楼餐厅里，她见他已经洗漱一新，胡子也刮过，像是刚认识她一样，客套地笑笑。大家都陆续下来吃饭了。餐厅里放眼望去，都是他们的人。今天上午，还要再参观一个学校，午饭后他们返回省城。

一个四周没有其他人的地方，付良才突然严肃地问："小罗，我昨晚上有没有不检点的地方，没有冒犯你吧？"

冒犯这个词，突然让他与之前所有男人划分开来，那些随随便便“冒犯”下级女性的人，从不觉得自己有什么不妥，下级为他做什么都是理所应当，一切都是他们应得的福利，从钱到物，吃喝捎带，一直到女人敞开身体。

“没有没有，你表现得非常绅士。”罗锦衣赶忙说。

“那就好，我放心了。昨天半夜，酒醒了，只记得你扶我进房间，后面的事怎么都记不起了。”

“因为后面什么也没有发生，我把你送进房间，转身就走了。”罗锦衣说。他真的记不得就好了，她微微后悔自己的不自重，权当后面那些，真的没有发生。

“那就好。走时候老婆交代了，外出要处处小心，不能胡来，否则回去跪搓板。”他表情转向轻松，开玩笑说。罗锦衣突然很羡慕他妻子。巴结地问：“你夫人长得很好看吧？”

“嗯，挺好看的。”他突然脸上表情舒展，几乎是有点甜蜜地说。罗锦衣心内涌上一点忧伤，觉得能跟这样的男士一起生活，真是个幸福的女人。接下来半天的行程，罗锦衣的注意力都在他的身上，发现他年轻时一定是个挺英俊的男人，皮肤偏黑偏红，小肚微鼓，但不是那种酒囊饭袋式的松弛，而是体格结实的感觉。他说话声音低沉、磁性、缓慢，有一点点优雅，不说话时，有着莫名的淡淡忧伤，好像是被一种什么使命或者命题限制和拖累，显出一种跟中年这个身份很相适宜的疲倦。稍显不足是个头儿不高，可是体态匀称，对自己有所要求的那种修炼和洁净感，使人毫不迟疑地忽略这个稍显不足，总之他的身上闪烁着好男人才会有的那种踏实感、正派感，官场生活并没有消磨掉他原有的天真和善意。罗锦衣第一次喜爱了一个人，而不是他身上的官衔。

午饭时候，罗锦衣有了一点依依不舍，但不再像昨天那样，不顾尊严地扑上去巴结、纠缠式敬酒，女性的矜持和自爱被唤醒；她还原为一个女人，而不是一个下级，不由得用一种别样的目光去观望他。他一直看到她的目光，但没有正面接收。她和女同事小崔一起，走上前去和他轻轻碰了杯，说了句感谢指导，今后多多关照之类的话。他顺手从口袋里掏出名片，给她和小崔一人一张，说，有什么事，联系我，在省上这一块能帮上忙的，尽管说话。罗锦衣认为他这名片给得别有深意，前天刚认识时都没有给，为何今天却给。那名片上有他办公室电话和手机号。那个时候，手机还不是太普及，罗锦衣只有一个小灵通。

傍晚时候，她下班走在路上，用小灵通给付处长打了个电话，只是问问他们顺利到家了吧。付良才在那边客气而冷淡地说，到了，谢谢小罗。听他那口气就是在家里。罗锦衣挂了电话，有淡淡的失落，想他身边一定是有那个长得“挺好看”的女人，他对那女人非常在乎，对她的话都很听从，一心做她的好丈夫，两个人相亲相爱，他们还有一个女儿或者儿子，也很优秀，是重点高中的学生，也可能已经上了大学。也或者，他的冷淡是真，他结束了检查工作，回到了他的生活，这一天半里发生的一切，只是他平常工作的一个内容罢了，会很快忘掉，会被另一次相似的检查工作覆盖。罗锦衣想，这个人看来从男女关系上打不开缺口，可还是应该保持联系，今后定有用得着的地方。她决定过段时间给他打个问候电话，使他不要忘了自己。

祝新生给领导定材料，还没有回来，优优在小房间写作业，她在厨房做饭，心神有些恍惚，觉得眼前生活不是她理想的生活，她想要那种和付良才这样的人一起工作或者一起过日子的生活，在省城里，有个岗位，有个可心的人在身边。原来人的诸多努力与奋斗，只是想过别人的生活。

晚饭后她坐沙发上看电视，女主人公躺在大浴缸里，只露出个脑袋，用一堆泡沫将身体掩埋起来，脸上却还化了妆，抹了鲜艳的口红。多少年之后，当她在省城拥有这样的一个大浴缸，她才知道，人不是这样洗澡的。但此时，她只是羡慕，她想，付处长家里必定有这样的一个浴缸，他那“挺好看”的妻子，可能此时正躺在里面吧。

第二天上班时候，付良才给她打来了电话，她一看来电显示，立即到走廊上去接听，付良才好像完全没有昨天傍晚冷漠通话的事情一样，用热情的语气告诉她，他们昨天下午平安回到绿城，这次到市上来，觉得他们的工作做得很好，接待也很细致到位，他们一行人都很感动，要向别的地方推广他们的工作经验。他的这些话，应该是给罗锦衣的领导说的，却说给她一个普通科员，证明他只是找一个由头而已。他又说，今后保持联系，又特别地说，打电话最好是上班时间，“我平常一下班就回家了”。

罗锦衣过几天给他发个短信，有时候是他主动发来，当时流行的段子、笑话什么的。这种经由别人之手创作出来的短信，发的人都觉得代表了自己的心声，拣那个与自己当时心境相像的，发送出去，如果对方不认可，不接受，就可推掉自己责任，这不是我写的呀。谁都知道有个写作短信段子的团队呢。这种稍嫌亲昵的短信，来回发上几次，任再清白刚正的男女关系，都会变得暧昧不明。那时候，还不兴“亲～”这个词，但短信的每一句都传达出“亲～”的意思。有一次，他来短信说，抽时间到省城来玩吧。她说，好啊，这个周末就有时间。他说，我也刚好有时间，我们一起喝茶。

星期六一大早，她真的乘班车去往省城。高速路上，不到两小时可达。班车进入市区时，她觉得这次来，跟哪次都不同，从前都是下级来找上级汇报工作，培训学习，小地方人来大城市开眼界，而这次，是应一个优秀的省城男人之邀，来喝茶的，喝茶只是借口，很可能还会发生别的，不，压根就是奔着别的而来。他们之前有过那么多铺垫与准备，已经水到渠成。罗锦衣仍然带着洗漱用品，包的夹层里不再有安全套。她不需要，她想，这个男人也不需要，再说，怎么能让人家知道你是个随身带安全套的女人呢？要表现得对这件事的陌生、无措才好。

她在离付良才家一站路的地方，找一个小酒店住下来，然后给他发短信说：付处长，我路过绿城广场附近，有个材料顺便捎给您。这样就是他妻子看到，也是无妨的。付良才过了十多分钟回复说：好的，我就过来。又过了十多分钟，她觉得他已经出门在路上的时候，短信告诉他酒店名字和房间号，他回复一个“好”字。她昨天已经暗示过，她到后，找个地方先歇下来，不至于大热天站大街上等他。这样解释她主动直接开房的尴尬。她觉得两个人达到了一种心领神会的默契。他不急不慌，在路边的树荫下一路走来，保证自己的身上没有出汗，还留着早上冲澡剃须的香皂气息。

打开房门的时候，两个人友好地笑了，好像他们之前那些短信联系，都已经让故事发生了好多遍。那些月薪上万的段子高手，熟谙人间一切风情，才华取之不尽，思路永不枯竭，为世上男女提供着源源不断的私通借口和缤纷点缀，据说他们是计产量拿工资的。二人十分投入而卖力地实践着短信的所有步骤，在二十一世纪初的盛夏，一个中午没有顾得上吃饭，相互汇报了他们一个月来的所有心得体会，每次短信交流的突破性进展，谁先说了亲一个，抱一下，发送者当时是什么心情，接收者是什么体验，细细说与对方。绿城的气温比小城高，也许是大城市汇聚了太多的激情，收集了全省各地的向往与热爱，提升了它的温度。午后两点半时他们揭开窗帘向外看了一眼，外面要烤死人了，而他们躲在此小小房间，空调温度适宜，对方的体温亲昵可人。付良才告诉她，他之前有过一个相好，保持了几年关系，后来那女人慢慢淡了，以自己更年期来临再无需要为由，不愿意与他上床："就跟蒸馍一样，慢慢火上不来了，那就拉倒，大家相安无事。"

"你们还能见面？"

"见呀，在一个机关里，抬头不见低头见的。都有自己的家庭和职务，见面打个招呼也是可以的。"

“就是在这个时机，我出现了。”罗锦衣调皮地说。省城与小城的区别是说普通话，而她在那个小城，与同事家人还是说的方言，就冲这一点，省城也比小城更像幸福人生。

“是，不早不晚，这叫缘分，再早半年，那个没断，再晚半年，可能我又踅摸到人了。”

“是不是每一个人，都得有个家人之外的人？你夫人，不是挺好看的吗？”罗锦衣故作天真地问，好像她不知道这个事实一样。

“人嘛，尽可能对自己好一点。当然也不是人人都这样，得随缘，不能为了外遇而外遇，不以寻欢作乐为目的，不能伤害家人和别人。我单位老徐就没有，多年如一日，下班就回家，晚饭后陪老婆到马路对面公园散步，标准好男人。但据我所知，每一个看似平静的人背后，都有着自己的故事，我们只看到别人的树干树叶，见不到他的根在地底下咋样七拐八绕地扎着，吸收着哪一股水分和营养。这叫小秘人人有，不露是高手。能在茫茫人海中，遇到一个可心的人，不容易。”他拉住罗锦衣的手，拍了拍她的手背，又问，“你不会过一段时间，也对这事不感兴趣了吧？你离更年期还早吧？”罗锦衣说：“跟你，我会永远有兴趣。即使到更年期，也会有兴趣的。”

“就是嘛，我那天一见你，就觉得你身强体壮，性能良好，定有摧枯拉朽之力。你那晚到我房间，挨得那么近，胸口还有意碰我两回，其实我差不多都心潮澎湃了，可头晕得厉害，害怕剧烈运动，会吐出来。再说了，第一次见面，相互不了解，连个过程都没有，直接就上，跟动物没区别，我不喜欢那样。我希望有一个相识、了解、循序渐进的过程。”两人为循序渐进这个词又调笑一番，直到饿得胃里难受，穿衣服起床。付良才先走，到旁边一个饭馆等待，罗锦衣退掉房间过去，他已经点好了菜。两人埋头吃饭，也都不提喝茶的事了。

吃完饭，付良才结账时，像是顺便想起来了似的，从桌上推过来一个信封，说是她的路费和开房间费用。“再有，你去亚细亚买个手机，以后联系方便。”罗锦衣作假推辞一下，接受了，心里漫起一股幸福感。她觉得这是个哪哪都让人满意的男人，到底是省城的人，素质就是高，处处为女人着想，做事如此周到、得体，如果刚才在房间里给钱，就显得难堪。

那时候开宾馆不需要身份证，前台的人若是问，一般会说没带，人家会要你写下号码，那就随便写一个。那时气焰多么嚣张啊，后来罗锦衣回忆，每月至少两三回，定要相会一次。省城和市上的几个宾馆酒店，甚至付良才的办公室，皆留下了两人踪迹。已经说不清是交易还是情感，只是身体有所需要，就像到点了总得吃饭，不然会饿得头晕，乱发脾气。人活世上总要燃烧自己，这一百多斤的肉体，不知到底有多大能量，也不知有多少无休无止的欲望，说过了我爱你，我会一切为你着想一切为你好，总结盖戳，还不算完结，还得过些日子就想尽一切办法将身体搬运到对方身边，消耗掉生生不息冒出来的热能。

当罗锦衣表示她想调到省城时，付良才先是理性分析了可能性，然后不遗余力地帮忙，饭桌上把人叫到一起，相互认识。该找谁，该送什么，说什么，话说到什么程度，礼送到何种档次，以一个登上山顶人的身份，给山下准备攀登的人全力指点，逢山开路，遇水搭桥。罗锦衣开始频频出入省城，那些掌握自己命运的人，分散住在省城的某些地方，需要提前到那附近，找个酒店安顿下来，月黑风高之时，摸到家属院里，敲开门，有时候提东西都嫌碍眼费事，就拿购物卡，再赤裸一些，直接送钱，这叫上货。她一说出要去的地点，能不够的出租车司机会问她，去上货吧？因为那一条街，大家都知道是哪些部门的家属区。她笑笑，不说话。

上了货之后，心稍安下来。但也不是一帆风顺，总有想不到的意外发生，那个岗位原本答应好的，却又斜里杀出一个，来头更大，某某人的亲戚；或者给你说得好好的没有问题，突然一个调令，人却调走了，之前努力归零，只好再找一个接收单位。罗锦衣走在省城的大街上，路边全是各种各样的单位名称。有时候她就停下来，痴痴地看那些牌子，几百万人的省城，难道就没有我的一个立足之地？

其间挫折与失败，不必一一道来，反正干任何事，都不是一下就成，仿佛只是考验你的耐心，每一个成功的人，背后都有一笔辛酸账目，成功的结果只是说明你有对抗失败的能力。表面看来，一切按部就班，以神圣的名义——工作需要，调罗锦衣同志进入省城，在市教育局下属的一个区级教师进修学校，搞行政工作。

她借此机会，填表时候将出生时间改小了四岁，身份证恰当地丢失了，需要补办，新办的身份证上，生于一九六六年，从属虎变成属马。她体健结实，孩子也小，倒真的像三十七八的人。

半年后，祝新生也跟着调了来。一时没有合适的部门，先在另一个单位给领导写材料。租了差不多一年的房子，罗锦衣单位给分了两室没厅的别人腾出的旧房，总算在省城安家了。

在这个几百万人的大城市，孩子的身世再也不是一个问题，有时候罗锦衣自己都认为，优优就是她生的，甚至联想到怀孕、生产一系列的过程，如何流血，怎样宫缩，后腰眼一阵紧似一阵地疼，她也参与女同事关于生孩子、带孩子这样的讨论，也会说，我生优优的时候。

罗锦衣成为三百里外那两个家族的灵魂人物，不管是娘家还是婆家，只要有事情需她出面，她立即像士兵奔赴战场，不管是大中午还是夜半三更，从老家传来的消息——当然，老家没有传来过好消息，都是需要她像个机器一样立即发动的事情——就是战斗的号角，她四处奔波，提供最大可能的援助，为侄男弟女们开辟一小片人生新天地。每办成一件事，每帮助一个人，她都感到幸福，看到亲人满意的笑脸，成就感荡漾心底。两个家族里，不断有人在她的提携下，以各种方式离开土地，来到县城、市里、省城，考上学的，找到工作的，置办门面房的，斑鸠筑巢，蚂蚁搬家，最后除了四位老人分别留守罗湾和祝庄，老家基本没有人了。罗锦衣和祝新生的家，成为两个家族驻省城办事处，门不断被敲开。罗锦衣天生一副热心肠，也没有娘家婆家之分，来者皆亲人，一视同仁，笑脸相对，尽力帮衬，吃了喝了临走还给钱给物。祝新生和全家人越来越佩服她，敬爱她。

罗锦衣喜欢在换衣服的时候，镜前欣赏自己的一身好肉皮儿。脸上五官长得虽然差强人意，算不上美女，可是紧致白皙，一白遮百丑，那种白浑然天成，没有一点瑕疵，稍有激动或喝了热汤，脸上泛出微红，更是锦上添花，当年读到“温泉水滑洗凝脂”，老师说，凝脂就是炼好的大油凝结了，同学们哄堂大笑。她想，所谓“凝脂”，也就是我这身皮肉吧。三八节开会时候，一群女人坐在一起，只见她一张色彩最佳的脸呈现出来，让谁人看来，都明白她有着旺盛的精力、充足的兴趣来对付世上一切难题，迎接来自异性世界的无穷追逐与开采。有时候觉得镜子里那人不是自己，不是从泥土中出拔而来，而是由城市里新生的一个人。她对着镜子，用最迷人的激情，送给自己一个金灿灿的微笑。四十岁上下的女人，处于人生的顶峰，全身充满着力量，没有什么事能难倒她，永远不知道累，也不愿服输，生活像春天的百花园，团团葳蕤，艳遇不绝，眨下眼都能开朵花，回下头地上钻出笋尖，土地下面的竹笋，壮大而有力，无穷的力量支撑着，钻出土地，奋力够向阳光与蓝天。

初到省城的罗锦衣，有着无穷的兴趣和精力，参与大城市的社交活动，怀着满腔新奇与热爱，觉得这正是她所向往的、真正的生活。走在街头，看到商场她也欢喜，晚上华灯初上，她觉得这就是浪漫，头一个春节，路边的彩灯、花绳、中国结装饰起来，她觉得这些花团锦簇，皆为她生，一切的一切，连商场里的打折活动，都是为了欢迎他们一家三口省会新市民的加入。她想起银环的唱词，在这里，一辈子，我也住不烦哪。管孩子做饭这些事情，基本都是祝新生打理，优优也很乖，无须她过多操心，常常她回到家，优优已经睡着了，而早上起来，祝新生已经招呼孩子吃过早饭，提着书包送她出门去上学，孩子的学习用具、衣服鞋袜放在哪里，学校交什么钱，哪天开家长会，她一概不知、不管、不问。她只是不知疲倦地奔波于各种场合，认识了许多新朋友。大城市就是好，再没有人知道你的过往，他们也不关心你的过去，不管你曾经怎样低三下四，经历屈辱，今天见到你成功绽放的花朵就够了，不知你的根链钻在怎样的淤泥里，也没人研究孩子跟你夫妻俩长得像不像。人际关系是一张利益的大网，谁人有用，哪里有食，大家就如锦鲤和蝌蚪，密集地游去。

罗锦衣很快学会了大城市女人的做派，穿最时兴的衣服，保持新潮的发型，身上散发着流行的香水气息。她家里存款从没超过万元，每个月的钱伸长胳膊等着要花，优优吃好，她穿戴好是全家首要工程。用现代都市的眼光考量，搭眼看去，似乎算得上美女，可毕竟经不起第二眼的审视，更不能细究。脸盘偏大而且不太规整，说不清哪里不合适，总之是有不太对的地方。皮肤已经很白，没必要增白了，可总要抹着一层厚厚的美容霜，脸上有一层亮亮的黏膜似的，好像是随时奔赴社交的舞台。两眼间距离稍有点宽，其实也不是距离宽，而是因为没有鼻梁，应该是好歹凑合着有点起伏的那寸土寸金之处，却几乎平坦，这样就显得眼睛距离宽了，也就呈现主人好像在心智方面有被人指摘的可能，总之不是精明人。单眼皮用眉笔画成双的，担心别人不认可，所以注意力总在眼睛上，不该眨的时候也似是而非地眨巴几下，挤弄几回，好像是某种暗示，或者不屈不挠地问，双吗双吗它们是双的吗？睫毛膏没有涂匀，也可能是因为质量不好，在温度适宜的屋里揽镜自照涂上去时是粗细均匀的，根根竖立毫不粘连，可是走到室外，经风吹日晒，光合作用，经过污浊空气与雾霾的化学反应变得不服帖也不独立了，而且那些化学玩意儿总会不可避免地吸上灰尘，眼睫毛就变得十分沉重，快要承担不了它的使命和责任，有点轻微破败和小小哀伤。嘴巴偏于大了，厚了，稍不注意就显出一丝蠢相，这使得她无论怎样披挂一身城市时尚，但别人总能看出她来自乡村。可是，这样一张哪哪都谈不上精彩的脸，每一个都经不起推敲的五官组合在一起，为什么第一眼看去会觉得是个差不离儿的美人呢？只因她渴望自己变得美丽的愿望太强烈，她的热望与一厢情愿弥补了先天不足，也就是说她在向美女靠拢的路上一直顽强跋涉，孜孜以求，也一直想蒙混过关，扭转局面，希望众人能够误读，把她当个美人。

身材是高挑丰满的，洁白的肌肤弹性良好，散发着温热的馨香，总有着让人想贴上去的感觉。但凡你是个有良心的人，不得不对她有一丝丝赞赏和喜爱，于是，美产生了。人们还是得承认，罗锦衣是个大而化之的美女，皆因她有着那么一股顽强的傻劲，赤子的诚恳，她那有点小对眼又有点小散光的单眼皮的眼睛总闪着热情与渴望的光芒，对这新融入的环境万般忠诚与热爱，对每个人都十分友善，随时启发并收缴你的认可与赞美，她看着你的时候好像对你说，我负责让你舒心放心安心，而你，什么都不用负责。

在一个又一个社交场合，乡土内核都市外皮的罗锦衣，头顶着在发廊花几百块钱几个小时做出来的大波浪，隆重完美得跟她的脸庞和气质都有点不搭，就像是把一个最新式的假发刚戴到了头上。她善意而高调地周旋、应酬，用着随时把自己变成服务者的低姿态，餐桌上缺少什么，她立即起身去拿，她及时转动玻璃桌面，将新菜、主菜对着上首，再上菜时，她又及时转动，将空着的地方对准服务员，她内心里与来自乡村的女服务员情感一致，把那女孩子当作自己的亲戚或家人，尽量照顾，她不叫人家服务员，而叫小姑娘、小妹妹。女人不是因为美丽才可爱，而是因为可爱才美丽。这个女人，用她一腔傻气和扑面而来的热力、芳香打动了你，也就行了。

“程局长，我来敬你一杯。”罗锦衣的右脚在桌布遮挡与纠缠之下钩住刚才脱离了的凉拖，举起酒杯，架着胳膊，晃动身体，顾头不顾尾地向上座走去，因为心情急切，来不及调整身姿和步态，上身前倾，左右摆动的幅度偏大一些，紧身上衣包裹的硕大身躯散发过盛的热情，蒸发出一股甜腻的温热，高耸的乳房快要碰到对方身上，雌性力量咄咄逼人。刚才浅饮几杯，现在两腮绯红，先把自己当作了杨贵妃。在喝了点酒的人眼中，她开始变得有些迷人。程局长顺从地喝完杯中酒，她调皮地凑上去，看人家杯底是不是干净了，头都要抵住人家的头，伸出蒙娜丽莎一样的手指，抓住局长的手，拿起分酒器，再给斟满，退后半步微微鞠躬施礼，觉得自己像电影里的交际明星，然后围着桌子挨个向大家敬酒，用着发自内心的谦卑，对每个人都呈上最真诚的笑容，好像她随时愿意和你成为兄弟姐妹，需要的时候，仆人也可以的。

看来程局长对她蛮有好感，因为在接受她名片的时候，认真地看了两眼，之后才放回自己的口袋里，也给了她自己的电话。碰杯的时候，用一种亮闪闪的眼神看她。

过几天，她就再约程局长一回，对他来一次试探。局长比较慎重，说吃饭不必了，有什么事你到我办公室来谈。

“噢，我也没有什么具体的事，就是能认识您很荣幸，今后您有什么小事，尽管吩咐我去做好了。呵呵，我也给大局长办不了别的事，跑个腿，捎个东西，还是可以的。”她在电话里说。逢年过节，一两个礼拜，她发个短信或者打个电话问候。她需要与这样的人保持联系，她的生活就有了某种支撑，她知道早晚会用上人家，不是这事就是那事，有时候他们一个电话一句指示，强似她和家里人跑断腿。

暂且没有焦虑，没有欲念，这是平静安宁的生活。清晨起床，看到省城的阳光从楼群的东方升起，照在自家阳台上，仅有的一盆绿萝、一盆吊兰、一盆大叶海棠，舒展身姿沐浴在清新的空气里。她还没有来得及仔细打理阳台，只是楼下小店里随手买了放在那里，时常顾不得浇水，几次都快干死，叫祝新生抢救过来。

上下班的路上，她混在省城女人的队伍里，顺便买菜，回家做饭，她是个完全合格的大城市职业女性了，在某个门口挂着牌子的院子里某个房间的一角，有她的一张办公桌。路上的人，没有人知道她刚来一年。路边粗大的法国梧桐，大约有几十年了，分出的每一个枝干，都像树一般粗，茂密地生长，慷慨地洒下浓荫。老家的人，是不种这种树的，这种树只提供阴凉，不能很快成为木材，而农村人，一切都在实用的层面说话，断不会为了乘凉或者观赏种一种树，他们最常栽的杨树、梧桐树，成材快，使用早，扛到庙会上换成钱。省城女人罗锦衣，表面上白白胖胖，衣着华丽，是光鲜富贵的女人，内心里永远是卑微而诚挚的乡下女子，所见到的一切，都与老家做对比。看到路边和街心花园的月季、玫瑰、紫藤、桂花，她想，在老家种上这树，年年开花，香气飘荡，校园里种上，让孩子们看看，趴上去闻闻，不是挺好吗？农民，难道就不需要看花闻花？农村孩子，就不需要增长见识？走进公厕，墙上贴着白瓷片，进门是洗手的地方，左右两边，分别是男厕和女厕，她会想，这么好的房子，不就是老家三间堂屋的格局吗？城里的厕所，比老家人住的房子都好。看到对面人拉着一只小狗，进了路边的宠物医院，那狗被洗得干干净净，卷毛刚修剪过，好模好样的，跑得怪欢，进医院去成啥精哩？老家的狗，一辈子只是吃屎，身上脏了痒了自己跳水沟里洗洗，躺地上打几个滚，不也照样看家护院，给人做伴。省城女人罗锦衣，将老家装在心里，成为她永远的标准和生活参照。

街角一家敞开式小店，那卖大枣和干果的女人，脸上表情分明写着，以她的要强心劲，不该落到这步田地，可却阴差阳错，命运将她发落在一间低矮的门面房里，从早到晚，天天值守。她从不主动搭腔，从无笑脸，也不多说半句话，不巴结，不逢迎，好像这些人不值得她看一眼，也无还价余地，一副你爱来不来的样子，按说是生意不行的，可人们还是爱买她的东西，因为那些大枣、核桃、干果，实在是跟它们的主人气质一样，个大漂亮，货真价实，摆放得整整齐齐，一个个摞好放齐，连大枣的方向都全部一致。小小门面到处擦得干净，主人自己也是整洁爽利，你看到她连同她那些货物不卑不亢地在路边小店一日日地坚持驻守，她手拿抹布擦来擦去，会有那么一点点肃然起敬，甚至是被征服。

除了在此买过两回核桃，她再没有跟这女人说过话，可每次经过，她都在心里对着她小小地愧疚一下，替命运，向她表达歉意。没来由地心虚，觉得这人像宝珠，她跟宝珠一样，恭顺地待在自己的命运里，而她罗锦衣，只是个欲望捆扎的草包，由一种莽撞而不竭的力量，憨胆大，一次次撞向生活的大门。

还有另一个宝珠，是市场西头第一家那个卖手擀面的女人，用一个专门的小盆和夹子收钱找钱，而她的手，专属于面条和面粉。暂时没有顾客也没有活儿的时候，她竟然矜持地两手相握站在案板后，静静地看着市场上来往的人。自己比她，能优秀多少呢？

罗锦衣随口说："我咋看你这不像手擀面呀。"那女人停了切面的动作，高冷地看她一眼："给你切不切？"作为一个在城市里卖手工面的女人，她唯一的武器就是这种防卫过当的尊严感，带着对提问者的敌意与不屑，她不会为了几块钱的生意给你赔笑脸，后面排队要的人多的是。罗锦衣带着对宝珠的疼惜，回话般地说：“切，切，不切我吃啥？”干笑两声，自找台阶下，又说，“那你和面是机器喽？”那女人一边快速切面，一边淡淡地说：“我一直都是机器和面。”那意思就是告诉你，这样就不错了，现在哪里有从头到尾的手工面呢？手工和面，想累死我呀？你们这些城里人，想得美！又要这样，又要那样。那女人将切好的面条抓起来，抖一抖，折一下，切断，麻利地扯过墙上挂的塑料袋，装进去，轻轻甩在案板外面。

罗锦衣讪讪地拿过面条，给小盆里放下三块钱，转身走了。宝珠，她现在还是在路边小店里卖服装？命运有着怎样别有意味的安排，让人只有顺服于她。好在她有个好丈夫，巧人能人，夫妻俩守在一起，知冷知热，还有俩听话的儿子，也算是命运对她的补偿吧。

她持续不断和程局长保持联系，终于在国庆长假的一天，程局长发短信说：我在单位值班，有空的话，来喝茶吧。她立即扔下正在干的家务，窗户关好，安顿优优自己在家里玩，打扮一番，出门打车来到市政府。警卫把门，让她到旁边传达室拿进门条。她进到旁边房间，说了找某局程局长，工作人员验了她的身份证，拿起桌上电话，打通后，给她一张粉红色小纸片。她重新走到大门口，在警卫白手套的指引下，塞入铁皮箱子里，走进大院里去。程序跟从前一样，可这是她头一回非公进入，感觉就有所不同。从前走进这个大院，她会用乡下女教师的脑袋想，这一辈子能在这里面工作，多好啊！老家的人，谁在这里有个差事干，哪怕是临时工，支应跑腿，花园修理，或者承包大院里的报纸回收，给食堂送水送气送菜，那就主贵成啥了，而现在，她将要与这里面一位位高权重的男人，发生点什么，虽然他只是说，来喝茶吧。

程局长的办公室是一个套间，深棕色门关闭。罗锦衣不忘路上买了小点心，作为喝茶的点缀。茶自然是极好的，泡在造型别致的紫砂壶里。地位到了一定程度，你不想讲究，都由不得你，早有一圈人为你打理好一切。罗锦衣确认这一层楼，只有局长和隔两间房子的一位办公室副主任，局长若不主动叫他，他是绝对不会过来敲门的。放心吧。已经面孔红彤彤的局长说，好像两人喝的不是茶，而是酒，微醉了般，也不知是谁主动，不知怎么，就绕过茶几，搂在一起。他拥着罗锦衣起身，走过去推开了那扇神秘之门，一张大床在眼前，侧面还有一扇门，是卫生间。罗锦衣进去冲洗，他为她打开灯，将门在她身后关上。右边洗手台上高高垒起几摞的洗漱袋子，差不多有十来个吧，每个里面，都原封不动装着毛巾香皂牙膏牙刷洗发精那一套东西，是各种会议上发的。她拿起一个看看，再拿起一个摸摸，都好都可爱。要是给老家人一包，不定高兴成啥样子，他们为争一块孝布都耿耿于怀，指着用它做笼布，做鞋里子。

高中时候，班上有一个叫霞的女生，长得少有的好看，五官少见的精致，家里少见的穷——那时的学生，家里都穷，可霞的穷更为触目惊心，因为她有三个哥哥，每一人都要盖所三间大堂屋，娶个媳妇，这差不多要把伯妈榨干累死，摊下一河滩的账。霞是家中老小，又是唯一的女儿，按说家里应该最疼，但伯妈顾不上疼她，哥哥顾不上爱她，学也不想让她上，“尽是白扔钱”，这是天下伯妈常说的话。霞闹着非得上高中，还是因为有个梦想支撑，或许能考学出去。伯妈说，要上你自己想法儿吧，家里除了粮食随便带，钱是一分也拿不出了。每年开学前，霞借个自行车，走遍姑家姨家舅家，两块三块地凑。霞的这些亲人，知道是有借无还，可还是自己挤来挤去，借给了她。

借，是生活中必不可少的事，借钱不用说了，乡下人永远都在借钱，这常让罗锦衣觉得，莫非我们的整个一生都是借来的？后来罗锦衣听到电视剧里唱，“我真的还想再活五百年”，那首歌的名字叫：《向天再借五百年》。帝王将相，口气真大，张嘴就借五百年。乡下人比较务实，借得也很卑微，借碗借筷借盘子借盏，借面借油借盐借鸡蛋借药锅。走亲戚的人，少不了要借衣服借帽子借伞借篮子借手绢，别的借了是实打实地用，只那手绢借来不舍得擦汗，拿在手里做做样子，让人家知道我有个手绢。谁都有借时，谁都被借过，谁家有一两件主贵东西，基本成为生产队的公共财物。

或许霞的衣服，也是借来的，因为总不合适，要么大，宽宽松松，要么小，裤腿吊在脚脖上。霞在学校里，很多东西，也是借同学的。霞的一条毛巾，就像乡下老汉用的，那种最便宜，最削薄的白色腈纶毛巾，用得快要稀烂了，后来都不敢用劲拧，两只手捂在一起，搿一搿而已。霞当然没有香皂，只是清水洗脸，每天早上，霞那美丽的脸埋在水盆里，呼啦呼啦用手使劲搓洗几回，再用那条烂毛巾将那粉红色的脸擦干，霞黑亮的眼睛更加动人。霞也没有雪花膏。

有一天霞走过来，小声对罗锦衣说："能不能叫我借你的洋碱使使？"

同学之间，也向来互借东西，这很正常，借笔借书借枕头借被子借饭票借碗，那些东西借用后，都原样归还，不会损折，可这肥皂嘛。霞自己也知道肥皂的特殊性，羞愧将她的脸变成了红霞。罗锦衣不忍看她的脸，将那块新买的肥皂借给了她。霞端着自己的床单、衣服，高高凸起一大盆，罗锦衣的肥皂盒放在上面，去了水管。回来的时候，那块原本堂堂正正、棱角分明卡在盒里的肥皂，收缩了身躯，光滑而羞怯。更为羞怯的是霞的脸，那脸也用肥皂刚刚洗过，紧绷绷的，带着不自在的歉意的笑。

后来，霞还是没有考上任何学校，回家嫁人去了，她伯妈早想将她快快寻个人家，好见了彩礼，补自家窟窿。

眼前的浴帘杆上，挂着一条半新不旧、半净不净的干毛巾，分明是局长用着的。她拿不定主意，是用他的毛巾呢，还是新启用一个袋子里的，若用新的，就一次，扔在这里，岂不可惜，带走嘛，又显寒酸，可是不用，这样放着，不也是可惜？对，她启用一套，走的时候顺手拿走。她照了一会儿镜子，开始脱衣服，拧开水管，等待热水流出。雾气的镜子里现出霞当年羞怯的笑脸。罗锦衣光着身子站在镜前，伸出霞的手，在那些袋子上，摸来选去，最终打开一个，取出一条粉红色毛巾，拿出一小瓶洗发水，一个淡蓝色香皂盒，里面安卧着一块乳白色力士香皂，两头粗壮，中间收拢，像是女人的腰身。霞长着细溜溜的身子，月光般的面庞，黑珍珠似的眼睛，霞笑的时候，红红的湿润的嘴唇呈现着紧张僵硬的线条，霞被贫穷的绳索捆绑，很少有自然的笑容。罗锦衣迈开霞的腿，跨进浴缸，走进温水下面。

第七章　老朱

那一日，宝珠坐在门口招呼顾客，见一人站在门外，穿着凌乱，一副落魄模样，抬头看店门上方。估计是“北舞渡胡辣汤”的招牌吸引了他，那人再往店里看看，又惊又喜，却不敢轻易进来。宝珠看那人面熟，疑惑在哪里见过，只见那人也在看自己。她叫出秋生，秋生一下认了出来：“咦，这不是朱集那哥吗？”那姓朱的躬腰一拍双胯，喊道：“咦，我就说嘛，北舞渡胡辣汤，保准是咱的人在这弄的呀！”

二人不好直接问他，何以落魄成如此模样，只叫他进来喝一碗胡辣汤吧，姓朱的怯着自己不像样子，不肯进屋去。秋生盛一碗端出来给他，宝珠又用荷叶饼饱饱夹了菜拿给他。他在门外台阶上蹲下来，咬一口饼，再喝一口汤，胡辣汤在嘴里，他转了转眼珠，品品味，咽下肚去，扭头用怪异的目光看秋生，那意思是说，你这是北舞渡的胡辣汤？秋生冲他挤挤眼，立即都心领神会。姓朱的很快吃饱喝足，碗交给宝珠，抹抹嘴，就那么蹲着，脑袋向这边扯着，给二人说了他的近况。他的移动辣子蒜羊血摊点，三轮车连带上面所有东西，叫市容给收了去，要交一千元罚款，才能还他。

“去娘X，不要了。那东西哪值一千块？”

“那你现在，干啥呀？”

“不干啥，见天吃吃转转。”

“那你拿啥养活家呀？”

“有啥家呀，我自己吃饱，全家不饥。”

却原来这姓朱的，家里兄弟四个，他是老大，年龄过了岗，娶不上媳妇。三个兄弟先后结婚，全都分家另过，他的两间破东屋，在大弟弟的院子里，快要塌了。前几年伯妈都过世，剩下他一人一户。而他的宅基地，在村后一直荒着，长满了乱草。他见村里几个人到西安干活，年年春节都能带钱回家，便也跟着人家来了。东门外炮房街上一户人家，将自己家外墙与旁边单位院墙的夹缝两头垒起，石板瓦盖了顶子，变成一间长方形小屋，放得下一张单人床，一个小床头柜，还能挤下他的三轮车，每月三十五元，租给了他。

他这几年，推着那辆三轮车，背街小巷里卖辣子蒜羊血，这也是一个老乡转手给他的，那人用这三轮车，度过了初来西安的艰难阶段，后来有了更好的营生，五百块钱，连设备带技术，还有供货渠道，全盘转让给他。他用那三轮车，竟然也攒下了几千块钱，蚂蚁搬家样寄回老家，叫他大弟帮他存着。老朱有一个理想，挣了钱回去盖房，五十岁前结婚。

三轮车没了，他天天在附近到处转悠，想再找个挣钱的门路。一无资金，二无技术，也没有多少力气，可他想，城东这里，市场密集，康复路上那么多机会，我就不能看看啥样适合我，批点小东西卖，总是中的吧？

前些日，最困难最无助的时候，天天在环城公园附近转悠，他发现，建国门里到东门里之间，有一片早市，每天天不明，就有近郊人来卖菜，卖各种生活用品。这里原是几家国营单位，平绒厂、玻璃厂、搪瓷厂、糖果厂，一片厂区相连。计划经济结束，他们的产品慢慢在市场上滞销，工人下岗回家，厂房眼见破败下来，厂子便宜出租转让，慢慢形成市场。说是早市，其实一天到晚都有经营，只不过中午之后，人渐渐稀少。城墙拐角那里，到下午时候，不见一个人影，一边是高大的城墙阻隔了市声，一边是破败坍塌的厂房和围墙，长着几十棵杨树，好像被遗忘在那里，落叶一年年堆积，污水浸泡着土地，长出了道道青苔，越过破墙头望进去一片死寂，竟如荒郊野外一般，很难想象厚墙之外就是花红柳绿的环城公园和汽车穿梭的大马路。老朱有一回天将黑时走过那里，前后不见人影，只听到自己的呼吸声。他一个大男人也突然怕得慌。

靠近建国门，马道巷上本没有摊位，但会在早上，聚集很多卖菜的，引来更多顾客，走路都不顺畅。常常一些菜价，便宜得让你不好意思搞价，除了买一大兜子，哼哧哼哧提回家外，你还能有什么别的选择。各种叫卖方式也很动人。有提问式的：“不吃不花，要钱做啥？”有惜别型的，提前录好了音，反复播放：“我们就要走了，就要走了，羊毛衫低价出售……”有赌气似的：“齐拿一块，挑一块五，提前把话给你撂清。”节假日这里全天营业，平常呢，也没什么规律，时不时会杀来一队整顿市场的，如狼似虎，从车上直扑下来，皆是从农村招来的愣头青，对这些与他们同样来自农村的人，绝不心慈手软。远在几公里外的大路上要过一个重要人物，或者市内有重大活动，这里就妨碍着他们了，就有可能破坏大好形势，拖文明城市的后腿，定要草木皆兵，全城行动，上午十点之前，全部清场，市容的卡车开进来，引起慌乱与骚动，任交易达到什么程度，一律快刀斩乱麻，立即停止，否则后果严重，打打杀杀也会有的，买菜者和市容人员进行一场竞赛，相互争夺那个卖菜的，一个前面拉着车子叫赶快走，一个后面拽着还在挑拣。

多便宜的东西都有卖，不吝其细小，不怕其琐碎，有一位老妇人，竟然摆了一包喜糖瓜子，不知是自己家办喜事剩的，还是参加别人家婚礼得的，孤零零放着，要价一块钱，而她，也孤独地坐在那里。因没得挑，人们也都不去买，老人好像也不指望卖出去，只是给自己一个坐在城墙下的理由，闲看这来来往往的行人。还见一位老者，悠闲地坐在花坛边上，架着二郎腿，身边放了两个喝过水的一次性塑料杯，里面有半杯多湿土，一个种着一棵太阳花，细小得像根纳底绳，另一个种着一棵指甲花，只长出三片叶子。老朱觉得可笑，这可能是世界上最小的营生了吧。老朱问老者，多少钱一个？老者悠然地说，随便给，就剩这俩了。老朱问，你自己种的？老人轻蔑地看他一眼，分明看出他不是那种会在家里摆一盆花的人，反问他，不是我自己种的，还是偷的不成？那你靠卖这，能挣多少钱？旁边也有好奇者，停下脚步询问，将那杯指甲花拿起来，玩意儿一样转着看看。嗨，指望这挣钱，早把人饿死了，岔个心慌。我儿子在东新街摆夜市，家里用过的一次性杯子，多得很，我没事爱在阳台上摆弄几盆花，去年指甲花的盆里，种子炸开，今年出了一片，长得挨挨挤挤，只能剔出来一些，扔了又可惜，我把它们一个个栽到杯子里，给自己找个事干，这个五毛钱，给你拿去吧，回家移到盆里，夏天就长成一大棵，开满指甲花，好看得很。

老人也是指望这几杯小花，在市场上度过半天光阴。

第二天，老朱出现在早市上，胳膊下夹个半大纸盒子，里面交叉放了两层小盆花。说是盆花，其实跟茶缸一样大，所谓花盆，是拿黑色油毛毡浇注，薄得不能再薄，软得像纸一样，那花盆里，顶多有一捧土，花也贫贱，玻璃海棠、蝴蝶花、金达莱，或者干脆叫不上名字，长得跟莲花白一样，扑棱着彩色的叶子。他来到昨天那位老人旁边，冲他龇牙一笑，蹲下来，一个个摆出来，要价两元一盆。那老人今天摆在面前的，仍然是指甲花和太阳花。卖菜的人们，停下来，在他二人面前看看，问问，顺手挑一盆，拿走了。人们信了他这小盆花是从花圃或者花卉市场批发来的——他自己这样说的。其实不然，老朱才不愿意摊本，他有聪明才智，能触类旁通。他每天在街上转来转去，没有白转，昨天老人无意中一句话，“还是偷的不成”，点拨了他。他今天起个大早，到街头摆放花圃的地方，从边上拿几盆，或者从一大片中挑几盆好的，将边上的补上去，这一片花坛，少去的样子，基本看不出来。再走一段路，再拿几盆。我这不是偷，是拿，少了几盆，对谁都没有损失，对社会更无危害，这花，搁哪儿都是叫人看的，这一片地方，放五十盆和四十五盆，有啥区别？他辛辛苦苦跑遍城东几条街，前一天侦察好情况，第二天早上天不明去拿。神不知鬼不觉，装纸盒里抱到早市上，先是要价两块，接受人家搞价，一块五、一块也行，挑到最后不好的，五毛钱都卖。二十块钱白得，起码够了今天的饭钱，一天就没有虚度。

当然这事长不了，一不是正道，二是摆在马路边的小盆花，刚摆出的时候，新鲜好看，有人浇水，支支棱棱，过一阵子，干枯，败落，披一层灰土，看着都不喜人。这只是权宜之计，叫他渡过难关。他老朱是守法公民，轻易不会做危害社会的事，也没胆子没渠道干更大的坏事，离家千里地，叫人囚了去，连个探监的人都没有。他见好就收，改邪归正，继续在街上转，寻找新的商机。

炉子锅碗没了，下一步的生活还不知落在哪里，也就先不急着置办锅灶米面自己做饭，他每天到平顺街这一带吃饭，也可能只是为见见老乡，买两个烧饼，或两个馒头，也不就菜，边走边吃，喝自己杯子里的水，就解决了一顿饭。他吃饱后就到对面的康复路转悠，批一些小刀、本子、气球、花边、松紧带、搓澡巾之类小东西，拿到学校门口去卖。

不试不知道，一试吓一跳，原来这些不起眼的小零碎，利润这么大。

"学生用的小刀，学校门口卖五毛钱，不贵吧，可你知康复路上批发价多少，一包一百个卖十二块，合一毛二！搓澡巾，厚实的好的卖三块，最不好的卖一块钱，可你知康复路上批多少？最好的一块二，最赖的五毛！松紧带，一块钱一尺，康复路上，一大盘，二十来米，十块。"他蹲在秋生店门外的马路沿上，得意地感叹说，"真是人家说的，在城市里，好赖弄个啥，比趴叉家里种地强多了。早知是这，我前两年还弄个三轮车卖辣子蒜羊血，摊子那么大，走到哪儿显眼摆待的，现在这，每天一小兜，走到哪儿，摊开就能营业，谁说不叫卖了，兜起来走了，就是叫收走了，也没有多少钱。轻轻松松，每天净挣五十朝上。这城市里，来钱的法儿就是多，叫在家里种庄稼的人听听，亏死了。"

老朱又开始给家里寄钱。

过了一年，老家朱集又来了几个人。在老朱的引导下，每天去康复路批发小东西，散到附近各处小学校门口和市场尾头去卖。

老家有人给老朱介绍了对象，邻村毛李庄一个死了丈夫的女人孙腊梅，儿子已经结婚，女儿刚十八岁，高中毕业，在家闲着。两人在老家见了一面，对老朱来说，只要是个女人就中，没啥可挑的。当下将孙腊梅带到西安来，换了一间能摆下双人床的房子，他之前那个小窝，让同村刚来的一个人租了。

老朱专门将他的同居女友带到平顺街秋生的饭馆，叫二人看了。穿着康复路上刚买来的黑亮亮踩脚裤的孙腊梅，胸部平坦，两腮无肉，头发枯黄，干瘦老相，看上去比老朱大了好几岁，但毕竟是个女人，老朱愿意得很。

年近五十的老朱，过上了有女人的生活，将孙腊梅像宝贝一样地疼着爱着，进一步计划他的盖房大业。他出去摆摊的时候，孙腊梅在家做好饭，饭盒里装着，给他送来。他在一边吃饭，孙腊梅替他卖东西。吃完饭，她将饭盒拿回去洗净，睡个午觉，下午若有兴致，再来陪老朱一起守摊。学生放学的潮水过后，两人转移到附近一个市场出口，那里的市容人员已经下班，没有人来驱赶或没收东西，六七点，人流较多，买了菜回家做饭的人，有可能顺手买个小东西。等到市场出口的人少下来，天也黑了，再次卷起东西，双双回家做晚饭。这每天落几十块钱的好营生，断不会因为星期天或节假日而中断，周日或者暑假里，两人就相伴着去街上打游击，找一个市场边，出口之处，大商场的门外，若是见有人摆摊，也将他们的小摊位摆开营业。遇有市容工商来撵，大家一呼百应，卷起来就跑，那奔逃的过程，因有人相伴，呼喊照应，也变得像是游戏一般，并不那么可恨，也都不觉屈辱。暑天里，他们找到一棵大树下，一坐半天，身上的汗水，被一阵风儿吹干，过一会儿，闷热如故，再出一身汗水，就这样交替凉热，脸上早已汗印子一片，可也觉得比在家干农活好多了，城市里的日子，每一天都是赚来的，吃饱喝足，还落几十块钱，有几次运气好，竟然净挣了一百出头，两人不由得窃喜一番。在商场门口的时候，老朱会让孙腊梅到商场里转转，享受一下空调。二人定好，如果市容来撵，将人冲散了，在街头某个大楼拐角相见。孙腊梅一个人在大商场里，看哪样东西都爱，尤其那金首饰，明晃晃一片，让她的心，怦怦直跳。伏里天气变化多端，下午四五点的时候，突然乌云压顶，狂风大作。可是不舍得收摊，想或许再能有一两个顾客，在暴风雨来临之前紧急交易一下。此时他们的心，就像那张开了的布袋，被大风吹得鼓胀起来，想将这城市里的钱，不停地往里装，哪怕是块儿八毛，只要细水长流，不停歇地进着，也会是大的收获。直到大雨点子突然砸下来，哎呀呀叫几声，匆忙卷起来就跑，嘻嘻笑着，躲到最近的一个商场里，或者路边屋檐下。有一次，被大雨驱赶到一个蛋糕店的玻璃窗外，竟然不敢进去，那店太小巧太精致，不像大商场，进去几个他们这样的人毫不显眼。在这样一个蛋糕店外，他们自惭形秽，有自知之明，宁可身上飘了雨，也不适合进去的。玻璃之内，不足半米的地方，面对面坐了一对母女，小女孩伸出粉红色舌头，一点点吃着那么精致的蛋糕。因为天突然黑了下来，店里的灯光亮起，将里面照得仙境一般。他们紧贴玻璃，一回头，玻璃内外的人，都感到不自在，里面那一对母女，对视一眼，心有灵犀地侧一点身，给他们半个后背。外面的二人，也自觉地挪开了一点，彼此拉开距离。

雨天时候，两人就待在出租屋里，听着雨声，再看着外面的天，觉得今天平白损失了几十块钱。去娘X，也没办法。躺床上，合盖一床被子，雨声相伴好入眠，神仙般的安逸，睡够了起身，揉着眼角的眵目糊，做点饭吃。老朱想起一个词：幸福生活。大半辈子了，这个词，终于和他发生了关系。

老朱的存款快两万了。在老家盖三间堂屋，差不多三万出头。一般情况，资金过半，就可着手盖房，先借几千块，他们这样干着，一年也就还清了，盖房结婚，这么大的事，都是要塌账的，不借钱，显得不隆重。他打算后年春天盖房，房子刷一刷晾一晾，夏天或秋天，就把婚结了。他们已经是来城市里打工的人，不必像老家人，非得过年才结婚，也应该跟城里人一样，五一或十一，举行婚礼，不在家里做着吃，要把亲戚们请到北舞渡的饭店里，摆上几桌，弄得像模像样的。这迟来的爱情，它也是爱情呀。后来者居上，他的房子，得比几个弟弟，盖得都要好，里面的摆设，也要弄高级。

临近过年，该回家了，老朱给孙腊梅的儿女和儿媳妇，也都置办了衣物，买的糖果、点心，也分给她一半，孙腊梅的蛇皮袋提包，也是大大鼓鼓的。想到这一切花销，都是从那小小地摊上而来，他蛮有一种成就感，他这不就像村上那些在城里工作的人一样吗？像所有恋爱中的男人一样吗？带着城里的好东西，领着自己的女朋友，双双回家过年了。

在老家过完年，竟然把孙腊梅的女儿带来了。老朱又换了房子，东郊韩森寨七村租了个里外两间的住房，女儿毛小环住里间，他和孙腊梅住外间。一家三口的吃喝花销，全都从老朱的小摊上出来。

刚好，蓝田人饭馆里端盘子的姑娘，过年回老家，找了对象，不出来干活了。他们叫毛小环在饭馆里打工。一个月下来，毛小环受不了起早贪黑的累，不干了。老朱叫她也去批发小东西来卖，她嫌路边小摊太丢人。孙腊梅说，让老朱给她弄间门面房，她娘儿俩要卖服装，她庄上好几人，在西安卖衣服，都能挣住钱。老朱想，他现在的主要目标是盖房子结婚，而门面房，押金、房租成千上万，卖衣服成本也大，弄不好就积压了。给娘儿俩说，还是先摆小摊吧，等盖了房，再攒住钱，给你们弄门面房。毛小环不乐意，嘴噘得老高，不再喊他叔，每天只钻进自己的小里屋。孙腊梅也说，白白净净的闺女家，咋能在路边摆地摊哩？

老朱可给她找不来体面的工作，他连一个真正的西安人都不认得。发货路过秋生的饭馆，进去坐了一会儿，将烦恼说与二人听。秋生眼珠一转说，他倒能跟工商所的人说上话，看能不能给找个啥事干干，只不过嘛，现在的事情，干啥都得拿钱说话，没有几百块钱，跟那些公家人，搭不上话的。

老朱下次来的时候，给秋生拿了五百块钱，叫他给想想办法，给毛小环找个稍微体面一点的事干。秋生花三百多块钱，买了两条烟，找到工商所蓝田人的亲戚。秋生这几年里，已经与此人拉上关系，过年过节，常有百儿八十元的礼物相送，那人已经亲切地称他为老尹。那亲戚过几天回话说，街道办缺一个打扫卫生兼送报纸的，活儿很轻，每天将报纸分发一下，送到几位领导的办公室，两层楼的走廊楼梯卫生间拖一遍，下午再来一会儿，保持干净就行，跟干部们一样，休星期天，一个月四百八十块钱。这个活儿，也不好找呢，只因为前面那个女人，儿媳妇生娃，她回家伺候去了，一时找不来人顶。

没有别的法儿，毛小环先干着，反正一应吃喝花销，都是老朱的钱，她基本能将工资全部存下。

再到腊月的时候，老朱合计，过完年，毛小环一个人回西安上班，而他和腊梅，在家准备盖房子。

买了糖果点心，买了春联红包，买了城里的好东西，给腊梅和儿子女儿，还有自己的几个侄子侄女，全部在康复路买了新衣裳，打好行李准备回家。做这一切的时候，他觉得自己是一个成功男人了，他的人生苦尽甘来，从今往后，幸福生活永相伴。心里一动，为了表示对腊梅的信任，他将今年存下的钱，共三千六百元，交给腊梅带着。因为腊梅说了，今年跟着到他家过年，那就是夫妻双双把家还。明显攒下的钱比往年少了，三个人吃饭，添置东西，花销也大。临出发前，一家三口围在一起，眼见着孙腊梅将钱缝进了棉袄下摆的内里上，放下来贴在肚皮那里。

三个人惊惊险险，挤上春运的火车。能从票贩子手里买上高价票不错了，还是秋生有门道，认识各行各业的人。只有一个硬座票，其余两张是站票，这已经是对他们的最大优惠了。三个人轮换着坐，或者腊梅和女儿挤在一起坐。经过一夜的拥挤困顿，天亮时分在老家县上下了火车。快到村上时，毛小环与他们分开，提着自己的行李，回北边的毛李庄，而老朱和孙腊梅一起，回到朱集家里。

他的小东屋里，大弟媳已经带着侄子侄女，将一年的灰尘扫净，床都给他们铺好了。他每年回家，给孩子们买新衣服，封红包，领上大侄子，借个小三轮，去集上采买，猪后腿、桶装油、点心、大块豆腐，一律都是三份。几个弟媳妇改了从前的冷淡，都对他笑脸相迎，整个年下，不叫他开伙，几家里轮着吃，孩子们抢着来喊他吃饭。

大弟弟一家前来他的小东屋招呼，几个侄子侄女也都来到，一声声喊着大伯大妈。老朱当场打开行李包，叫孩子们各人领了新衣裳，有的当场就穿上，叫大家看，一时间欢声笑语。

孙腊梅背过身去，站在床边，掀起棉袄摸索，突然她大叫一声，哭喊起来："哎呀哎呀，钱哩？天爷呀，钱咋没了！！"一屋子人都住了声。老朱走过去一看，孙腊梅掀起的棉袄里边，那个缝上的口袋，被刀子割开了。老朱脸都白了，一时反应不过来是咋回事。孙腊梅哭倒在床上，左右巴掌扇自己耳光："咋恁没成色呀！钱啥时候叫人弄走的，都不知呀！"

一下子静了，一屋子人，都不知该怎么办。大弟媳妇不说话，将局面看了一会儿，拉自己男人走出去。老朱捧住头，蹲在地上，悔恨交加，昨天，钱应该自己拿着，年年那样装着钱回家，也没丢呀，或者保险一点，两人各带一半。唉，都已经买好了红包，咋不知将钱封在里面，分开装呢？至少还能留下几百。他不知该怨她，还是该过去劝她。

大弟走到门口，示意他到堂屋去。夫妻俩压着嗓门替他分析，这女人使诈，那钱，定是叫那姓毛的闺女拿走了。

老朱更傻了一层，大弟夫妻俩的这个判定，比丢钱这件事，还叫他痛苦。跟自己过了快两年的女人，会这样吗？

“人心隔肚皮，我看那女人，不是善茬，嘴上说得好听，心里使铁。她这就是演了一出戏，要是真丢钱，早都发现了，咱们一般人带着那么多钱，该多操心，肯定得一会儿摸摸，一会儿看看，她可倒好，就那么沉得住气，直头头等回到家里，专拣人多时候，发现钱丢。”老朱不愿接受这个结论，可又找不出反驳的理由。他脑子里回想着火车上的场景，娘儿俩一同去过两次厕所，可能她们已经备好了小刀，他家里小刀多的是啊，他一毛二批来卖五毛的那种，薄铁片小刀，非常锋利，她们在厕所里，一个掀起棉袄，一个割开那层布，那一卷子钱，老早已经转移到女儿身上。不不，也或者是下了火车干的，在火车站广场，娘儿俩又一同去了厕所。最后一刻下手，比较保险，早了害怕败露。可是，老朱怎么也不愿意接受这个现实，觉得对不住孙腊梅。他用拳头狠狠敲打自己的脑袋，只是懊悔，为啥要把钱交给她带呢？自己拿着，啥事没有。

他痴呆呆回到东屋，见那女人还躺在床上哭，手拍床帮，伤心欲绝的样子。他站在那里，一句话也说不出。

那两个弟弟和弟媳也知道了这事，很快，全村人也都知道了，一时间，朱集第八生产队，推开谁家的门，都是正在推理分析，路上走着的，也都脑袋凑在一堆，小声讨论，多半人认定，是那女人使诈，这个分析让他们满意，或者他们更希望是这个路数。有好奇者，专意到老朱他大弟家借个东西，期待路过东屋，一睹那毛李女人风采，看看她的面相，是不是狠毒妇人心，像不像能够做出这事的人，人们赞叹她有胆有识，调包计使得妙啊，这家老大真叫一个笨蛋信球，半辈子没女人都过来了，这会儿快五十了，弄个这干瘦老婆子，供人吃供人花，还叫人把钱弄了去。

那女人看出大家对她的怀疑，她非常伤心和气恼地对老朱说："真没想到，你们这样想我，钱丢了，我恨不得把自己的脸砍烂，恨不得头碰墙去死。跟了你快两年，我是啥人你还不知？"孙腊梅越说越伤心，抽抽噎噎哭着，收拾自己东西，回她毛李去呀。老朱伸手去拉她，孙腊梅将他甩开，决绝地走了。老朱从头到尾，说不出一句囫囵话，对孙腊梅又恨又怜，真要是钱丢了，那也就算了，一年在外，落个肚儿圆，有人风雨相伴，也中啊，可要真是这女人和闺女合伙使诈，那，今后，他们还能一起过日子吗？

"这下，人家娘们几个在家搂着笑哩，你信不信？咱过年的肉，得自己拿钱去割喽，"大弟媳对大弟弟说，"咱孩儿们的压岁钱，没影了。"

老朱问大弟要来自己的存折，取了八百块钱，叫上侄子，借了三轮车，东西照买，压岁钱照发。大家脸色稍微好转一些。

几个弟媳妇叽咕几回，又与自己男人吹尽耳旁风，大家决定一起说道一下大哥，虽然他是老大，可他没有结婚，没结婚的人，就永远不成熟，咱们就有义务帮助他，保护他，为他指一条明路，不要再受人哄骗。初一吃过午饭，大家都来到老二家里，围在一起循循善诱，说教大哥，看来他们是提前安排好了角色，有人单刀直入，有人曲意迎合，有人正话反说，有人细语安抚。中心意思是：这房呀，还是先不要盖，明摆着，这女人不处心跟你过日子，你想啊，一个五十岁的老婆子，早绝经个兔孙了，谁还稀罕个男人，为着温存和你一起？还不是为着在你这儿弄俩钱？你想想，这两年，你为啥存下的钱少了，平日里，她定是没少抠掐。你自己这几个亲亲的侄子侄女不顾，倒叫她们哪个洞里爬出来的外人去花你的钱。你将来老了动不了，她们会管你吗？那女人，比你还大两岁，说不定，还得你伺候她，你这是图啥哩？你单身一个，一间房，一张床，有个落脚地就中了，我们哪个人院子里，不能叫你安身下来？将来你躺那儿动不了，你兄弟，你侄子，哪个不能给你端碗饭吃？

老朱明白，这是他们惦记他的钱。早些年他去西安之前，他们谁也没有为他的生活想过，谁也没给他说过这么多贴心话。

大弟媳说："她过完年再来找你，愿意跟你去西安，就跟她这么过着，好了就好着，不好了就散伙，盖房结婚的事，再甭提了，早晚留个心眼，最连心的还是自家兄弟，那半路相遇的人，可靠的，不是没有，太少，再加上她那边的小孩，净是生不完的气。你在西安挣的钱还是要随时寄回来，叫你兄弟给你存家里。"其实，弟媳妇一直想说出口的话是：你自己这一小群侄男弟女，哪个不能带出去，倒带着一个外姓的孩子，跟自己一丝丝血都不沾，叫她们去吃你的喝你的，偷偷挪腾你的钱。

老朱想，如此简单的事情，干吗弄得这么复杂，今后两人相互猜疑着提防着，那还有啥意思。你们这些人说得再好，可是一天天给我做伴，陪我说话的，不还得是一个可心女人吗？

老朱耐着性子，脸憋得通红，不反驳他们。

他思前想后，还是舍不了孙腊梅。挨到初三下午，他穿着过年的新衣服，刮了胡子，掂了两瓶酒，两盒点心，把自己武装得像个新女婿一样，到毛李去。孙腊梅象征性地甩搭了几句，也就不再生气，她的儿子和女儿，也喊他叔，招待他吃喝，晚上留他住下。他又和孙腊梅合盖一床被子了，初四说话的时候，相互更温柔一些。初五吃过早饭，他将孙腊梅带回朱集家里。弟弟弟媳们一看是这，淡淡地打了招呼，背地里相互说，以后面儿上过得去，就中了。

过完正月十五，老朱孙腊梅毛小环一起回到西安，一家三口又像模像样过起日子。他想，小摊继续摆，就能天天来钱，丢钱的事再不提了，盖房的事也不说了，而他这来之不易的幸福生活，绝不能轻易破坏掉。

第八章　副校长

正是中午吃饭时候，兼做食堂的小礼堂，人们进进出出，边吃饭边扎堆闲谈、说笑。忽见一个陌生人，穿着遍身口袋的帆布背心，举着照相机，对准墙上的几道子水渍，咔咔咔拍照。

正在吃饭的众人短暂惊愕，办公室主任忙上前去问，哪里的，干什么，谁让你进来的？来人亮了记者证，说要采访学校的基建问题，有人举报你们校长和管基建的副校长在工程款里吃了回扣，导致盖好的学校小礼堂墙体裂缝，雨天漏雨。办公室主任忙招呼来人吃饭。那人说吃过了，问主任，副校长在吗？主任说，出差了。请记者去办公室谈，那人说，那不用了，材料他们那里都有，举报人写得很详细，他拍个照就行了，这叫有图有真相。又到院子里，表情严肃，真事一样对着院落又拍了几张。于是记者身后就尾随上办公室主任和几个热心人，小心地陪着，一时拿不定主意是该热情巴结，还是该严厉制止。得罪了记者，后果很严重。罗锦衣作为办公室的一名工作人员，落下几步远，与几个人保持些距离，处于观望状态，随时听候主任吩咐。记者眼疾手快，拍完走人。办公室主任追着问，哎你哪个报社的，贵姓啊？记者只说了报社名字，出院子走了。留下几个人面面相觑，一时反应不过来。

主任顾不得午休，叫来办公室几个人，临时开会，大家商量看这事怎么办？副校长出差在外，要不要请示他，校长虽然在本市，先不告诉为好。副主任说，是的是的不用请示，咱要主动为领导解忧，首先阻止新闻见报。主任问，谁认识那个报社的领导？老吴小张低头不语，心里琢磨这事要不要揽下，在一个岗位上干时间长了，难免对事情没有热情，多一事不如少一事，只有生手罗锦衣满怀热情，紧急转动脑子，突然想起，有次吃饭时，见过那个报社的一位副主编，副主编给大家发名片时，开玩笑说，今后想要上什么稿子，或者不让上什么稿子，都可找我。罗锦衣奔到自己办公桌前，盒子里拿出那些名片，打扑克样一张张出牌，果真找到了副主编那张。主任说，好，只等下午一上班，你打电话联系，他人要在，你去趟报社，这个事先压下来。对方提什么要求，都先答应。

两点多，罗锦衣已经坐着单位派的车，奔报社而去。

罗锦衣的广泛交友，此时派上用场了，幸亏她过年时候将名片排着摆出，给所有人都发了问候短信，这样再有事找到人家，也不显得唐突。她进到副主编办公室，寒暄几句，拿出早已备好的购物卡放在桌上的文件下面。副主编推辞两句，然后说，他已经问出来了，中午去她学校的，是一位姓柳的记者。副主编一个电话，过一会儿门被推开，果然是中午那个年轻人。罗锦衣起身与他握手，购物卡贴在手心里，柳记者推回来，她接过放在柳记者的兜里，嘴里说非常感谢你去监督我们的工作，今后咱们应该多多加强联系，我们哪里做得不好，及时提出批评。可这个消息嘛，千万不能随便见报，首先咱没有核实，没有调查，那告状信，只是一派胡言，我们领导说了，内部先自查清楚，给职工一个明白的说法。副主编和柳记者对视一下，看看罗锦衣，在估算他们能出多少血。罗锦衣头回接触这种事，不懂行情，但凭着她对生活的领悟，相信事事相通，钱能摆平一切。她由着一股无知无畏的莽撞劲，装作真诚而懵懂的样子，咧开红红的嘴唇，牙齿上还沾着一点口红，说："二位不要见笑，我是外行人说外行话。就是说，平息这个事情，得要……"本想说"多少钱"，觉得又太过于赤裸，自己做错了什么一样，羞涩地一笑，"什么条件？"

副主编和柳记者又对视一下，柳记者咳两声说："我们主编刚才打电话的时候，我正写稿子呢。要是这个新闻见报，那可是个重磅！我们记者，全凭稿子质量定工分哩。"

"是啊是啊，可我们校长就太冤了，辛辛苦苦干工作，还被别有用心的人告黑状，那今后谁还敢工作呀，我们学校就没办法发展了。我们一直是市级先进单位，这个牌子不能丢，所以千万不敢轻易见报。我们请你去学校深入全面采访，我们这些年的工作，那真是做得扎扎实实步步精彩。你采访了，保准会感动的。我们唯一做得不到位的就是，不注重对外宣传，我们从现在开始，吸取经验教训，加强这方面工作。”

“是的是的，也可以这样采访、报道一下嘛，从不同的角度，解读你们的工作，”柳记者手插裤子口袋，深沉地说，“我们对自己写出的稿子，是慎重的，也会负责任的，一切以事实说话，不带我们的个人偏见。今天去你们学校之前，也侧面暗访过你院的一些职工，当然了，也是各有各的说法。那么我想，明天这个重磅稿子抛出之后，下一步，会从不同角度，全面报道的。”

“对的对的，要全面报道，可是关于这个建筑质量的事，不能轻易抛出啊，这里有一些行业制度、内部工作程序什么的，不能听举报人的一面之词，一旦先下定论，这性质就变了……”一时抓不住要领，先赔着笑脸兜圈子，想探出对方的价码。罗锦衣和柳记者，在副主编的注视之下，演戏一样绕了几个来回，一个是貌似天真真不懂，一个是揣着明白装糊涂，都想让对方开口说价。最后副主编说：“记者为跑一个新闻为写一篇稿子，辛辛苦苦奔波好几天，还常常劳而无功，他们是靠工分吃饭的，报纸是靠好稿生存的，没有有力度的新闻，读者不买账，发行上不去，广告就不投入。”

“是啊是啊，都不容易都不容易。损失我们来补！”罗锦衣急于求成，不愿意再绕圈子，脸上浓厚的一层美容霜都快要蒸干了，不像来时那样明亮亮的随时要顺着脸庞往下流淌。再难堪的关口与场面，终究得面对，三人不由得卸下伪装，来回几次，终于协商好，订明年一百份报纸，再登一个整版广告。罗锦衣说上洗手间，躲厕所里给主任打电话，主任说可以答应，但要将举报信拿回来。

罗锦衣回到副主编办公室，说完全同意报社领导的意见，也请报社领导体谅他们的工作，望能将举报信交由她带回。于是说好，明天上午，她再来报社，双方交钱、还信。

罗锦衣立了一功，主任表扬她能干，校长副校长也重视了她。

一年后，学校退了一位副处调，主任顶了上去，解决了副处职务。副主任转正，罗锦衣狗撵兔，也往上走了一步，总算有了官职：副科。她立即换算出，这在老家就是副镇长，昔日的公社副书记。大小是个官。

一个人一心想做成一件事，白天黑夜踅摸，做一切事都以此为目的，始终朝着那个方向努力，那她就没有不成功的道理。热情洋溢的、乐于交际的罗锦衣，不知疲倦地编织着人际关系的网络，各行各业，似乎没有她不认识的人。她总是在打电话，在找人，通过这个人，要来另一个人的电话。她这里形成一个小宇宙，一个小小指挥部，调动着所有的大人物小人物，三教九流，为她所用。当然，她也心甘情愿为别人所用，她永远有热情给人帮忙，她永远是随叫随到的那个人，就算是大家已经坐在饭桌上开始点菜了，突然某一个人想起罗锦衣，给她打个电话、发个短信，她会用最快的速度到达，一张白白大大的笑脸，绽放在推启的门缝之间。坐下来后，先自罚一杯，好像得到消息晚，是她的错，然后她主动出击，有时候显得抢了别人的风头一般，向在座的人挨个敬酒，腰弯下去还不够低的话，双膝再屈起来，反正要把自己的酒杯放到无限低。

对饭桌上每一个话题，都投入地参与，每一个笑话，会及时、开怀地大笑，好像她的身体是个强大的轰鸣器，被一个笑话突然引爆，声音响亮得旁边的人耳朵震得慌，那是发自肺腑的真心的笑，身体足够的好，肺活量足够的大，对这样的饭局真心地热爱，对在座的人和由这些人制造出的花团锦簇的氛围，满心的欢喜。

她锲而不舍地和程局长保持联系，仍然随叫随到，终于，在他退休前，已经当了两年正主任的罗锦衣提出让程局长给他们的局长说说，举推她当副校长时，姓程的痛快地答应了，并且，校长也痛快答应了姓程的。

于是在来到省城七年之后，罗锦衣成为教师进修学校的副校长。

衣着更讲究了，化妆品也用得更加高级。猛一眼望去，全身上下，披挂辉煌，富贵而花哨。

其实，这个年龄的女人，其光鲜富贵，大多是靠外在手段。

既然是靠外因，那么就会有波动和起伏，取决于天时地利人和，睡眠好，心情好的时候，显得比较自然，可状态不好的时候，不知一种什么顽固的力量在对抗在停滞，像小孩子积食一般，皮肤变成一张油盐不进的塑料薄膜，使得外在力量干着急没办法，左突右围也不得渗透，只好在脸上形成片片卫星云图，而且这云图随着早晨中午下午的变迁，因为风力温度饮食情绪的变化而游移，到下午时就有点惨不忍睹，多半逃脱不了卫星云图的命运。

作为一个快五十岁的女人（其实已经五十多了），外表装饰得再好，内在生命之河已经枯竭。现在男女之事其实不再吸引她，可她还想得到男性的关注，没有女人不想得到，那是对她人格的尊重，证明岁月没有抛弃她。

叫什么妮呢？突然想起她在某本小说里读到的一个女主人公，当时印象很深刻，好像永远也不会忘记，可现在突然想不起她的名字，只剩下这一个字的女性符号。泊尔妮？不对，那是上次看的一个电影里的女主人公，乔万妮？也不对，那是个服装品牌。到底什么妮呢？简单的两个字，像鱼儿一般滑溜溜地游来游去，怎么也抓它不到。只记得是香艳娇媚的名字，天生为男人准备的，而她的生活和命运也像名字一样美艳，跟曾经流行的一个洗发水品牌相似。那个洗发水品牌是奥妮，对，奥妮，那么只差一个字了。那年中国争取奥运申办权，结果落败于澳大利亚的悉尼。路人问谁申办成功了，当年县里第二实验小学看门的老头说，奥妮，惹得众人大笑，奥妮，还飘柔哩。啊，有几次，那个字已经来到唇边，像蚊虫的翅膀轻触了一下嘴唇，痒痒的，就要伸手拍死那只蚊子，却又飞走了。她大受折磨，一遍遍锻炼记忆力，非得搜出那个名字不可。夜里睡不着的时候，脑子里信马由缰，有时候冒出老家一个人的形象，想起一个人说过的一句无关紧要的话，可就是想不出那本外国小说里女主人公的名字，只记得她会给身上涂抹一种自制的东西，保持全身肌肤紧致光滑。罗锦衣是因为感到了肌肤松弛而想起了那个情节，发现她竟然遗忘了一个曾经那么熟悉的名字。想了十几个，竟然拼不出那最合理的三个字，为此推迟一小时才睡着。

清早醒来，最先感到的是失望和沮丧，失败感涌上心头，觉得做一切都没有意义，一种认命感笼罩了她。

年轻时多好啊！一切都紧致，向上，一切都可以从头再来。那时的累，睡一觉就可缓过来，那时的忧愁，现在看来，也都不是什么。可是时光再也回不去了，你无法让当年的自己，做得更好，也无法找到当年的霞，送给她一袋洗漱用品。你真的留恋当年吗？那么你愿意再忍受激情和烈火吗？时时有渴望和冲动，如果不能见到你想要的那个人，你就像生病一样，心痛得无法呼吸，像有刀子割你的心。有一次，为了等一个男人的电话，等待他告诉自己相会的地点，过了中午，却迟迟不见电话，她没有到食堂吃饭，她不离开办公室，她坐在那里，死死盯着电话，如果响起，她还要假装不在意地走过去，不让同事知道她正在等一个要命的电话。可电话就是不来，已经快一点，她认为这个中午都过不去了，天会塌下来，要发生一件大事，比如地震，比如失火，比如一座大楼突然倒塌，给这个她竟然等不来电话的中午一个更大的震动和撕裂，重要过她的心痛。可那人就是不来电话，每一分钟等待都是对她的折磨和羞辱。分针、秒针依然走着，时针也不动声色前行，窗外的马路上，人们竟然还都正常地走路骑车，而她的世界就要轰然倒塌，像气球一样炸成碎片，她只想找个地方号啕大哭，可她不能离开办公室，因为她还在等电话，就在几分钟内她眼睛里的细小血管炸开，再去照镜子的时候，右眼的内眼角一片通红，像是起了一层血雾。就那样红了好几天，直到它们慢慢消散。过了一点之后，那个人来电话了，说他感冒了，不能跟她见面，他不想传染给她，她说我不怕传染，我只想见到你。她那时觉得，他就是病成一堆破烂，一片碎渣，她也要亲眼看到，证实他是真的无力约会而不是去跟别的女人约会，不是不在乎她了。而她这一个中午的疼痛不能白费，必得有个回报。那人又说，不，我不想让你看到我生病的样子。可是，从他说话的口气，听不出一点感冒。她得出结论，他只是不想见她。世界突然变了，一切都成为她的敌人。她由着那疼痛在全身炸裂，直让自己千疮百孔。年轻时候，体内总有一种怪物般的力量，磕来碰去，非要把自己弄得筋疲力尽，类似于心脏病发作。

现在没有之前那种疯狂的力量，她变得似乎可以忍耐一些事情，曾经紧绷健硕的身体成为松软的海绵，可以安静地吸收，激烈化为平静，沸腾等到温凉。可仍然十分敏感，这世上没有女人不敏感，其实人人都有点林黛玉的心思，你要认为一个大块头大圆脸的女人没有细密心机，中年女性没有春心，那就错了。正因为衰败，才更加敏感与细致，全世界所有的人，所有的事，所有的话题，都引向她的衰败，引向她不能再向上跨出一步这个现实，针尖小事都能酿成心灵事件，一切都站在她的对立面，形成阻碍，她从心中放出无数敌人，布满日常生活，在角角落落里对她冷眼旁观，成心给她难堪。

还没有干枯，可也不再丰润了，脸上出现修修补补的痕迹，努力维持着一个危如累卵的局面，正在与内分泌和生理周期做着不厌其烦却终将要完败的斗争，最是一个女人敏感与难堪的时期。夜里睡不着，七七八八地想许多事，自己生出烦恼。出门之前要做烦琐修整和涂改工作，稍有忙乱或者马虎，就会露出破绽。发根处硬币厚的一茬白发，脸颊上没有遮盖严的一坨暗沉，不好闻的口气。这些细节的暴露，会让人立生厌恶与沮丧，还不如一个彻底坦然面对的女人来得可爱。老了就是老了，没什么大不了，谁都得走这一步。所以好多女人，早早放弃，一派坦然，也蛮可爱。罗锦衣偏不，她还要抓住这一切。单位附近的一个美发店是她经常光顾的地方。

里面工作的小伙子们，最欢迎她这样的中年妇女，有点小钱，睡眠不足，容易轻信，不再以省钱为目的，常常为了一时开心，冲动消费。他明明是该叫她们阿姨的，却恬不知耻地叫姐，只为了让她们心情舒畅，花钱更大方些。给她洗头的小伙子，可能是新来的，处处小心翼翼，时不时问她，这样可以吗？卑微的程度让人心烦。她在心里叹口气，给自己说，孩子们为挣个钱不容易。接下来，这小伙子试探着要给她的头发做这做那，想让她会员卡上面多画一些项目。她感到卑微外表下的巨大贪心，似乎被逼到角落，内心里为他感到难为情，强装着不耐烦的口气说：“你说的那些都挺好的，可我今天没空，一会儿还约了人，你给我吹个型就好了。”

门被推开，进来两个中年妇女，身体呈枣核形，财大气粗，相互大声招呼，好像她俩才见面似的。不为剪发，只来洗洗头，为的是让年轻人的手在泡沫掩护下在她们头上抓来挠去，时不时用双手扳正一下面孔，俯在耳边温柔地征求意见。二人越过泡沫和手的抚慰，扭着头大声说话，快乐不因别的，只为人多势众，不必顾忌周围人感受。

又进来一个年轻女子，做出清高模样，身体与前二位相反，是哑铃形，穿着绿花裙子，下摆在膝盖和屁股的中间地带，既达到暴露目的，又不是太过分。别具匠心地露着半个后背，颇有点出其不意、吓你一跳的路线。白白的脸，尖尖的嘴涂得鲜红，说不上好看不好看，她不让你有时间细看，先用艳丽扰乱了你，就像一个人，一见之下，用热情绑架了你，让你来不及追究其他。她用一种自我娇贵的步态，架着胳膊，耸着肩膀，收缩身体，两条细腿之间仿若夹着什么东西一样，左右扭动地走着，好像为了听到皮鞋敲打地面的声音。自己给自己授予了什么特权似的，没来由地趾高气扬。只因年轻。在那两位中年妇女和罗锦衣的眼里，这种走姿还有一个标签，那就是：贱货。三个中年女性目光相交时，都明白，她们的判断达到惊人的一致。那女子的头发实在是看不出有什么需要动的，可看样子不在这里扔下几百块钱是不罢休的。

罗锦衣刚由那小伙子扶着从洗头的床上起身，脑袋被紫色毛巾包粽子似的裹了个严实。那小伙子刚才被她几乎是呵斥地说今天没空，更加战战兢兢，好像她是个最薄的玻璃人，不小心就打碎了。她真想再次提醒他，你该叫我阿姨的。他那种低声下气的口气，叫她心里不忍，从而不快，想摆脱他，对他每句话都不耐烦地紧促回复。她坐在椅子上，进入做头发程序，那小伙子离开，发型师走了过来。

美发店好像就是为了消磨你的时间，他们恨不得留你在里面永远待下去，拿着磨蹭当细致，无限折腾你的烦恼丝，让你消费、办卡。进去时是喧闹的黄昏，走出来已经是宁静的夜晚。

夏夜深情而忧伤，城市被温暖至躁动的空气抚慰着，白天努力拉长自己，想吸附更多的无奈与焦灼，将人们平稳过渡到夜晚之中。灯火次第绽放，不知疲倦地燃烧自己，那么多的人缱绻于这熟烂而迷离的夜色。每一步走动，带动头发晃动，自己闻到发间的芳香，像是一种安慰。

一个男人依着一个小门面打电话，罗锦衣在路过时，闻到他的酒气。“李总，你听我说，你不管再忙，听我把话说完好吧，说完这些话我就再也不打扰你了。我来八年了，你对我关照太多了，真的，我感谢你，我永远都忘不了你，真的，我不想再给你添一丁点麻烦，再不是家里出了这样的事，我真的……”他带着一种深度的醉态和忧伤，顺着门慢慢滑下去，整个人坐到了地上，嘴里还在喃喃地说着。

一个女人，有着一对近乎愚笨的大胸，从远处走来，胸脯最先撞入眼帘，当然，她还有一张与她的胸部相匹配的脸。裙子外面套了一件当下最时兴的薄线衣。流行也真是个捉摸不定的东西，好像它们是喜怒无常的孩子，有时候很漂亮，很可爱，有时候却很霸道，像是最拙劣和恶毒的设计师，做出这样的衣服，专门为了让人穿上难看的，让你的缺点暴露无遗。或者这衣服本就不是给常人设计的，是给那些穿啥都好看的人设计的，她们已经美得不耐烦，只想显得更有个性，更酷更高冷，她们不需要服装为自己添彩，而是服装以她们为荣。这让一般人误以为这衣服是漂亮的，反正流行，拉来穿上就是。这位女士，更是将庞然大物的胸部显得有失分寸，好像全身所有营养都长在了那里，让人难免怀疑她的智商。

回到家里也无事可做，离睡觉还有一些时间，空荡荡的四室两厅在黑暗之中，她打开门口的灯，换了拖鞋进屋，换上家居服，走出来打开客厅灯，再开电视。

不知是否每个城市都有这样一个电视栏目，净说些鸡毛蒜皮、鸡零狗碎、鸡飞狗跳、鸡鸣狗盗的事情，谁被抢了、谁被偷了、谁被骗了、谁在街上走得好好的突然飞来横祸、谁在家里或医院里正睡着觉有一伙人进来打砸抢、谁家的老人坐在公交车上找不到回家的路了、谁家的孩子送到医院后再也没有人管了、谁喝醉后睡在大街上叫不醒了、谁银行卡上的钱突然不见了、谁昨夜还恩恩爱爱的女朋友突然失踪了、谁把公交车站牌推倒了、谁将银行柜台上的圆珠笔拿走了、谁把公园的花摘下拿回自己家了……永远对男女之事感兴趣，对男盗女娼津津乐道，不厌其烦地告诉你这个世界是多么破碎分裂凌乱不堪，所有的电视节目都齐心协力要将人们引向弱智与无聊，让人觉得生活是多么丰富充实多么热火朝天多么大有意思，啊啊啊还有那么多人过着比我倒霉得多的生活。据说它是这个城市收视率最高的节目。其实只是一堆琐事排着队，争相登场。实在看不下去，再换一个台。一个面孔焦黑，头发油腻，有着大眼袋的男人说，我们要想尽一切办法给观众朋友献上优秀的节目。可看他那副样子，分明是拿不出优秀节目的人。

对副处这个职务，她确实曾满足了两年。在这个位子上站稳之后，又有了新的想法：副职，只是个摆设，一切是一把手说了算。自己的人生价值还是不能更好实现。新鲜劲过去，她又瞄向下一个目标。

第九章　停车收费

秋生的饭馆开了五六年，每天稳进几百块。给吴成贵的钱，也早就还了。可二人为此落了一身病，天天睡不够八小时，人也老得快了。感觉自己的身体，像一个从不维修的机器，任由生锈滑丝松脱，可能早已有了锈蚀和裂缝，不定哪一天，他们会轰然一声，堆塌下来，成为废铁。

人活着，难道只是这样吗？除了睡觉，就是囚禁在这小屋子里，做饭，卖饭，收钱，盘点，挤出一点时间，赶忙骑着小三轮，去批发菜。

前年，大儿子祥印初中毕业，到西安来，就在东门外的一个汽车修理铺当学徒。秋生将他听来的汽配厂老板发家史讲给他听，祥印不解地看着秋生："我并不想出人头地，咱也没那个命，活那么累干啥？"秋生一想也是，千百万人中，才会有那样一个不要命的人，一搏而成，一战而胜，大多数人，只是按部就班地生活，或者常常面临失败。因为祥印爱开车，想先学学修理，等到十八岁后，考个驾照，然后给人开车，有个安稳事干，也就中了。

秋云夫妻俩早在前些年就跟着秋生出来，服装卖了好多年，也想换个事干。现在卖服装不像从前利那么大了，因为干的人太多，到处都是服装店，顾客们可挑选余地也大。不用人家搞价，卖的人，自己先把价压下来，好留住那些问一句就转身出门的人。现在，衣服的式样不成问题了，想要什么新潮稀奇的款式，都能找来，当货源空前地多，那就看谁的价格吸引人，你低，我比你还低，这样低来低去，利润就像凹地里的水，被竞争的艳阳烤着，一点点少下去。秋云夫妻俩又撑了几个月，眼见着竟然不挣钱了，干脆把店转出去，不干了。

当一个行业衰落，就会有另外的行业兴起。传呼机没了，小灵通应运而生，拿着它的人，神气活现的，大街上举着，赶路的姿态都不一样，喂喂喂，你再说一遍，没听清，调整身姿寻找最佳信号，像电影上拿大哥大的成功人士，好像说的是跟座机上所说很不同的事情。眼见着汽车多了起来，从前，人们想都不敢想，自家会有一辆汽车，普通人也会有自己的专车，可现在，大街上汽车排起了长龙，路两边停的也全都是车。秋生的饭馆门口，竟然会停下一辆汽车，从那里钻出一两个人，在他小店里吃了饭，再钻进汽车里，轰一声离去。人们吃饭时说话的内容，也渐渐多了汽车两个字。

“我一个亲戚，家在大雁塔旁边住，前年改造北广场，他们那个家属区，平房拆了盖楼房，还有好多停车位要卖，六千块一个，大家都不买，说我家又没车，六千块买个车位，不是笑话吗？可是，他院子有个老儿，拿出家里的存款，一下子买了四个停车位，院子里的人快把他笑话死了，没有车的人竟然买了停车位，瓜屄是谁你是谁。可不到两年，车位涨到两万一个，那老儿卖出去俩，一下子把钱挣回来咧，还有两个，人家自己用一个，那一个出租，每月几百块，还等着再涨价。”来吃早点的人，基本都是附近居民和单位上班的人，说的也都是比较靠谱的事，不像那些中午晚上进来的，这会儿人在这里，下午就不知扛着大包坐着班车跑回哪里的老家去了，再有就是那些好吃懒做的人，只是卖嘴，只是空想，一天到晚在此转悠，用他们的话来说是发现商机，寻找信息，好像那商机会自己跳出来在马路上揪住他似的，总梦想哪天有个好事发大财。前天晚上在此喝酒的几个小青年，其中一个竟然说，他傍上了个富婆，两人进展很快。“已经有了实质性关系。”他神秘地给旁边哥们儿说，那富婆看样子对他很满意，他还去过她家，南郊曲江那里两层小洋楼，光楼上楼下的摆设，咱都没见过。他正在加紧追求的步伐，小灵通二十四小时从不关机。“哈，少奋斗二十年！”那青年充满憧憬地说。旁边哥们儿说：“富婆的钱，不是那么好花的，人家要是真对你有意，咋不先给你买个手机哩？还用这破小灵通？”青年不说话了，仰头往嘴里灌一通啤酒。

秋生宝珠二人每天守在这小饭馆，很少接触外面的世界，可是门外那个世界，马路对面那喧嚣膨胀，每天都有富翁诞生的康复路，由各种各样的人，带来一星半点展示给他们，奇奇怪怪的新闻，上天入地的传说，通过发言人、小广播带了进来，无尽地加工演绎，听得秋生热血沸腾，恨不得立时扔了小饭馆，去干那些更大更好更来钱的事业。听完了，畅想过了，想想自己的实际情况，心又慢慢平静下来，宝珠他俩，都已经四十多岁，体力不济，再也不能拼了，钱嘛，倒是攒下一点，可离发财还远。

慢慢地，厌了这小饭馆，它再也不能给二人带来更多的财富，只是一天天耗着他们的体力和生命。

二十一世纪之初，汽车也多了起来，人们慢慢发现，拥有一辆汽车，并不是多么难以达到的事。

转眼又几年，汽车铺天盖地而来，走到哪里，都是汽车阵。好像是个人都有辆车，城市里有多少路段也放不下它们。停车收费，成为一项新兴行业。

秋云男人张水平的高中同学，通过七拐八绕的亲戚，和交警队的人搭上关系，在大雁塔附近承包一个路段，路边看车，据说收入还行。秋云夫妻俩的服装店正式关门，也干上了这一行，都是通过那位亲戚，请交警队的人吃了饭，送了钱，批一个路段，每月上交管理费，其余挣的自己全落。

秋生找到妹夫，让他搭桥，结识南郊交警队的人，交警队的人将他介绍到东郊自己的同行那里，磨缠半个多月，花了万把块钱，给批了一个路段，距离康复路两站地，借着那里喧闹的余威，衍生出这样那样的市场。

有形的、无形的市场，变为中国人头顶的蓝天，呼吸的空气，人们的生活、情感、理想，以市场的晴雨表为参照。好像一切都要面向市场，文化，精神，友谊，爱情，人才，事业，信念，所有事情，其最终的管道和归途，都得放入市场的大容器里来挑选、称量。各式各样的大汽车小汽车，里面坐着各色人等，一往无前地奔向市场而来。

二十一世纪初的人们对服装的渴望已经得到全方位的满足，目光转向更细致的分类，皮具批发市场，鞋类批发市场，小商品批发市场，茶叶批发市场，工艺品批发市场，酒类批发市场，窗帘布艺市场……庞大无比的室内市场，常常要叫作城的，还要冠名国际，大楼进去，就是一个独立王国，里面条条街道，纵横阡陌，个个格子间魔方一般排列组合，无穷尽地复制粘贴，无比相似又各有千秋，一个连一个、一个套一个，相互衍生，绵延不绝。城外墙边，又依附着一个个小的市场、通道，桌子大的地方，席片大的地方，都能开辟出来，产生利润。由此又带动周边饮食、娱乐、停车。城市就像大水泼地一般，漫漫漶漶四处扩散。秋生记得他们十几年前刚来西安的时候，曾经路过这里，只不过是城市的边沿、郊区，平静的工厂区，人们在此过着按部就班的生活，上下班时间，泱泱人群，集中出入，部队一样开过，其余时间，十分安静，可现在，被注入了市场的活力，就像给池中投入一把面包渣，大鱼小虾蜂拥而至，又像被翻犁多遍的土地，热气腾腾，各种作物种植得密密匝匝，新品种层出不穷。从早到晚人声鼎沸，人人都听到了市场的召唤，从五湖四海，为着一个目标而来，将城市变成一个超级大市场，见天喧嚣不停，轰然滚动。

秋生的停车路段，自是忙碌非凡，少有空位，那个刚走，这个就来，前面车还没挪窝，后来的就想停进去，车头斜扎在那里，按着喇叭，闪着车灯，焦急地催促。好像每个人都时不我待，赶着要去干什么大事业。市场成为一条长长的鞭子，甩出一声巨响，如天空响起春雷。有人刚好炸开，碰着头彩，乐得忘记东西南北，有人被抽得皮开肉绽，淌着鲜血，半夜三更奔走找钱，补上一个突然陷下去的大坑，或者捞取被哪个机构扣去的人或物，更多人听到声音，受到蛊惑，扭头看它黄金般的英姿，想去够着它那鎏金的穗子，由此扑出家门，没头苍蝇一样嗡嗡乱撞。

秋生的路段，在大马路旁边拐进来的一条小路上，长一百多米，路两边停的车，都归他收费。说是小路，却是连接两条马路的H中间那一道横，大马路上不能停车，只能进到这条小路上停下，人下车再走到大路两边的市场里去，买了东西，大包小包提着挎着，满脸倦怠和烦恼地走回来——在这滚水锅一样的地方，不可能不烦恼，对于停车收费，就更是不耐烦，大多不给秋生好脸色。

秋生不在意这些，他想，要是我我也烦，停车也就是太难了，找了半天才见到一个能停的地方，拐进来，驾车巡视一路，没有一个空位，骂骂咧咧刚一开走，这边就来一人，打开自己车门，上去开走了，而那个人，已经错过，秋生就算能跑过去追上他，他也没办法往后倒，后面的车一个跟一个，根本没有倒车的可能，只好继续向前，往往下车后，离他们要去的地方，得走好远的路，这样折腾下来，不可能有好心情，不会给要收他几块钱的人好脸色。

秋生之所以活得快乐幸福，是他常常能为别人着想，善于换位思考，想想人家的不容易，想想他要从人家手里拿走几块钱，他也就不生气，跟那些人好言好语地说，有时候还说出几句幽默的话，逗人家开心。他斜挎着一个人造革小包，手里的钱，不断地向包里转移。他和宝珠，只有一个凳子，两人轮换着坐，忙的时候，他就没有坐下来的空儿，一连几个钟头就那样跑来跑去。“可真是锻炼身体了。”他自嘲地说。常常顾不得吃饭，没时间上厕所，也不敢多喝水，口干舌燥地忙碌着。他们的家当，就是这只塑料凳子，收摊的时候，放在旁边凉皮店里。他以一个前饭馆老板的身份，很快跟这个凉皮店老板熟了起来。

承包路段，每月上交三千，半年交一次，其余挣的，全归自己。来个车就是两块，按时计费，超过一小时再加一块。他们只管停在马路两边的车，而马路道沿之上，归市容管。交警队规定了上下班时间，早九点到晚七点，可也不是硬性的，只要有车来，你尽可守到半夜，比如秋云夫妻俩，所经营是在繁华地段，路边有娱乐场所，半夜里也有车停，可夫妻俩精力有限，从晚八点起，再转包给另一个人，一个月给他们交一千块钱。

秋生的路段，没有秋云那么好，只是依赖于周围的市场。晚上六七点后，市场关门收摊，路边也就不再有密集停车。有时候七点多，他们决定走了，却见一个车开过来，就期望他最好停在路边，看着那车缓缓慢下来，等他停好，收了他的钱再走人，反正那车主也不知他们几点下班，断不会生出我磨蹭几分钟，你们走了我再停下的念头。再说了，开车的人，两块钱对他们算什么呢。遇到这样的两块钱收获，秋生就很开心，觉得是多捡的，于是这一天，以胜利收场。

划给他们的路段是一百米，路两边加起来，差不多四十个车位，可是一百米外到大马路那里的几十米，因为路西有个公交站，不够一个承包路段，也并没有划给别人，所以属于空白，地上也没有划停车位。如若那里停车，秋生也上去收钱，车主照样不知道的，掏两块钱给他。于是这又是胜利。他听行内人说，大家都这么干，只要不影响公交车进站停靠，你自可将路线延伸，交警队也是睁只眼闭只眼。停车收费这个行业，也像大多数新兴行业一样，一开始是有点乱的，所以那时是停车收费的黄金时代，钱很好挣，不像十多年后，地段越来越金贵，规定越来越多，三米两米都要较真。后来干脆成立了停车公司，简称P公司，将业务从交警队那里拿走，甲乙丙丁子丑寅卯各个部门齐全，科长主任一串串，一众人等工资奖金从哪里来，可想而知，条款多得背不完，留给承包者的利润，越来越少。那是后话。

只用三个月，他们就收回了花钱送礼的钱，剩下的钱，基本上一少半上交，一多半净落。秋生在路上走着走着，就能笑出声来，大地方就是机会多，凭空一段马路，除了人走车跑，还能停车收费，给咱生出钱来。从前秋生不理解寸土寸金是啥意思，现在总算明白了。

二十一世纪之初，秋生宝珠二人，在东郊某条马路上，坐地生钱，觉着比饭馆好多了，不用做饭，不用进货，不用起早贪黑。每天睡个自然醒，二人相伴出门，来到他们的战场，干劲十足地奔忙一天，回到家关起房门，掏出一堆堆钞票，数今天的收获。小票换成大票，一点点积攒，一次次寄回家里，应付全家老少所有开支，眼见得温饱没有问题，甩开膀子奔小康了，叫他们怎能不热爱这个城市。

宝珠坐着的时候多，常常秋生跑来跑去，指挥停车，收钱找钱，宝珠基本上是给他做伴，像一个守望者，远远看着他。秋生对每个车主笑脸相迎，只等人家下得车来，他伸出两个指头，高兴地说，两块。在他的眼里，每个人的脸上，不管是丑是美，男的女的，都印着两元钞票。对方会说，一块吧，不要票了，秋生给对方解释政策，我这是承包的，要不要票，都是两块。他脸上笑容更加灿烂，为着承包两个字，他是这个事业的主人。对方会不耐烦，哎呀一块吧，没零的咧，就停一会儿。再来往一个回合，只为看看城里人给他说话的样子，常常秋生也就允了，让利于对方嘛。

他们五十岁了，身体也不如从前，体力活干不动了，想想从前起早贪黑开饭馆的拼命劲，宝珠说她还会觳觫。现在这个工作，还算挺好，活儿也不重，每月上交了钱，刨过吃喝花销，净挣五六千。

照这样再攒两三年，他们就能在老家盖楼了。

春夏秋好过，白天也长，七点后多磨蹭一会儿离开，就可能多得几块钱，最难熬的是冬天。穿成大狗熊的样子，寒风里待一会儿，也会冻透。凉皮店老板站门口叫声老尹，请他们进来暖和一会儿，坐在炉边烤烤冻僵了的手。冬天里，吃凉皮的人少了，米线面条成为店里主打，老板会给他们盛一碗热面汤喝喝。冒着热气的汤捧在手里，暖和好多。也不敢敞开了喝的，喝多了要上厕所，来回走几百米的路，都是啰唆事。捧着那碗热汤，小口小口地咽，一股热流从嗓子眼往下走去。秋生和宝珠吃饭也是轮流，尽量叫对方多在店里待一会儿，全身暖和透了再出来。

啥时候才能冬暖夏凉，自在过日子呢？

茶叶批发商陈老板是福建人，在茶叶城大楼负一层，有固定停车位，是和批发城内的摊位一起租的。可有时候他为外出方便，车常常停在路口第一个，叫秋生给他重点照看，顺手给秋生拿一小包茶叶，保证他的杯子里，总飘散着各种茶叶，竟然培养了秋生的喝茶习惯，他也知道了绿茶红茶铁观音。秋生也仁义，不再收他的钱。

突然有一天，陈老板拿着一包金峻眉，走过来问他："你老婆高中学历，当过小学教师是吗？"秋生说是。陈老板说，"叫她帮我写个政协提案吧。"

"啥叫政协提案？"秋生问。

陈老板一时答不上来，清秀的脸上，一双大眼睛眨巴几下，说："问你老婆，她知道的。"陈老板转身走了。他三四十岁年纪，顺溜溜身材，西装笔挺，开着几十万锃光瓦亮的黑色本田，却也说不上来，啥叫政协提案。

秋生回到宝珠身边，问她啥叫政协提案。宝珠眨一眨干涩的眼睛，对这个崭新的名字进行语言组织："政协提案，那不就是开政协会的时候，政协委员们的发言吗？说说各自的建议，提提意见啥的。"

"卖茶叶的陈老板叫你给他写一个。"

"他没说写哪方面的？"

"没说呀，就撂下这句话走了。"

"那我咋写哩？谁知他想说啥。"

却原来这茶叶批发商陈老板，是区政协委员，每到年底，开政协会的时候，就是他头疼之时，拿不出提案来。

第二天在路边见到，秋生拦住了他问："哎，陈老板，俺媳妇问，你想叫她写哪方面的？把你的想法告诉她，她按着你的意思写呀。"

陈老板怔了怔，用一种和他的聪明长相很不般配的表情与语气说："我也不知道，就叫她随便写吧，想写啥写啥，只要凑够几百字就行。"他拿出五十块钱，要给秋生，被秋生挡了回去："哎呀，陈老板陈老板，不是这意思，帮这点小忙咋能收你钱哩？就是想给你服务好，叫你这提案拿出去不丢人。"陈老板说："由她来写，只要是个提案就行。"他头凑到秋生面前，小声说，"实话告诉你，我小学没毕业，好多字都不会写。”他挤挤眼，又是那样夹着包包西装革履地走了。将惊异的秋生抛在身后。

回来给宝珠说了，两人先是为一个小学没毕业的人，能把事业干这么大而不平了好一会儿，宝珠终是不明白，这政协提案，要怎么写。秋生眼睛一瞪：“哎，那就写写关于停车收费吧。现在车这么多，路这么少，停车这么作难，咱给提个建议呗，咋样治理一下。”

第二天，秋生没有见到陈老板停车，他找到茶叶城一楼陈老板的商店。一大间房子，摆满茶具、茶叶。陈老板从电脑桌前起身，招呼秋生，叫他坐在一棵大树根制成的茶海前喝茶。秋生将关于解决停车难的一纸建议交给了陈老板。好像那密密麻麻的字吓住了陈老板，不愿多看一眼，立即出门交给斜对面的打字复印部。秋生问，你这儿不是有电脑吗？陈老板说，我不会打字，只能上网玩个游戏。

陈老板叫秋生等一会儿，说打好字出个样子，叫他拿回去，叫媳妇改改错别字，然后再拿回来给他。泡了一壶正山小种，颠颠倒倒几回，终于进到一个小杯子里，兴有一小口吧，用竹镊子夹着，叫他先闻，再喝。秋生真是不习惯南方人这样摆扺，喝个茶，弄得这么妖气，这能解渴吗？我们北方人，渴了就仰脖一大缸子，这样泡来倒去，小小紫砂壶、公道杯、闻香杯，嗨，用我们老家的话说，那就是喘腾人哩。秋生在这令人紧张的静谧中，抬头四望货架上展示的茶叶及包装盒，它们站在一个个格子里，被灯光一照，真是好看。但见陈老板对泡茶程序陶醉其中，竹镊子又伸到他面前了。

“陈老板，你这三千块钱一斤的茶，真的有人买呀？”

“有啊，每天走好几斤，春节之前，十几斤地走。”陈老板见秋生的眼瞪得好大，说，“山西、陕北的煤老板，买茶只看价钱，便宜的茶，人家看都不看。进门就问，有两千以上的啵？也都不是自己喝，大部分送人的。”

“陈老板，你当那政协委员，一个月发多少钱？”

“一分钱都不发，还要赔钱。”

“那我就不懂了，你好好卖你的茶，挣你的钱，多轻省，当那有啥用哩？”

“唉，也是没办法的事。从前，货物经常被查，随便找个原因，就扣押了、没收了，你都没地方说理去，跑前跑后，拿钱打点，要回东西，已经折扣不少。我一个老乡告诉我，加入个政协、人大，有个社会身份，就跟纯粹的生意人不一样了。人家就认为你有后台，不会随便扣东西。果真是这样的，现在市场里都知道我是政协委员，很少检查我这儿。大楼里业主开会，还叫我去哩。”

“那当上政协委员，也不太容易吧？”

陈老板笑笑，不及说话，打字员推门进来，将两张A4纸交与陈老板。陈老板还是看都没看，就递给秋生。

人群中有啥样的人，开车的也就有啥样的人，有的挺痛快地给钱，有的就很不高兴，气呼呼塞给你，有的掐着分秒争执，他没有超过时间。秋生基本以和为贵，不会为一两块钱跟他们起矛盾，永远是笑脸相迎笑脸相送。

这一个人，开着旧不拉叽的尼桑，下了车径直就走，好像完全看不见秋生举着笑脸颠颠地跑了过来，一路跑到他面前，那人连瞅都不瞅他一眼，眼珠往上一翻说，我哥是三大队的。秋生说，你哥是几大队的，你也得交费呀，你哥要是来了，也得交哩。心想这人真不咋着，为了两块钱，还冒充交警队人他弟，值不值当呢。他拦住了不叫走，说非交不中，两块没有你交一块也中啊，我们天天这么在路边守着，风里雨里，就是这样一块一块收钱的，你们要是都不给，我们咋生活呀。他说着我们，看了看远处坐着的宝珠。年过半百之后，他越发离不开宝珠，宝珠也离不了他。现在宝珠坐在路边，不时挤一挤怕风的眼睛，每次她那本来就细小的眼睛挤呀挤，真的就成了一条缝，宝珠那越来越弱视的眼神从缝隙里看着这边，殷殷切切的，看到他跟那人撕扯，想要站起身过来拉她，宝珠一定是要给他说，不给就算了，便宜他王八孙，咱不欠这一两块钱，别得罪人，咱谁也得罪不起……宝珠就要从凳子上起身了。他拉着那人，口气严厉了一些，不中，你停车就得交停车费，这道理走到哪儿都得这么说，要不，咱到三大队找你哥去。那人掏出一块钱扔到他怀里，说，你看你还干得成？我让你明天就从这里消失。秋生说，咦，你最好叫我现在立马消失，我正不想在这里干，省政府里缺个处长，给我打几回电话了。那人剜他一眼，手指头点他，这可是你说的，不想干了啊！甭赖账。他嘴里不干不净地走了。交了钱算事，骂就骂吧，我没听见，权当你骂自己，我们还要文明工作哩，不跟你龟孙一般见识。他几个指头展着那张一块钱。来之不易呀。夹入别的钱里面。每天这厚厚的一沓小票，换成大票，每天的太阳都是新的，美的，暖和的。

如果这世上有卖后悔药的，他愿意当场倒找那人一百块。

当天下午，他的小灵通真的接到交警队电话，直接说，尹秋生，明天起，不要在这儿干了。他头嗡的一声，轰去魂魄，以为这是个玩笑，勉强撑着说，那，是给我换个地方吗？不在这儿干，换一个路段，也中啊。电话里那人说，没路段可换，在家歇着吧。他不甘心，问，为个啥呀？对方说，不为啥，你不是说不想干了吗？省政府的处长等你去接。他忙说，哎呀那是玩笑话。对方说，我不开玩笑，路段更新调整，承包人员有变。秋生问，你这事定这么急，有人来接我吗？让我再干几天，你找到人我再走呗。他想拖延一下。电话里说，人到处都有，在后面排队呢，好，就这。电话挂了。他半天没有回过神来，也没来得及问打电话的人贵姓。

这个地段是他花了近万块钱弄来的，给人送了礼，请人吃了饭，好不容易承包下来，连吃喝带花销，小半年收回了本钱，又干了一年多，他和宝珠两人，连房租，吃喝花费，每个月净落五六千块钱，挺好的事，正美滋滋呢，可万没想到栽这二货手里，看来还真是跟交警队说得上话，或者，干脆就是他们故意找碴？听人说，想干这一行的人太多，给交警队送礼的都排长队，你出不出问题都得想办法叫你出问题，好有个理由开销你，否则别人怎么补缺？秋生一想，真的呀，刚好两年，临近一个承包期满，他该交下一个半年的承包费了。原来交警队那里，是有一本账的，谁该到期，谁是长久，谁有硬棒后台，谁的关系坚刚，排来排去，秋生这样的新人生手，只好淘汰出局。

进城这些年，别的没赶上，倒赶上了下岗的时髦。尹秋生在家里百爪挠心，吃不好睡不着坐不住，常常出门上街溜达，不由得来到路段，就看到那个顶了他的兔孙，在路边跑来跑去，比他当初还更欢实，为自己真的能指挥那么多小轿车而高兴，像他当初一样，手里拿着一小沓钱，脸上洋溢着成功的喜悦。他又看到凉皮店里，老板在柜台后，像从前那样站着，收钱或是发呆，冷眼看着外面的世界，也没有失去他这个朋友的遗憾和难过。他的生活突然有了这么大的缺口，滴滴答答地流血，可世界如常运转，马路上照样车轮滚滚，每个车都找到了停放的地方，每个人都急匆匆有自己的去处，而他尹秋生，丢了营生。这个他生活了十几年的城市，变得冷酷而威严，竟然没有一丝丝缝隙，能让他撬开一角，立足下来。

在家闲了不足半月，再也坐不住了，他不能这样下去，还得想办法，哪里跌倒哪里爬，他从之前攒的钱里拿出一半，又找到张水平，托上次那个熟人，再次找到交警队的李副队长，请人家出来，吃了喝了唱了洗了按摩了，好话说尽，再送上三千块钱。过十来天，又给他批了一个地段，向东扯了几里地，没有西边市场那里喧闹，车也不像那里流动得快，但基本也能停满。还是有凉皮店扯面馆小卖部美发店银行取款机，城市街道上那一套标准配置。换个稍微安静的环境工作，不像从前那样，每天跑得累人，没工夫坐下来想心事。总算又有个吃饭的指望，这次一定吸取教训，碰到那些不好惹的，就让他们白停车呗，还能咋样?

很多事情，是靠自己慢慢悟的，守在路边的秋生，喧嚣红尘每天被腾起多高，如烟似雾飘在眼前。下了一场大雨，没伞的人抱头跑进路边商店，车轮在马路上碾轧出图案，又迅速恢复水面，像是上天给他一个迅即的提示，每个停好车钻出来的人无意中带出一句话，走路的人说一句人生的心得体会，都够他学习的了。城市是个大课堂，聚集大小能人无数，处处留心，每天都有收获，他总结出了上次失败的原因，不能得到路段就完事，再不与人联系，还得要过年过节跟交警队的人问候一下，送点礼物，这叫搞好关系。悟出这个道理，秋生眼前一亮，立即云开雾散。

中秋节的时候，秋生顾不上给自己爹妈打电话，先给李副队长发了问候短信，在流行的那些段落前，加上了“尊敬的李队长”几个字，后面那些甜腻腻的话，反正也不是自己发明的，肉麻也就肉麻去吧，他跟李副队长统共见过两面，这样问候，确实有点过了，可人们都这样发来发去，短信就是要将人与人的关系拉近，再搞得暧昧一点，有一分好感，说成八分，有一点想起，说成十分想念。几分钟后，李队长竟然回复了，也是长长的一段祝福，短信段子手们编写的那种，用什么当馅儿用什么做皮，压一压，刻一刻，烤一烤，烘一烘什么的。短信真是个好东西，感情就这样立马拉近。哎呀，这是把咱当朋友看了，秋生心里一阵感动，想那李副队长，并不是高不可攀的人，也有着普通老百姓的情怀。要是前两年，秋生能一直和他保持着问候、看望的关系，也不至于让人家把咱开销掉。只想着中间拉线那人的好，却不想这边李队长，也是问题。李队长肯定也很为难，所有来看车的，都是人托人脸托脸关系摞关系一路过来的，也都是给他送过钱的，可后面那么多人排队想进来，他总得淘汰几个呀，权衡来去，就找那些相对生的人吧，那些以为得到路段就万事大吉的人，那些不注重感情沟通，不记着他的好的人。秋生开始对自己进行检讨，哎呀，其实，中秋节也应该去看看李副队长的呀，好坏拿盒月饼，或者拿张两百块钱的超市购物卡。人家不图你的钱和物，人家只是在乎你对他的臣服与高看。唉，现在是来不及了，圆圆的月亮已经挂在天上，再有几小时，八月十五就过去了。那就春节吧，嗯春节前，一定要去家里看望李队长。秋生怀着深深的歉意，再给李队长发一个短信，这次是他自己写的话，他拼音学得不到位，他说着，叫宝珠拿着手机输入，二人还讨论了一些措辞，宝珠对短信内容进行修改把关，大致意思是再次感谢李队长对他的关照，这个地段也还挺好的，他一定珍惜这个机会，文明上岗，好好干多挣钱，春节前，定会去当面感谢他。这样，也就是给李队长一个许诺。过了几分钟，李队长竟然又回复了，只五个字：不客气，祝好。啊，这李队长真是有情有义的人，之前只是错怪他了。看来，他与李队长之间，不只是求与被求的关系，利用与被利用的关系，简直可以发展为朋友，是啊，谁说咱这进城务工人员，不能与城里人交朋友呢？只要咱真诚以待，城里人也会真心回报，多个朋友多条路，起码保个平安。

秋生基本上是盼着过春节了，要送的礼物他都想好了。一进入腊月，他就到陈老板那里，叫他给参谋好的茶叶。现在，烟酒绝配，都有点俗气了，李队长家里一定也很多了。再说，烟酒有价茶无价，陈老板说过，茶叶的一半功劳，在于包装，最好的包装，叫人简直看不出来茶叶到底值多少钱，可以收到事半功倍的效果。当然，也不能好包装里放烂茶，李队长肯定也是啥都见过的人，不能蒙人家。秋生的意思是，买茶叶的好处是，经陈老板的优惠兼包装，花五百块，能拿出一千块的效果。

陈老板很够意思，给秋生半斤上好的正山小种，食品袋装上，口子用个小金属绳一拧，小心地放入时下最高级的瓷罐装好，盖上口，再塑封起来，最后装入一个大盒子，再放进手提袋，很上档次的样子，只收了他五百。秋生真的跑去两站路，到大商场看了跟这一样的茶叶，清清楚楚，标价一千二，不搞价。秋生又在商场买了两条烟，烟可不敢到小摊上买，有假的，到时再花几十块钱，提一箱南方运来的水果，就很气派了。总共花了不到一千元，搞定了给李队长的礼物，自己看着都觉得挺体面。过了腊月十五，他给李队长打电话，说他们回老家前，要去他家里拜访。李队长先客气一番，说不用了不用了真的不用的，秋生一直坚持，每天都要打个电话，李队长终于说了家里地址，秋生记在一张纸上。李队长说他最近也挺忙的，晚上都回家挺晚，要秋生去之前打电话。

秋生连打几次电话，他都说，今天回家晚，要不你不用来了。秋生说，那你家总有人吧，我去了给我开门就是。李队长说，媳妇比我还忙，也回家晚，孩子在奶奶那儿。秋生说，那我晚点去，在你家门口等吧！

夜里九点，秋生站在李队长家门口，按了门铃，果然没人开门。他决心等待。必要见到李队长一面，这次相见，将与从前不同，从前两人关系，是求与被求，是城里人和乡下人，可现在，两人是短信来往、相互祝福的朋友。秋生将东西放在楼梯间，这样本层其他住户，进出电梯，只见到人，看不见东西。南方人就是能，把八只橙子装在纸箱子里，包装印得漂亮，档次立马升高，也不称斤，一箱三十八元，送人就是体面。李队长家住在二十三层楼上，从走道的窗户，能看到远处的城墙。脚底下的街道被淡黄色路灯点亮，被法国梧桐干枯的树叶笼罩，汽车像玩具一样，无声滑过。秋生先自己生出一些温情来，为自己能跟住在这样楼上的人有来往而幸福。

很少上到这么高的楼上，现在只当是看夜景，将他生活了十几年的西安城好好看看。这城市，平日里是被他们这样的农村人充实着，现在，他们都回自己的老家了，人少，车少，城市安静了许多，节奏也慢了下来，放松了警惕，释放出缕缕柔情，默默无言，昏昏欲睡。这是别人的城市，不属于他，他租的房子，在东郊一个城中村，窗户隐在一个旮旯里，没有人能看到他的灯光。他只是这城市的暂住者，在这里挣钱，寄回家去。后天，他和宝珠、祥印也要回家。吴成贵侄子前几年也来西安打工，买了个二手面包车，给一个超市送货，自己再贩运倒腾水果。现在夫妻二人，已经在郭杜稳住了事。他们一家三口，坐小吴的小面包回去，他负责过路费。秋生算过了，还是比买三张火车票划算。七座的面包车，还能再捎两人，听小吴说，也是老乡。不知道他们如何交易，或许是负责加油？那咱就不管了，人，算好自己的账就行。自己开车的好处是，不用大包小包赶着挤火车，也不用操心行李，小吴的车两头都开到家门口，去年就是这样弄的，他们说好，今后年年这样。秋生心里给自己补充：等祥印有自己的车，就不用你捎我们了。祥印已经十九岁，修车铺学徒期满，当了熟练工。秋生想着，过完年回来了，拿钱让他去学个照，到哪里找个开车的事干，过一两年再攒些钱，给他买个三五万元的车，他们开着自己的车回家，不是没有可能的。

近处的城墙拐角，被灯火勾勒出轮廓，从他这个角度，能看到向北去的城墙，顶上是一条笔直的马路，跑车是没有问题的，年年冬天，几百人在上面举行马拉松长跑。现在被灯光点缀，像是一匹大绸缎抛掷出去，一路流泻，一派辉煌。城墙拐角的最雄厚处，贴了几朵大花，红的，黄的，粉的，还贴了“新春快乐”几个字，一律萌萌的样子。每个春节，这个城墙拐角都被如此打扮，灰暗老旧的城墙，天真鲜艳的花朵，就像给老奶奶皱纹堆积的脸上抹了粉红油彩，头上戴了花朵，于是产生一些喜感。站在二十三层楼梯间窗口的秋生，想到他这一年里，毕竟收获了三万块钱，已经分几批打回家，应付家里所有开支。他妈改不了一口响亮的东北腔，时不时收拾得亮亮堂堂，出现在北舞渡街里，成为一道亮丽的风景线，到邮局查询汇款是否到账，然后割一块肉提着回家，给孩子们改善生活。存折在他妈箱子里稳稳地锁着，几个折子上的钱加起来，上六位数了。他们后天早上，还要给小吴的面包车里，装上一个大包，两个小袋。他心里生出一些欢乐和柔情。脚下的西安城，宁静而温暖，路上的车，更少了，好几秒钟，才滑行过一辆，像可爱的小虫子，轻盈走过。

李队长咋还不回来？已经快十点了，可能，他也需要给人送礼吧？那是肯定的，每个人都有要送礼的人，必须在过年前，将东西送出去，就像种下一个希望，也是订下一份保险。再有四天就过年了，每个人必要找到那些掌握自己命运的人，交出自己的心愿，了结一份利益交割。

电视台天天都在做着春节前人们回家的连续报道，那么多人，都在不惜一切代价地回家，大包小包，你推我搡，在冬天里满头大汗。有了小吴的小面包，再也不操心买车票的事了。想想从前挤火车，真是吓人。

这年尾的几天，最是忙乱，人都窜来窜去，像不像《动物世界》里那一团蚂蚁的快镜头，义无反顾，分秒必争地奔走，要送出的，要回收的，要清算的，要搭桥的，要了断的，都得在除夕前搞定。看着那么忙乱的队伍，可每个人知道自己前进的方向，拐弯的节点，没有人走错路，搭错车，只恨不能生出三头六臂，多带些东西。秋生那天在长途车站门口看到一个男人提了一捆啤酒奋力挤上车，不知是买的还是发的，那也是他回家要带的礼物啊。

达官贵人要回家，平头百姓也要回家，闯荡的人要回家，铁石心肠的人要回家，强盗恶人也想回家，不是有不少逃犯在春节时潜回家中而被守候的公安抓个正着吗？有钱有权的人自有飞机软席专车，衣锦还乡好不风光，咱寻常人物你拥我挤一路辗转偶尔惊心动魄照样也能回家，他秋生呢，运气好有车可搭，也算是专车吧，那么，他的待遇不高不低，他不穷也不富，算不算中产阶级？他自打一听到这个词就爱上了，这个词好啊，妥帖又保险，就像是从前的中农一样，他家以前的成分就是中农。在城市里他当然算不上中产，若在老家论，他能算上吧，那么，他尹秋生是乡村中产阶级了。这个定位让他很满意，心底涌上一丝甜蜜。直忙到大年三十，速度慢下来了，脚步也不再匆匆，电视新闻里习惯于用“祥和”这个词来形容这一天，所有匆忙劳碌，所有的奔波也就是为了这一刻的祥和吧。各就各位了，守在亲人的身边，身陷于年的汪洋大海之中。此刻，这个世界上，谁也不知道尹秋生站在一个大楼上的窗口内，预演年的激动与喜悦，为自己的命运感到欣慰。他又移到另一个窗口，看到西边的一个城门洞里，有车出出进进，就像是城墙张开大嘴，慷慨地让汽车在它的嘴巴里穿行，他心里已经涌上满满的祥和感觉了，为自己，为还没有归来的李队长两口子。他们必定也是要奔波来去，送该送的礼。此时，他们或许也正等待在哪个门口，哪个大楼之下，而他们等的人呢，可能也奔走在路上，也等待在哪个地点。都不容易。世界是一张密密编织的网，织毛衣一般，同样的毛线，用在不同的地方，有的成为领口、袖口，尽情展示风光，有的织在背后、腋窝，默默发挥作用，每一个扣结的松动或拉紧、掉线和分针，引出相应的变化。此刻，秋生就希望李队长一切都好，不要调走，也不要降职，从而也希望李队长所求之人，也平安顺利，那他秋生的路段，也就保险无忧，安生经营几年。电梯指示灯明明灭灭，懒洋洋地上下，总是过二十三层而不停。

终于，电梯门开了，一头扎出一个女人，新烫的头，飘过一阵好闻的味，手里拿着钥匙串，要开门的那一个像刀子一样直对前方，好像要行刺谁，猛看到他，吓一跳，哎呀叫出声来。秋生赶忙赔笑说："噢，我等李队长。"走到楼梯间那里，将两个袋子提在手中，那女人脸色活泛下来，反问他："怎么，他还没回来？"不需要秋生回答，她叹一口气，打开了门，秋生跟进去。门口已经堆积了很多东西，袋子、盒子、箱子，放了一小堆，都是进门随便松开手，搁在那里的。秋生没有将自己的东西跟之前的堆在一起，他放在门的另一边，他不想将自己精心备置的礼物，跟前面那些混在一起。

女主人看样子很疲惫，客气地说了声谢谢，没说让他进去坐，他也不需要进去，双脚没有离开门口的踩脚垫，说了一句祝福春节的话，转身要走，女主人问他是哪里的，等会儿李群回来，我好跟他说，秋生说，我姓尹，他知道的。

秋生推着电动车，出了院子，刚要骑上走，见一辆出租车停在路边，车内灯光亮了好一会儿，里面的人行动沉重而缓慢，艰难地钻出来，一个微醉的年轻人扶着烂醉的李队长，两人东倒西歪地向院子里去。秋生叫了一声李队长，对方已经睁不开眼睛，脚在地上拖拉着，胳膊架在年轻人肩上，由那年轻人扛着走。秋生锁了车子，在另一边架着李队长，年轻人按了门牌号，音乐响一下，单元门打开，三人挪进电梯，升到二十三楼，李队长眼睛一直闭着，压根不知这个新冒出来的人是谁。出电梯，见他家门已经打开。换过家居服的女主人，从秋生手里接过李队长，和那年轻人一起，将他架回到屋里。

第十章　程局长

罗锦衣争取到了去北京开会的机会。省上市上的会，她参加得多了，行业内的人，也都见了，不再有难度，也不再稀奇。她想到北京的会上，见识一下全国范围的大场面，结识一下人尖尖。于是像过节一样准备东西，买了一件玫红色外套，一条小碎花丝巾，还专门买了一个新的旅行箱，时下流行的银灰色塑料壳那种。祝新生说，咱家那个箱子，不是还好着呢嘛。罗锦衣说，那个黑帆布面的，早过时了。出门的人，箱子就是衣装，得要样子，不能只是能装东西就中，因为常常一群人等着出发的时候，到酒店前台办理入住的时候，每人拉着自己的箱子，也就是拉着自己的形象。

会议是人的丛林，气味的聚合，每个人所想和所要达到的目的，都是与会议无关的那一部分，借着会议的外壳，那么多人，从全国各地而来，见到朋友或者仇敌，遵守共同的作息时间，发生格式相近的绯闻与是非，恩恩怨怨，岁岁年年，表面平静无波，内心里各有文章，大家声称高度团结，紧密围绕，大家遵守纪律，齐心协力，开一个胜利的大会，团结的大会。

女人借着会议展示自己，那些并不年轻的女性，把自己从日常生活里提审出来，松弛得已经不可收拾，眼神分明已然混浊，却突然天真伶俐起来，见啥都问为什么，空前地热爱生活起来，每个人都有一个设备齐全的洗漱包，几条丝巾两三个披肩，千姿百态的服装与鞋子，只等着会议上展示，天天早起修饰自己，要给人以出其不意的视觉冲击，偶有几十岁的女人竟然扎两个小辫，以为这样显得年轻。好像开会是与平常不一样的生活了，出格或者缺心眼也无妨的。这时的女人们，都不再是教育战线上的为人师表了，人类灵魂的工程师了，只是争奇斗艳的小女人大女人老女人。个子高的，穿着长及脚面的裙子，平底鞋，有足够自信，咱的海拔经得起浪费与拖拽，尽可压缩高度，扑啦扑啦行走，裙摆几乎拖到地面，是一个活动着的人工扫地机；个头矮的，裙边在膝盖之上，越上越好，不考虑年龄和承受能力，穿着高得不能再高的高跟鞋，脚几乎要竖起来，好像她随时为了能够向高处取物。总会有几个棉麻爱好者，好像穿这样一身行头，就超越了一般的美丑标准，变得文艺起来。文艺遮百丑。拾里猛的，也会有一两个丑女人，丑得义无反顾理直气壮，十分不服输的样子，将所有能够争来眼球的东西都揽在身上，层层披挂，环佩叮当，一点都不冷的天，也会给脖子里绕个围巾，有时候还是两条不同色彩的拧在一起，反正就是要让你眼花缭乱，恨不得包装到头发梢脚后跟，让你不敢提及她的丑。浑黄的眼波流转起来，嘴形大而漫漶，一说话，扯得没有边际了似的。用力过猛，包装过度，像一只求偶的雌鸟。如果是个美人儿这样矫揉造作，也够烦人的了，放在一个丑女人身上，实实可恨，每个会议上，总要有这么一两个活宝。可是，有人在欣赏她，一个女人，欣赏另一个女人的丑陋，越看心里越熨帖，巴不得再丑一些吧，登峰造极吧，别具新意吧，创造历史新高吧。所以，貌丑女人在同性那里，或许就大受欢迎。女人对女人怀着一些几乎是疼惜的心情，搂住肩，轻轻拍一拍，不知是鼓励还是调侃。于是，女人的友情便这样诞生了。

会议还是传播各种消息的场所，一个人不经意说的某句话，会让另一个人心里一炸，再也无法正常说笑，沉不住气的女人，立即离开饭桌、会场，找到一个角落，打电话证实，压低声询问。等众人再见到时，脸已经被泪水冲过一回，画过的眉眼变成了肿眼泡。一个电话，一个短信，就能引起小范围的震荡，足以掀起比大会主题更加紧要的波澜。

罗锦衣经受了几次这样会议的锻炼和洗礼，开阔眼界，收获大大，慢慢悟出一些门道，只恨自己起点低，起步晚，要不是，那些坐在主席台上、脸色放光的女人里，要有她罗锦衣的呀。

而她只是一个小小的副处，只能在仅有的几个人面前端端架子。

她站在自己下属面前，矜持地抱着一只膀子，高昂着头，像个丰满的白天鹅，些许傲慢，对下属的逢迎带搭不理，好像他们都是讨人嫌的孩子，叽叽喳喳，没完没了，争相讨得她的欢心，而她是个忍耐的慈母，像大海一般波澜不惊。一转身，看到几个人陪着领导向这边走来。“呀，程局长，你好你好！”她脚下噌的一声，弹簧般起步，突然变成少女，雀跃着奔了过去，平静的海面溅起朵朵浪花，挺大个子的人，瞬间变得轻盈起来，带着几分夸张，臂膀变作翅膀，扑棱棱而去，像是劫持般，一把握住上级领导的手。程局长做出一副亲切的姿态，含笑看了她们的布展，鼓励了几句，走向下一个展位。两人配合默契，都为的是不让人看出有私情。

那是好几年前的事了。

去年，程局长退休了。她想，他们的关系，也将顺势而终吧，自然消亡吧。不想程局长还时不时联系她，期待再续前缘。她也勉为其难地应付一下。神奇的是，再也不像从前那样，自动湿润了，权力难道是这么神奇的东西？

每次邀约在三五次以上，她不得已光临一回。

昔日程局长有着非凡的耐心，谨慎地掌握着时间，过三四个月，邀请一回，发短信，打电话，有微信后，使用微信，语气虽还是从前的礼貌、绅士，在一次次受挫中，含着无奈的隐忍和无悔的痴情。除此外他还能有什么办法呢？一个年逾六十的男人，还有着欲望，而你不在位了，这欲望就显得可耻，显得自不量力。所以他每次电话谨小慎微。她忍着心中的不快，尽量客气，力争用着像从前一样的口气：“哎呀，领导，我在外地呀。”

“不再是领导了。”

“不不，你在我心目中，永远是领导嘛。”她用着一种假音般的腔调。

“那好，回来后联系。保重啊。”他有教养地说。

自然，回来后她不会联系他。过几天，他电话又来，她应付地说：“在单位，可忙了。”

“那好，忙完联系。保重啊。”好像他的教养和耐心是永无止境的。想必他在那边，一个人实在是孤单，大半辈子风风雨雨过了，功德圆满，顺利退休，可是，老革命遇到了新问题，无法渡过眼下的难关，有着与他年龄和身份不相匹配的热力，冲撞着，苦恼着。又一天，干脆突然发个短信：“今天有时间来吗？”或者只两个字，热烈呼唤：“来吧！”

拒绝了五六回，他还是相邀，让她恼火又惊讶，想这人到底有多少耐心，我们一生跟自身情欲要进行多少斗争。有一次推托不过，她答应了，路上又非常后悔，我为什么要念及旧情呢？不，一开始就没有什么情的，只是相互需要，他从前是给我帮过忙，可我也付出了回报，现在他不能再提供帮助，为什么还要求我付出身体呢？她有点生气，觉得对方不明事理，想再给他发短信说，单位有事去不了了。我为什么不能狠心一些，绝情一些，这世上那么多绝情的人，势利的人，都过得挺好，混得风光。算了去吧去吧已经答应了，走到半道了，去看看他，退休了孤单下来也挺可怜的，也不一定每次都干那事嘛，去了坐一坐，喝杯茶，说说话也是行的。对，我先摆出一副一般朋友礼节探望的架势，不再和他一起进到卧室，坐十来分钟，告辞走人。

可每次一进门，他就急切地拉住她的手，说：“哎呀，多久没见了！”拥着她来到沙发上，偌大个沙发，非得挤着坐在一头。她挪动身子，离开一些。说话的间隙，他又两次拉过她的手，手心有点汗，让她心里厌烦。故意说别的事情，扯得好远，说自己工作中的烦心事，她的敌对势力多么可气，处处与她作对，她晚上都睡不好，致使内分泌紊乱。声量放高，情绪激动地说了二三十分钟，将自己搞得气势汹汹的，绝不适合再上床了。而他面带微笑，耐心地听着，心里只有他想要的事情。她在想，是否可以告别了，她的手摸到身边的包。他要抓住最后的时机，再次捉住她的手，往起拉。“我今天没有一点心情，让我走吧。”她说。他猛地用力拽一下她，低低而短促地“哎呀”一声，像是责怪与抱怨，还有一种破釜沉舟的乞求和最后通牒般的胁迫，那意思是说我都盼了这么久等了这么久叫了你这么多回，你来都来了，还好意思拒绝吗？她毕竟有点怯了，想起从前他辉煌时候，那种郎情妾意两心相悦，想起自己有些下贱地迎合与沉醉，总不能变得太厉害吧。假若她不跟他一起走进卧室，他或许就再也无法保持涵养，两人就有撕破脸皮的可能，那会很难堪。唉，兜来转去，最终是要将自己的身体当作一件礼物送给对方，这是女人逃不脱的命运。而一个充满了渴念的身体，积攒了许久的情感，是不好轻易打发的，做任何思想工作都不起作用，劝慰不了那些荷尔蒙，那些力比多，那些卡路里，只能用和一个人赤膊相见才能解决。她忍着内心的厌倦，告诉自己，也就是几分钟。她压下随时会跳出来转身离去的念头，机械而傲慢地脱去下身，平躺在床，不必要给他解释上衣问题。而他是一个再没有任何条件可讲的人，站在床下脱光自己，含着一点屈辱和讨好，爬上床来，热乎乎盖住了她。她转过脸，将针尖般尖细的眉梢对着他热切的面孔。他带着卑微而讨好的笑一个人忙活。耐着性子费了一些周折，航船才得以入港。一个失去了权力的男人，不应该再有什么奢望，凑凑合合完成一次倾倒，也就行了。他磕磕绊绊起身，发出自嘲般的笑声，转身先出去了。

她从那张接触了不到十分钟的床上起身，穿好裤子，直接向卫生间走去。

她从卫生间出来，他已经在客厅沙发上就座，梳理好了头发。

她告诉自己，再待几分钟吧，反正这是最后一次，今后，无论他怎样邀请，绝不会来了。她不愿在他身边坐下，假装四处走动，看他家里摆设。这里从前是多少人趋之若鹜的地方啊，能敲开这个门，将礼物送进来，能坐在灯光照亮的沙发上，听主人慢条斯理说几句话，相当于金口玉言，几多命运就此改变。现如今，再没有人愿意光顾这里。几间房子里永远打扫干净，一尘不染，东西摆放整齐，就像没有住人一样，是一个展览馆，陈列室。

宝珠怀孕了，需要打胎，锦衣的父亲是妇产科医生，她从没有见过他，对那不知身在何处的父亲充满向往。她带着宝珠去寻找他，两人拉着手，淡黄色的土路引领她们，天空飘着灰色的云朵。

走了很长的路，她对宝珠说，把小孩生下来吧，你不要，给我。宝珠说，我还没有结婚，咋能生小孩哩？房间里走出中年的父亲，穿着草绿色四个口袋的上衣，有着圆圆鼓鼓的胸脯与白白大大的脸庞，长长的头发梳成一个马尾辫。父亲说，我是兽医，怎么能给人做手术呢？这是违法的。两人一起求父亲，人和兽，一个道理，求你给她做吧，如果不做她就完蛋了，她还没有结婚，怎么能生孩子呢？父亲同意了。温暖的光辉笼罩房间，窗外万物和谐，世界安静舒展，一忽儿又觉得他像是母亲。一个仿佛母亲的父亲，一个雌雄同体的人。她忧伤而疲惫，怀着一些委屈，只想进入他的怀抱。她与父亲到里面房间说话，父亲仰面躺下，她趴在父亲身上，父亲硬硬地顶着自己的身体，像多少回她熟悉的前奏。她问父亲，这么多年你在哪里，父亲说我一直在的，就在这个房间。她有那么多话要向父亲诉说，可不知从何说起。这样面对面看着他，这样沐浴在父爱的阳光里已经足够。她抚摩父亲完美的器官，他一直保持坚挺，血管像河流一样密布，膨胀，使得紧绷的皮肤起伏不平，恰如丘陵一般，每一处褶皱都洁净无比。屋子的角落燃着一簇火，照得房间微微明亮。父亲温暖而坚硬。她全身战栗，快要流出眼泪，乞求父亲进入自己。理性的父亲只在她的外部停留，摩擦，像一朵盛开的莲花，始终保持那种最完美的形状和力度，但一直不进入。

她醒来，幸福而又悲伤，窗外一片昏黄。

静静躺着，梦里感觉尤在体内，缓缓像河水一般流走。

起身拉开窗帘，黄埃散漫风萧索，远处大楼看不见，春夏交接时常见的扬沙天气。这些沙尘，不远千里，从内蒙古日夜兼程，路过无数城乡，在这一天清晨准时抵达绿城。现在天气预报越来越准了，说下雨就会下雨，说沙尘真的就会漫天飞扬。她匆忙出门，世界变得面目可怕，人们将谈论天气变成首要任务。

但是，纵使这样的恶劣环境，也无法平息一个人的荷尔蒙涌动。在某一个紧紧关闭的窗户内，一颗心蠢蠢欲动，终于到了不能自控的程度，他打几次电话，找了好多借口，想要罗锦衣来，陪他一个小时："就一个小时，我想单独和你待一会儿，说说话。"最后他不得不挑明。因为昨天罗锦衣说，她今天有可能路过他家附近，小陈开车。他之前好多天，用了各种各样的理由：有新茶了，你来拿吧；别人送了一箱红酒，来给你拿两瓶；我写了一幅字，来指导一下呗……绕树三匝，语气还是公共的，礼节性的，只有罗锦衣知道，那隐藏的意思是，来了再说，进门为目的。都被罗锦衣礼貌地挡回去了，还是叫领导，还是称局长，还是客气得很，这样那样花样，反正就是不去。最终他实在忍受不了，在微信语音里，轻轻颤着声音，说出了实质。他怕她和小陈一起上楼来，"说说话"几个字，分明是乞求了。她文字输入说，去不了，有亲戚从老家来，带老人来绿城看病，我给找了医生。他豁出去了般，说，几点能看完，我等你电话。她没再回复，已经说过再也不去了，还管那么多干吗。就是因为不忍心告诉他，你休想了，再不可能了，才这样一次次让他心怀奢望，步步得逞。唉，我最大缺点就是心不狠。下午天快黑的时候，风沙已经偃旗息鼓，可没有满足的欲望，还是不能塌陷下去，他微信问：病看得怎么样，辛苦了，休息吧，明天再说。她有些气恼，什么叫明天再说，好像谁答应你了一定得去。

你从前是老百姓、普通人，现在还是老百姓、普通人，那不可怕，最可怕是你上个月是呼风唤雨的人物，这个月突然变成老百姓、普通人，门前冷落，无人搭理。你的意志和想法，就像是机器失灵，再也起不了任何作用，你的腰杆突然之间，就塌下了。

想到这里，罗锦衣有点可怜他，想起从前，他给她帮了不少忙，于是第二天早上，她给他发了一个短信：我上午过去。按下发送键，无异于女皇下旨，皇恩浩荡，她心里充满着母性的仁慈和自我牺牲的悲壮，想起从前，一个召唤，她迅速跑去，带着将要受到宠幸的欢乐与得意。那时他办公室旁边一个房间，总有人在秘书那里排队，等候召见，被叫到的人，弯腰蹑足而进。而她可以在中午或者节假日，在空荡的电梯里升降，大摇大摆地进去。可现在，需要他耐着性子请了又请，邀了再邀，需要她尽力克制自己的受辱感，力争平稳过渡，彼此不伤情面。好在前前后后，满打满算，从抱住她开始亲吻，被拥着走向卧室，到从那张贵重结实的大床上起身，也就是七八分钟，忍一忍就过去了。

他妻子到美国给儿子带孩子去了，近二百平方米的家里，只他一个人。他打开门的时候，还是个领导的样子，客气地将她迎进来。她不再像从前去办公室一样，有幸福感，光滑感，鱼儿一般溜进，而是像个走访老同志的女干部，抱着膀子，踱着步子，打量他家里的摆设，表扬他收拾得真干净。

“我一个人，在家没事，就每天打扫卫生。”他像个摆弄魔方的孩子，解开她缠绕纠结的身体连环套，使两只胳膊理顺，与身体平行，拉住她的手，让她坐在自己身边，还嫌不够近，试图抱起，坐在他身上，搂进他怀里。

“平常在家都干什么呀？”她无法将自己从女干部的角色里调动出来，其实每次来，都问他这个问题，否则就没话可说，陷入尴尬。他不愿说这些没用的，将她像个心爱的洋娃娃一样安放在他的腿上，让她的屁股搁在他身体的折叠部位：“老想你，咋弄哩？”他用一种无奈的低低的颤音问，完全交付了自己，像个孩子一样无措，知道现如今除了一点小钱之外，再也没有征服她的东西。她对这个问题感到厌烦，不能回答，她怕她开口说出，那是你自己的事。她凛然坐着，腰杆直挺。他已顾不得她的态度。她能够前来，蜻蜓点水地恩惠于他，已经是仁慈了，这一点，他也清楚。

“走，到卧室去。”他一直是类似于低声下气的颤音，好像十五楼的窗外有人偷听一般，拉起她。她跟着他穿过幽暗的走廊，来到最里面一间，仍然只脱了下面，满怀委屈地将自己放在床上。

“我已经绝经了。”她静静躺着，想起清晨之梦，脸侧向窗户，解释她的干涩，忘记了她上个月回绝的理由是，身体不方便。厚厚的紫色窗帘，制造出暧昧气氛。可这一切，只与他一个人有关。她保持侧脸，有时看着窗帘，有时对着门口，不给他正面，不与他对视，只将自己的眉梢，谴责般地指向他。心里却想别的，仿佛自己生出一双上帝的眼在俯视这一切，人真是悲哀，能把控国际局势，左右经济走向，掌握别人命运，却掌控不了自己的身体与情感。不论在位与否，多大年龄，总是需要情感的，每一份情感，都要有一个出口。而你的欲望，也不因你退休了就随之像你的公车一样配套消失。他身体很好，各项指标正常，还是个合格男人，哪知道退休还能带来一个这样的重大缺口，一时承受不了。他谨慎惯了，不可能随便找妓女，也不敢在网上寻找，而过去那些殷勤献身的女人，潮水一样退去了，只有她罗锦衣，磨不开面子，不好意思说出绝交的话，他知道她是可靠的，适当念及旧情，起码不像别的女人，断然拒绝。面朝下的他心存感恩，要在几分钟内聊解多日的思念与干渴；面朝上的她心怀悲悯，俯视全人类的卑微与懦弱，连带着有些许的委屈与自我牺牲。于是两个人都有点眼含薄泪，支撑住几分钟，共同维持这来之不易的大好局面，让它体面地结束。

他们很快穿好衣服，坐回到客厅里，随时谁来敲门也不怕。他给她钱，害羞地卷着，在手心里递过来，提前准备好了的，不知道在哪里放着，这会儿像变戏法一样，出现在手中。她知道不会太多，这也是她每次不高兴的原因，可也聊胜于无，不至于太掉价，她推让几下，任由他拉开自己的包，放了进去。她心里毕竟涌出一些对他的温情与体恤，想起从前被层层权势与华美物质保护起来的苟合，不论她在哪里，一个短信，立即奔赴，真不知是对情欲的渴盼，还是对权力的仰望。于是坐在这里的两人，像是共同追忆着一段往事，感受往日不再来的哀伤。她将手放在他胳膊上，轻轻拍拍，力争传递一些阶级感情，想让他知道她不是那种势利的女人，她还将一直记得两人曾经的感情，她现在常常拒绝是因为工作忙，因为更年期不再需要男人，她继续问候他的生活，问他怎样慢慢习惯这一切。

“调整心态，慢慢适应嘛，还能怎样。”

十分钟后，她起身告辞。每次的会晤保持在四五十分钟，差不多一节课，不愿在他这里多耗时光。从前他说什么她都爱听，现在，他的每句话都引不起她的兴趣。一节课，对他已经够仁慈了，他也应该能体会到。

在电梯下降时，她给自己说，已经仁至义尽，今后决不再来。

第十一章　盖楼

一个女人，看起来开得很不老练，伸出胳膊招呼秋生，让给她看着，她要侧方停车。秋生指挥着，让她打方向，再打一下，回轮，好，向后，不行，再往前上一点。不知是秋生指挥得不好，还是那女人车技太差，来来回回几下，竟然停不到位，车身斜在那里，再来一回，还是斜的，女人娇嗔地瞪一眼秋生，好像是怪罪他不会指挥，赌气说："来来，你来停。"秋生龇牙一笑："咦，我哪会开车哩？"那女人说："你管车的，不会开车？有时候还需要你帮着挪车哩。"女人就那样不到位地停了，人下来，并不走开，看样子是等人，看着自己那不听使唤的车，停得也确实不像样子。给秋生说，"老板，你也学个照去，工作方便嘛，遇到我们这种二把刀，你还能给帮帮忙。"

这样一个香喷喷的三四十岁的女人，正是流光溢彩的时候，愿意跟他说话，秋生立马精神抖擞，来了兴致，觉得自己潇洒了一截子，想我秋生，当初要是生在城市，现在也是成功人士了。“嘿，我这算啥老板，路边看车的，学个照，一辈子也不会有自己的车开。”这样谦虚的时候，他心里说，可我的儿子，快要开上车了，在不久的将来，我们就会有自己的车。

“那不一定，时代变得多快你知道吗？不到二十年前，九四九五年吧，我一个亲戚在南郊买了套房，那是咱西安市最早的商品房，每平方五百六，一百平方，三室一厅，五万六。你猜我那时候咋想。”她向远处再看看，分明是眺望她要等的人，看着是对秋生，实际是对那不知走到了哪里的人，抛了个媚眼说，“我想呀，我这一辈子，都住不上那么贵的房子。那时刚参加工作，一个月几十块工资。这才十来年，就住上了，比那贵得多。还有，前几年，我同事让我学照，我说，不学不学我这辈子都不会有车开的，房贷还没还完，可，这才几年，车也开上了。”

秋生心说，开是开上了，水平不咋着，又看看她那新崭崭的车，白色，国产，七八万元，这两年女人常开的那种，短短的身子没有屁股，最大限度地考虑停车位，照顾女性对机械不在行。可纵使这样小巧的车子，也叫这女人难以驾驭。秋生问：“新买的？”女人幸福地点点头：“嗯，照也是刚拿的，一路掏钱保过。开车嘛，就是个经验活，开得多了，自然就熟，这自动车，其实就是个大玩具。”她终于看到要等的人，那人从另一个方向开一辆黑色车而来，在宝珠的指挥下，停在对面路边，刚钻出车子，女人撒娇地说：“快快，把我的给挪好了，停成这样，看着都难受。”那男人过马路，笑着摇摇头，钻进车里，好像那车突然变成一个乖巧的女人，对这男人心悦诚服，前后只一个来回，妥妥地停到位了。女人从包里掏出四块钱，说，不要票了。两人相跟着进到路边大楼里去。

下午五点多钟，有一个人，停了车，头伸出窗来，用家乡话大声喊秋生的名字。秋生觉得稀奇，这个地方，还有人认得我？他向着那辆十万上下的小白车走过去。摇下来的玻璃上面，一张黑色的脸，笑得像一朵老菊花，挤得眼睛都快没有了。看清了，同一个大队，另一个村的乔光荣。

“咦，光荣，咋是你哩？开上车了，看这样混得不赖。”

“咦，不赖啥呀，比要饭的强一篾。”乔光荣兴高采烈地下了车，砰地关了车门，“怪忙不是？早听说你也在西安，人家说你是在康复路开饭馆发财了，没想今儿在这儿碰上了。咋弄啊，给你交两块钱停车费？”他的哑嗓子又是嘎嘎一笑，眼睛再次变成两条缝，像两个括号趴在那里。

秋生打他一拳，问他如今干啥。

“我今儿事办得顺利，拐到这儿来给你弟妹配一两毛线。谁知能遇上你呀？叫我先去配了线，咱找个地方喝酒，好好喷喷，我安置，啊。”乔光荣脸上的笑始终退不下去，不知是多大的好事叫他遇着了。

“咦，到我这儿了，能叫你安置？这样，叫你嫂子去给你配毛钱，她对这儿熟。”

宝珠看到这边二人的热闹，也已经认出了姓乔的，来到马路这边。于是乔光荣从包里掏出一片卫生纸夹着的玫红色细毛线，是眼下最流行的细羊绒线，掏二十块钱给宝珠，宝珠只接毛线不接钱，又撕扯一番，宝珠终于接了二十块钱，说：“我快点配了线回来，你俩好去找个饭馆坐下说话，叫你秋生哥安置。”

乔光荣的形象，用三个字可以概括：矮，黑，丑。虽然他机灵聪明，能说会道，可农村人趴叉在家里，也无他法。当年伯妈给他寻媒，花了大力气，盖所房不说，还要比别人多出彩礼，胡二麻三给娶了个粗粗糙糙的媳妇，据说不是全精，可咱条件有限，怎能要求别人什么。

宝珠很快从毛线城回来，小塑料袋里，装了一团毛线，当面比着叫他看了，果然跟那一根完全相同，连着找回的五块钱，交与乔光荣。乔光荣龇开满嘴小黄牙：“咦，要我去，不一定配得这么好，嫂子就是干啥都支棱。还是在咱老家时候的甄老师，啥都是好的。”一番话夸得宝珠心里高兴，挥挥手说：“你们去吧，我来招呼着，这会儿天快黑了，大劲过去。”

二人怀着孩子般的雀跃，拍肩膀搂脖子，亲得不行，都觉得在离家千里的地方，这个几百万人的大城市，遇到亲不溜溜的老乡，是件多么奇妙的事情。路边走了几十米，找到个小饭馆进去，坐在窗前，点了三个菜，要了二两酒。“我抿两口，不敢多喝。秋生哥你多喝点。”乔光荣给秋生面前的小酒杯里，弥溜溜倒满一杯。

“喝吧放开喝。车不开了，今儿黑就搁那儿，咱的地方，放几天都不碍事。”

两人又理论几回，终于乔光荣也频频端杯了。只一会儿，又叫拿了一瓶小二。

“家里早先那个媳妇，离了。我十多年前在咱县上干活，认识南边县上来打工的一个大闺女，一来二去，好上了，你知我这人，没啥别的能耐，全凭一张嘴。她不嫌我大十几岁，也不怕我有家有口，硬是跟我了。她伯妈那是死不同意，我俩一不做，二不休，生米煮成熟饭，跑到西安来了。我们这，跟那电视上演的一样，就是私奔。”乔光荣笑得更加甜蜜，好像私奔是多光荣的事。

当年那个外县大闺女，就是今天等着配一两毛线织一件紧跟潮流的羊绒衫的女子，不知为何就被这男人的巧嘴迷住了心窍。二十一岁，正是如花的年纪，其形象也可用三字形容：细，白，美。那时乔光荣是两个孩子的爹，不安生在家待着，四处乱跑，吃喝玩乐，广交朋友，在县城为一家南方人开的娱乐城负责介绍客人前来消费，根据业绩拿提成。乔光荣的嘴，能把死人说活，最爱干与人打交道的事，任谁他都赞美，逮住一个人，不把你夸晕了不罢休。天下之人，皆为我友。他业绩好，工资高。外县闺女在旁边小超市当收款员，对美好生活的向往，因经济的拮据而阻拦，一心梦想遇到个大款，常常瞄着旁边进出娱乐城的人，却不想反被乔光荣瞄上，胆大，心痴，脸皮厚，施展各种攻势，请她吃吃玩玩，每个月工资大半贴给她还不够，恨不得挖身上的肉给她，将自己的财力，三分吹成了八分半，除了瞒过已经成家这件事，其他一切皆与她肝胆相照。事情竟然做成了。乔光荣奔回家里要离婚，被媳妇打得头上一个大包青紫着，跑回到县城，说了实情，感动得那闺女直掉泪。过年乔光荣不回自己家，跟着那闺女回她家里，进门不到十分钟，被她伯的一只破鞋将二人打了出来。两人拉着手，站在大年下的村头。你看看我，我瞅瞅你。他说，咱俩跑了吧！那闺女问，往哪儿跑？他说，去火车站看。两人站在路边等来班车，天黑时来到市里火车站，头并头挨一起看时刻表，两个钟头后，武昌开往西安的火车将停靠这里，于是买了两张去西安的票。大过年的，火车上竟然没有人，站票享受了卧铺待遇。

“秋生哥，你看人命好了就是这样，我这么丑的人，竟然交上了桃花运。自打跟她好上，我干啥啥顺。前几年，攒了钱，回去给家里媳妇两万，婚也离了，俩孩子归我管，一个在这儿跟着我干，一个在家俺妈招呼上高中，俺俩又有一个闺女，在这儿上小学。这日子舒坦得呀。我回家过年，都是开车，后备厢装得满满当当，东西不重样，从我住的楼下，直接开到俺家大门楼。”

“那你现在，干啥营生？”秋生问。

“你也知道，我这人从小钻挤，来西安后，先打听老家有没有扯得上的人在这儿工作的，都在啥单位，能帮上啥忙。任咱县上不拘啥人，只要是在公家单位的，都能去跟他拉扯上，我没别的本事，就好这个。总算找出区上园林局有个科长，是俺妈她娘家一门里侄的挑担，管着全区各个地方的树，就是说，哪里的树，能不能出，得他那个部门来批。”

“树也有人管？”

“当然有人管，哪条街上有几棵树，都在园林局有记录的。保护城市绿化，树是不能随便出的，要出一棵树，也得区上批。比如一个单位，搞扩建，要把围墙拆了盖门面房，嫌树碍事，想出了。可他拿不到批文，我就去帮他们跑这个批文呀。”

“你拿辛苦费？那能有多少钱？”

“不靠这个挣钱。跟他们说好，出倒的树归我，刚好他们也都不要，嫌占地方，都是叫我赶快弄走。我呢，就开了个木材加工厂。现在，东郊这一片的单位，谁家想出树，都来找我。连开发商征了地，想盖大楼的，也都找我出树。”

秋生心下估算，这基本就是无本生意。“哎呀，那你挣得不轻，发脓个龟孙了吧。”他心里涌上复杂的味道，酸酸的，恨恨的，后悔刚才，真不该说“我安置”的话，应该好好宰一下这兔孙。

乔光荣嘿嘿嘿直笑：“哪啊？现在干啥事容易呀？四处打点，轮到咱手里，能剩几个，差不多混得过去就中。”

两人又相互扯些家常，眼见得外面夜晚铺天而降，大小灯火亮起。乔光荣给他儿子打电话，说自己喝酒了，叫他来东郊二环外秋生大爷这儿开车。

两人相互留了电话，乔光荣争着付账，秋生假装拽不过他，由了他掏钱。

这样平顺地经营了三年，又存了几万块钱。他想在老家盖房。他伯前年去世了，他妈操劳一生，又给他们带大三个孩子，现在七十多岁，一个人在家里老堂屋住着，他想盖好一座小楼，叫老人也住几天，享享福。

两个儿子不同意在老家盖房，祥印、祥权明确表示，他们将来要在城市生活，不可能回老家去。现在的趋势是，村里人想办法住到镇上，镇上人去县城买房，而县城的人，以能在市里和省会买房为成功的标志，而他们已经在外这么多年，怎能再回老家住呢？将来爸爸妈妈要回，你们回吧，反正我们是不回的。

秋生坚持在家盖房，人奋斗一辈子，为的什么，不就是告老还乡，安居乐业吗？城里再好，那不是咱的家。他给宝珠说："咱俩眼看五十多了，也干不了几年，好好盖所房，晾一晾，装修好，过几年干不动了，住回老家。让他俩在外面吧，说得再能，过年过节总要回家的吧，咱一式两套，给他们盖好。咱俩守着咱妈，也享几年福。"

宝珠完全同意他的想法。春暖花开时候，秋生开始列计划，搞预算，少不得烧包，要给乔光荣显摆一下。乔光荣说，他认识一个设计师，叫人家给你设计个图纸，不要钱的。秋生说，咱这小楼，就两层，哪值估人家盖大楼的给设计，我自己看着弄一下就中了。其实他是不愿意交给别人，他怎能叫别人给他指手画脚，他自己早就在心里设计几百回了，哪里是大门，进院子后怎样花开两朵，各走其路，他都有蓝图。

看车临时交给张水平的一个本家兄弟经管几个月，象征性给他交点钱。秋生宝珠二人回家盖房。

麦子一片金黄的时候，尹张村头矗立起一座粉红二层小楼，气派非凡，容易让路人以为是村委会。大门楼进去，一座长形小二楼，楼上平台是一楼的宽檐出厦，东西两头各开一门，一模一样两套房，里面各有楼梯，二楼上的一间房，各有一门，通向一个相通的大平台。两个儿子说的不回来，可将来他们有了孩子，上幼儿园、上小学之前，不还得交回来让咱给看几年，到那时，带着孩子在这小院里，小楼里，噢，到那时，这平台上的护栏还得改装，弄上铁网，上有老，下有小，祖孙四代其乐融融，那才叫幸福生活。站在平台东头，可看到村头进出的人，可见南北路上经过的人，看那一条大路朝东，通向北舞渡。站在这样一座小楼上，手扶着厚实明亮的钢管护栏，没来由会有一种成就感。秋生说："咱这是尹张第一楼。"

每一天，厚实的大铁门都会发出几声悠长的闷响，配着人工高声叫喊，门外人耐心地等待里面的人走过来打开门。不断有村里村外的人来参观第一楼，对秋生的精心设计啧啧称赞，对他最好的用料羡慕不已。用他们乡下人的眼光来看，这第一楼简直无可挑剔。人们回到家里，压低声音将秋生骂了个祖宗几代，咒他发脓发烂身上长疮，才一时解气。

经历了春夏，秋生宝珠将第一楼打理好，买了全套家具，几个房间里安放，大彩电像城里人一样挂在客厅墙上。将这个到处是各种化学气味的家，交给他妈照管，告诉妈窗子要见天开着，散散气味，天冷之前，她多出去串门子走亲戚，街里转悠，不要总待家里。

他二人告别小洋楼，又到西安去了，继续和祥印一起，住在东郊两间租来的小房里。

从此，远近盖楼的人，都先来秋生家里观摩，对他进行刻意模仿。北舞渡周边村庄，出现了一个又一个二层粉红小楼。

"猛一看是差不多，进去看肯定差远了，咱用的都是最好的材料，楼梯上贴的大理石，扶手都是黄杨木雕刻。他们舍得买吗，有钱买吗？那楼梯肯定使水泥抹抹妥了。"秋生自得地对宝珠说。千里之外的他妈，每接待一个来人，哪庄的，叫啥名，都会用客厅里那个座机电话，告诉秋生。

二十年的积蓄只剩下一万元。百年大计嘛，就得倾力而为，只要看车路段还在，不怕没有钱来。

那只塑料凳子，冬天绑上坐垫，夏天来时拆掉。直到有一天，咔嚓一声，塌了，秋生摔了个屁股蹲儿，骂着爬起来。原来是塑料老化，寿命到了，算算已经七年半，当初八块钱买的，也够本了。拾起尸首扔到马路尽头的垃圾桶，又跑到市场里买了一个新的。

第十二章　夜色温柔

开会学习成为日常，去北京开会，也不是什么稀奇事情。大大小小的场面，形形色色的人物，也都见识过了，不再像当初那样新奇而幸福，也不再像花蝴蝶那样，会场里飞来飞去，见谁都打招呼，看谁都是兄弟姐妹。她愿意静静地坐着。

她的下一个目标是正处，能够在一个单位里说了算，能够给她和她的亲人们带来更多便利更大空间的职位。

这次在北京的会，比较重要，有一位省内行业领导，从另一个刚结束的会上赶过来，参加他们这里的闭幕式。

众人在酒店门口等待，一辆车停在路边，大家像得到一个号令，加大步子，扑向那里，同时伸出几只手，好像为领导开车门是一种荣耀，校长抢先过去拉开车门。后备厢里，领导拎出一个小小的皮箱，罗锦衣几乎是从他手里夺了过去，拉在自己手中。一行人簇拥着来到前台，恨不得身份证也能代替，无奈这是首都，制度森严，只好有劳领导亲自掏出身份证。办好入住手续，几个人一起上楼。

“为着参加你们这个会，从那个酒店走得太急，洗漱用品都没带。”领导说。

进入房间，校长仿佛回到童年，兴奋雀跃，将自己变作一只弹性良好的大皮球，一步跨到窗前，用着夸张的动作，把窗帘拉开，窗户打开，透透空气，恨不得用大手再呼扇两下，让新鲜空气快快进来，换掉房间里令人不悦的气味。而罗锦衣急忙给烧水壶里接上水，插电烧上。几人相互碰撞地忙碌着，把不大的房间搞得气氛热烈。一个四肢健全的大活人，叫人伺候得像个不会动的白痴一般，好像应该愤怒的，可领导全心全意地靠在窗前的圈椅里，慈祥地看着这一切，很受用的样子。罗锦衣说：“我下楼给你买洗漱用品。”

“不用不用，就一晚上，用房间里的就行了。”领导说。

“那咋能行？咋能让你用那些呢？”她转身迅速出门，下楼，却不想一楼的商品部没有香皂毛巾。怪了事，每个酒店的一楼，不是都有卖这些东西的吗？服务员解释道，我们这是星级酒店，房间里毛巾都是严格消毒的。

像每一回要伺候领导一样，她身上爆发出一种可怕的力量，用了一种具有侵犯性的热情，不达目的誓不罢休。半百之人，扑到宾馆门外。穿的靴子或许不合适，虽是坡跟形状，但底子过于厚了，使得她像是穿着雨鞋踩在泥泞之中，一不小心暴露出农妇本色，声称一百二十六斤实际快要一百四十斤重的躯体跌跌撞撞地在路边疾走，找寻卖洗漱用品的商店。可是平常随处可见的那种小店，今天怎么就突然消失了？一家一家的店，全是卖服装鞋子皮包茶叶的，甚至连打字复印店都有，就是没有一个日用小百货。猛力推开一个玻璃门，只卖烟酒，又推开一个，紧急地问，有没有毛巾香皂。她想起十多年前，与付良才急于相会，他马上会议结束，短信让她在附近找一个宾馆。天色突然暗了下来，雷声阵阵滚过，夏天的暴雨就要来临，她紧急地闯进一个宾馆的前台，像上级领导一样严肃地问，有钟点房吗？可恨的宾馆，接待大型会议，竟然没有半个空房间。她冲出来，跑向马路斜对面另一家。大风像一只粗暴的手，将她的头发揉乱，打成梳不通的结，尘土扑到她脸上，一个塑料袋贴在胸前，一根树枝打到腿上，剐破了丝袜。身体的饥渴喧嚣奔腾，不亚于天气的暴戾，如果这个宾馆再没有空房间，天会塌地会陷，雷会劈死人，她将大火焚身，化为灰烬。过马路的时候，她差点被一辆车迎面撞上，血肉崩裂。好在这个破一些的宾馆还有房间，她掏身份证的手都有些抖动。付良才短信问她在哪里，他会议结束，十几分钟到。她扑进房间，将包扔到床上，衣服从身上剥下来，冲进卫生间，两分钟完成冲洗。她裹着浴巾，头发滴水，站在窗前，看路上的人抱头逃窜，被刮断的树枝在马路上小鬼般跳来跳去，抓住一个男人的裤角不松手，一个女人的短裙突然被风掀起，露出里面粉红色内裤，耍了流氓的大风坏笑两声，又旋身跑开，将路边商店门口的一个小彩旗扯走。大雨点砸下来，将世界变成末日，而窗内的她，最后一刻跨上了挪亚方舟。付良才伴着雨声进到房间。她觉得刚才的奔走是受了委屈，不让他拉窗帘，也不许关窗子，任由窗帘愤怒地扑来甩去，让外面的电闪雷鸣及大雨滂沱补偿她奔波的惊险。那时她四十出头吧，体内时时有着疯狂冲动与渴望，为了一次苟合愿意赴汤蹈火。近几年来，没有那种可怕的激情了，热血在流失，欲望在懈怠，静若处子，一颗慈悲心生长起来，理解了世间一切。

不能在床上解决的问题，只能回到桌面，她用跑腿出力贴钱，维持与有权男人的关系，她和他们之间，从男女关系进入人际关系，上下级关系。这种自发甚至强行为领导奔走效劳的事情总能让她立即提起精神，立即行动。这是北京的街头，身边没有熟人，路上的人也都不认识她，她不再讲究姿态做样子给谁看，一急一躁，所有矜持包装一扫而光，步态、神情回归到家族遗传的符号，像个村妇一般吭哧吭哧走了半站路，质问了几个小商店，他们全都商量好了似的，没有毛巾香皂，她每从一个店里出来，便愤愤地在心里咒骂两声。春天的大风猛然刮过，头发被揭起，露出里面的缕缕白发，突然间苍老了几岁。恨得牙疼，从哪里能冒出个新毛巾新香皂啊，一百块钱都要。握紧拳头站在北京街头，她有穷途末路的悲怆。运气不好的时候就是这样，事事不顺。有一天傍晚，她去医院看望一个领导，想买一束鲜花，医院门口修路，卖花的关门了，她记得不远处巷子里有一个花店的，穿着高跟鞋走去，小店竟锁了玻璃门，里面灯光大亮，各种花束咫尺之遥，却不可得，可能是店主到附近吃饭去了，死等没有指望，谁知吃到几时。问了路人，前面还有一个花店。她走了去，只有两桶菊花，白的黄的，慷慨陈列，别的花却挑不出几枝像样的，百合全都闭着，店主小伙子说，昨天情人节，花都卖完了，这百合拿回去，如果家里有暖气，明天可能会开。她不等那小伙子说完，转身出门。想刚才那个花店门口一定有手机号的，竟然没有看没有找。再走回到那里，抬头望去，果真门头上面有大大的电话号码，掏出手机刚要拨号，店主腆着肚子回来了，嘴上的油还没擦净。

急买的碰不着急卖的，世界偏要与你作梗。她只不过是想将一条新毛巾亲手捧到领导手上，却连这个小小愿望都不能实现。不得已往回走，见路边一个小店卖水杯，她进去，挑最好的，98元买了一个，领导就算自己有杯子，她也要再送一个。回到宾馆房间，领导仍然靠在圈椅里，几个人围坐在床边，腰身前倾，大家仍在谈笑风生，压根没发现少了她。她举着杯子欢乐地说，走了快一站路，没有一个卖毛巾的商店。领导轻声说，没事，服务员给我拿了一条新的。

她怀着无限愧疚，到卫生间，将买来的杯子里里外外洗了又洗，用开水烫了两遍，放上茶叶，倒上开水，双手捧着递给领导，撤下领导正用的房间里的杯子，心下这才舒展一些。

罗锦衣在这个教师进修学校，已经待了快十年，由科员、副主任、主任，上到副校长。正校长是个男人，比她身份证年龄大七岁，或许会在此位置干到六十岁退休，那时她已经五十三，准备退休，早没戏了。只能向外踅摸。

从前，主要精力在男女关系上，觉得那是人生最大乐趣，随着月经消亡，一去不返，现在基本活到了男女没差别的阶段，那么，她需要另外的东西来证明自己，一种更长久、更稳固的东西，超越于男女之上的，那就是一个职位，一个自己说了算的地方。

哪有那么容易的事呢？一个位置多少人瞄着，那些拥有职权的人，在一路上来的过程中，抽筋扒皮了几回，熟谙所有关口和游戏规则，也都成为玩弄职权的高手，只是将你玩于股掌之间，你一塌糊涂跟着他们的指挥棒转，你苦其心志，劳其筋骨，饿其体肤，空乏其身，在这个过程中，自己去慢慢磕碰，领悟。最后，你能得到什么，谁也不能保证。也曾听说很多女人，陪睡了，送钱了，最后目的还是没有达到，陪了，送了，那只是谋的过程，而成事，则要交给上天，由他老人家安排，你自己若是命不好，运没到，再陪再送，也是白搭。

将心愿和苦恼说与付良才听，叫他搭桥铺路。官场的人兜兜转转，挪来换去，付良才已经是某局副局长。深思熟虑一番，告诉她，他们局下属的一个设计院，一把手明年可能升职副局长，瞄这个院长位子的人很多，本院就有一个。“你要来，还是有些困难的，因为跨行业了。现在调动、升职，牵扯到人事，都是最难的，得花大价钱。这些，我不说你也懂。”

似一根火柴划亮，罗锦衣心中升起希望，她怀着孤注一掷的决绝说，她愿意为此一搏，二十万拿得下来吗？付良才轻轻一笑，不置可否，那意思是说，你自己掌握吧。他没有表示要从经济上帮她一把，这么大的事，凑点份子的意思，只是愿意给她出主意想办法，躲在幕后谋划。罗锦衣经过一小会儿难过和怨气，也就接受了这个现实，人家不欠你啥，这么多年来，始终支持你，默默帮助你，也就行了。情人处得年头长了，会生出亲情，相互理解与体恤。

局人事处长是付良才的铁哥们儿，先是将他约出来吃饭，付良才将罗锦衣介绍给他认识。罗锦衣叫上了罗锦波。锦波目前是一家大型国企里的科长，也正是急切地想有个上升渠道，觉得每一次应酬，每一个新结识的人，都将是一个机会。姐弟二人，少不了互通有无，相互绑锅干事。锦波年富力强，干劲十足，任何时候，姐姐一声召唤，他立即就来。

包间里只有四人，锦波最年轻，坐在下手，里外招呼，迎接相送。谈得差不多了，罗锦衣直接表明心愿，人事处长将目前局面和政策解答于她，说他只有建议权，没有决定权，这事，还得一把手说了算。头回相见，人家也不可能给你承诺什么。

吃完饭大家出门告别，就像一次平常的小型饭局一样。几天后，罗锦衣给人事处长打电话，说路过这里，顺便来看望。办公室坐了一会儿，说了几句话，包里拿出一个精致小盒子，说是一个小礼物。处长在桌上打开，方不方圆不圆一疙瘩粉红色石头，就着本来的形状，刻了浑圆饱满的荷花，下衬一片荷叶，却不呆笨，而是清新脱俗。两人面对面坐着，又欣赏一番，她见到处长脸上略有笑意，知道礼物送到了心上。付良才告诉她，这位处长的夫人，是一位书法家，那么送这个，正是合适。这也是锦波去办的，姐弟俩对这些完全不懂，头回听到寿山石这个名词，好在锦波有各方面的朋友，想要什么，打几个电话，问几个人，总能在半日内上天入地找来，耍魔术般呈现在你的眼前。罗锦衣曾天真地问付良才，石头有啥好的，那处长夫人，肯定章子多得很了，还需要吗？付良才说，有钱人钱多得很了，还需要吗？不见得章料都要刻章，人家可放在手里把玩，放在桌上欣赏，搁柜子里攒着。就像紫砂壶不见得都用来喝茶，有的人收藏几十把，几百把，没事就摆出来看看，摸摸；一个爱翡翠的富商，专门有一套大房子，堆放他收集来的翡翠，你能问他，这么多了，还需要吗？罗锦衣那乡下妇人的脑袋又显出愚钝了，想不明白，不顶吃不顶穿的玩意儿，要那干啥？直接送钱多得劲。世界真是奇怪，有人爱这，有人好那，人总是想要各种各样的东西，永无餍足。反正，领导喜欢的，可能都是好东西吧。

与人事处长算是接上了头，他在罗锦衣与局长之间，架起一座桥梁，接下来，如是重演，付良才不再出面，人事处长将局长约出，还是四个人，人事处长说罗锦衣是她的拐弯亲戚，组织部那里有人，已经答应给个正处，只是想找个合适位置。局长矜持有度，没有拒绝，也没有答应，只是表示，知道了。下来，还是锦波跑着买东西，更加高级、精致，完全地中看不中用，可能一辈子都派不上用场，只是由别人手里拿回自己家，将它与别的昂贵物什堆积在一起罢了。罗锦衣又单独拜访两次，局长的脸色不再平得像一湖水面，而是泛起了害羞似的微微红光，像被安抚到位的孩子般乖顺，呈现配合姿态。再下来，时间也差不多了，据说设计院院长升职顺利，新职务已经瞄好。这里紧锣密鼓地布局，付良才和人事处长将组织部那边的人找好，路走通，要在将来的某一天正式上会之前，所有工作做通，不能让在场的任何一位领导说，罗锦衣，不认识啊！领导怎能同意提拔一个不认识，没听说过的人呢？虽然离那个正式的时间还远，就像打游戏一样，隔着好几个关口，也或许，那局面压根就不会出现，但罗锦衣和罗锦波已经向那个目标进发了，弟弟像姐姐一样，全力以赴，有罗锦衣不便出面的地方，全是锦波打理。

罗锦衣还专程路过了一次设计院，在马路对面，站着看那个半古不古建筑风格的三层小楼。院子不大，车进车出，有些局促，半古不古的风格只是门脸，办公楼长着向院子后面延伸，里面别有洞天，有后花园、停车场也不一定。门脸前空地上疏于料理，花坛，树木，都是很随意的样子，披着一层土，显得蓬蓬乱乱，显然是领导的心不在这里了，去往更好更高的地方，正处于宁可啥也不做也不要出问题的时候，而另一个单位的副职，却对这里心向往之。理想总在别处，每个人都心心念念于另外一个地方，要去过别人的生活。罗锦衣设想着有一天，她进驻这个小院，成为这里的主人。有人进出那个院子，都是对一切熟视无睹的淡漠，有的低着头，想自己的心事；一个穿牛仔裤的年轻人高昂着脑袋，自己很帅很了不起的感觉，好像要出门去干什么伟大事业一样，对这个每月给自己发工资的地方，很是不耐烦不稀罕。罗锦衣想象自己打扮一新，白白亮亮，香气袭人，像一道光，由门口闪过。她的车开进的时候，门卫立起身，目送着她，隔着玻璃贴膜，揣摩领导今天是高兴还是不高兴，由此全院上下的人猜测研究，今天找领导请示、签字，顺还是不顺。时光啊，总也不能跳到未来的某一天，哪怕是闪现一下，好让我们知晓事情会有一个什么样的结果。

凡事都不是一帆风顺，也或许半路杀出好几个竞争者，也许设计院的一把手升职路上遇阻，这都难说。罗锦衣的一个熟人，去年就说要扶正，据说会上都通过了，就差发文了，所有熟人都知道了，也都祝贺过了，却无缘无故搁浅，再无下文。

生命是螺旋式上升。罗锦衣又回到多年前，那种渴望改变命运的强烈意愿，像打气筒一样，将她充实起来，眼前这个急于摆脱的单位和位置，变得一无是处，天天还要来上班，简直水深火热，完全忘了多年前向往它时的心情。那时觉得，只要是省城，不拘啥单位，先让她有个落脚点就中。

任何话题，都指向仕途，指向离开，夜里的梦，都有着充分的意象。她要去武汉，得从长江大桥抵达。桥的样子跟她小时候家里堂屋贴的一幅画《武汉长江大桥》一样。她现在踏上了长江大桥，桥的两边有很多小房子，烟云一般，而桥的那头，隐在雾中，她向前走去，微微有点头晕，她扶着桥边的栏杆，看到桥下的江面，水并不大，跟北舞渡的沙河水差不多，再向前走，水面结束，桥下一个狭谷，有高铁一闪而过，旁边还有公路，上面有汽车跑过，山谷里无尽绿意，这一切都被雾气所笼罩，美丽的世界在她脚下。她终于过了长江大桥，胜利抵达武汉。她要在武汉找一个剧院，问了几个人，人们给她指的路线都不一样，而她身陷一片破旧房屋之间，由曲折的小路引领，向远处那个辉煌的剧院走去。那里的剧目马上就要开演了。凭感觉这是一个吉祥的梦，她一到办公室就上网查周公解梦，果然好梦。过几天，梦见一个黄土墙的院子，据说一个村子的人，都住在这个院子里，只有一道窄门，供所有人进出。院子里没有一棵树，满眼皆是黄尘。一只洁白的猫，眼睛很大，无声走来，与她对视，她看到猫的眼睛放大放大，世界只有两只瞳孔，里面映射出几十种颜色，一点点向她逼近过来，那些色彩，张开如羽的翅膀，覆盖了她，她迷路了。那猫对着她诡秘一笑，千娇百媚，扭了一下腰身，屁股对着她，尾巴扫在她脸上，麻酥酥，温柔，美妙。她喝了迷魂汤一般，跟着它走，猫所过之处，尘土腾起，随风飞扬，诡谲起舞，看不清眼前景物，她跟着那只猫走来绕去，始终走不出那个巨大的院子。第二天立即又上网查，众说纷纭。再过几天，梦到下雨天，她找来两把伞，和宝珠一人一个，打开时发现伞是坏的，只是一根棍顶着个破布片，没有伞骨，无法撑起，而她和宝珠站在雨地里。查都不用查，这个梦不吉利。再有一天，梦到个孩子。啊，有小人作怪，躲在哪里使绊子？在单位说话慎之又慎，生怕说错一个字，叫小人抓了把柄，拿去大做文章。每晚都做梦，又梦见当年的自己，黑夜里站在铁路边，向着远去的火车张开怀抱。

已经是个㶶色的女人，无法折射这个世界的光彩，再不能抱任何幻想，哪个人会因着喜爱和温情，伸手帮她。人生变成一场竞技和交易，所有温情面纱被揭开，斤斤两两都要算清。那些优质男人，风光无限，却爱着别的女人，再也不觊觎她不骚扰她，甚至不会多看她一眼。他们过着自己成功的日子，想不到这世上还有一个叫罗锦衣的女人，怀着对美好生活热烈的渴望，希望步入他们所在的那个世界，与他们产生一些纠葛发生一些故事，他们飞来飞去，行程满满，开不完的会，讲不完的话，出现在各种高大上的场合，他们与妻儿相聚，和情人幽会，这一切，与她罗锦衣，没有半点关系，再没有人，将她纳入自己的生活与行程，哪怕是某一天、某一刻的情绪牵涉。

世界满眼望去写着你的想要想要想要，而全部的回复都是不成不成不成。出家门，按了电梯，两个都刚刚向下跑去，争相逃离，数字一闪一闪，交流着对她的嘲讽。她立即感到不妙。其中一个心软，到了十八楼，似乎想了一想，改变主意，掉头向上来，迎接她了，她心里一暖，觉得又是一个吉兆。可是，过她的二十五楼却不停，继续向上。原来是要先接上面的人。啊，什么意思，难道有人要抢先摘取，捷足先登？那个设计院一把手，不会不走吧，不会出什么问题吧？他与情人幽会被偷拍，他妻子巨额消费被查出，甚至他乘飞机失态打了空姐？每个小事都会引出大祸，却原来，我的命运，也是由那个人决定的，那个人的命运，却是由压根不知道在哪里，罗锦衣压根不认识的人决定。期望他，一切顺利。电梯在顶层停了一会儿，又下来，为她开启，宽容为怀，吸纳了她。我们每个人都在赶路赶车，都在搭乘电梯，都在一个大传送带上向前走去，但愿仁慈的生活，给我们每人一个位置，让所有人得偿所愿。生活啊，让我顺利过了这一关，我会好好报答你的，我要始终歌颂你。电梯里有一对男女，三十多岁，粗粗拉拉，正在无所顾忌地说话，丝毫不因进来一个人有所收敛。她走进去，站在一角，给二人一个后背，面对镜子，向那张心事重重的脸轻轻叹口气。狭窄空间里有那二人制造出的热烈气息，女的突然说，想吃椒麻鸡。男的说，这会儿到哪儿吃去，再过几天吧，母亲节，把我妈叫上，咱一起去吃。我的老天，吃个椒麻鸡还要等到过节，那不是分分钟的事情吗？女的惊呼，语气里有着撒娇的蛮横，当这小小电梯间是她家一样。一个女人，只有一直被宠爱着，才会用这种口气说话。男的说，可是，哪儿有呢。女的说，到处都是，我前天在南边那个路口都看到了。男的说，中中中吃吃吃。

罗锦衣背对着他们，从镜子里，看到那女人的侧影，高高壮壮的直白个头，穿衣宽松，少有曲线，好似她不需要曲线，不屑于曲线，从小到大，好吃好喝养育出来的丰硕成果，简洁明了，除了吃喝快活，不愿再想别的事情。那男人在罗锦衣的身后，从镜子里几乎看不到。罗锦衣怀着一种对二人的轻蔑和自己长远无边的忧伤，固执地给他们一个后背，哼，你们也就只配吃个椒麻鸡，你们的生活就只有椒麻鸡。这二人没有在电梯里见过，或者是来谁家串门，或者刚租住这里，总之他们不像是这个楼上的住户，这个楼上的人，有着比椒麻鸡更为广阔的话题，他们在电梯里保持得体的沉默，有时候脸憋得红红的，也都一声不吭，那些秘密的事情，回到家里小声说。镜子里是一张连自己都不满意的脸，经过半生的奋斗与挣扎，总算过上了自己想要的生活，可是，人也老去，再难吸引任何一个男人，没有一个合适的人任由她这样没心没肺地说，我想吃椒麻鸡，也再没有一个男人愿意全力帮她。当然，是她先对男人失去了欲望，爱情这个问题不再困扰她，她随之对椒麻鸡、麻辣烫、水煮鱼、香辣虾什么的，也都没有了食欲。她只想人生再上一个台阶，在那个位置上，平安过渡，以某单位一把手这个局面来结束她的职业生涯。

电梯门开了，女的两条长腿跨出，昂首阔步前面带路，男的快步跟上，潦草地说，等一下，我去骑电动车。嗯，他们一定是要有一辆电动车的，他们今天就会由电动车载着，风风火火地奔椒麻鸡而去，启动一段幸福而开心的时光，他们压根不会考虑正处副处、几把手、签字权问题。而这个问题目前成了罗锦衣的心病，如果不能实现，那就是人生的失败，全盘失败。啊，一个人，日思夜想地渴望一件事情，去为它努力，奋力抓取，会得不到吗？生活，你真会对我如此无情吗？看到对面走来的人，她会想，他有职务吗？过马路时身边一辆车闪过，她会想，公车还是私车，车里的人，啥单位的，几把手呢？

心情不好，办公室里坐不下，待不住，关着门，不愿出去，也不愿谁来敲门说事，不想让同事看出来她有心事，更不想大家都坐在会议室里开会。她不愿与这些人为伍了，她只想离开他们。不如街上转转。离单位不远的地方，一家小服装店，卖一些廉价的仿制品牌，猛一看去挺漂亮挺时髦，跟大牌也挺像的，拿到手里细看，总会有一些险恶的低劣，穿几回，洗一水，露出低档货的本色。按说不适合她这个年龄和地位的女人，可总是想进去看看，摸摸，一屋子色彩斑斓，喧喧闹闹地陈列着，总觉得能淘到满意的一件，和其他衣服配着穿，别人可能看不出来。虽然买过了常常后悔，发誓再不进这种路边小店，可还是忍不住走上台阶，推开沉重的玻璃门。

店员是两个五十岁上下的女人，轮换上班，一个白白胖胖，一个高高瘦瘦，是企业里下了岗或提前退休的女人，涂脂抹粉，穿戴年轻人的衣服，反正店里这么多衣服，想穿哪件都行。她们都与罗锦衣认识，平日里一见她推门就打招呼，可今天那个白白胖胖正在接待另一位顾客，只顾站在拐角那里，与换衣间的女人隔着布帘说话，用夸奖过罗锦衣皮肤的口气奉承里面的人气质好，刚才那件衣服穿她身上特别好看，非她莫属。罗锦衣站在门口这边，高高的衣架挡住了她，与换衣间那里隔离开来，只闻其声，不见其人。试衣间那女人说："我刚嫁给他的时候，他还是个副处，后来正处，后来副局……"罗锦衣支起耳朵，下面的话竟然听不清，还是那女人省略了没说。罗锦衣的心又被刺痛，哼，还有后来吗？倒是个多大的官？用来在这里卖弄。真要是个大官，你会进这样店来？唉，人家命好，嫁个有官运的男人，咱呢，靠自己吧。又听那女人说，我给他说了，这都是我给你带来的好运气。啊，谁能给我带来好运气，想我在这世上，无所依傍，一路走来，全凭自己拼杀，年轻时候靠身体，现在靠钱开路，靠脸皮去蹭。

罗锦衣转身推开玻璃门，将那好命女人和势利眼店员抛在身后。断绝这一切念想，行吗？从此不再想什么正处、一把手，好好安于现状，做一个知足的人，吃喝玩乐，享受生活，不好吗？我现在啥心都不用操，没有任何压力，就是人家说的逍遥境界：吃菜吃素的，当官当富的。一旦知足，那就是神仙日子，和宝珠比比，和老家那些人相比，已经好上天了，还要怎样呢？不不，人生只有一世，我为什么不争一下，不试一下？有时候，放弃比进取痛苦，止步比迈步还难，那么多人要往上爬，你就是告诉他上面并不怎么样，一样不落地有各种烦恼和风险，他也要亲自上去看看，你就是给他说前面是个火坑悬崖，他也不信，只有跌入里面，方知后悔。反正罗锦衣此时誓死也不愿放手。

当一个人抱有强烈的心愿，那世上一切皆指向这个事情，内心变得脆弱而敏感，容易受伤，要找的人，约不好时间，或者时间约好人家又有别的事情，再推后一天，也是伤害，暗含着拒绝，预示着不顺。落一片树叶，她会觉得它受别的树叶排挤欺负，伤心坠地，花盆里花开了，她会看到那个还没有开就蔫了的，是被别的花抢占了阳光和营养，再无绽放机会了。这个不让她如愿顺利当上正处的世界，在合力欺负她，羞辱她。而她，能不能迸发出力量，最后抗争一回，拼搏一下。人生最后一次机会，快五十岁了——她已经接受这个法律年龄，渐渐忘记了真实年龄——一个女人的最后一次绽放，若抓不住，就安心迎接退休时光吧，像那些粗喉咙大嗓门的女人一样早晨在超市门口排队买便宜货，晚上在绿城广场跳舞。

深呼吸几口，意念中给自己的身体注入一些力量，雄赳赳地走在夏天的路边。梧桐树干脱掉一片片硬壳，露出里面清新的树皮。她停下脚步，仰头向着大树，叹息一声，用手拍了拍，大树岿然不动，就像是命运和现实对她的无视，她眯起眼睛望那树叶，它们密密缀在树上，任由风和季节，决定它们的命运，这树叶，只有半载春秋，它们被春风唤醒，吐绿，绽放自己的全部生命，直到秋风吹来，无奈干枯，大树弃了它们，收缩自身，再一次默默积蓄力量，等待来年春天。而我罗锦衣，何不拼了全力，再向生活搏击一回。她想起从前陪优优看动画片时，一阵激越的音乐过后，奔跑着的少女停下来，挥剑指向天空："我是希瑞，请赐予我力量吧！"我内心里一直有着无穷的力量，挫折让我鼓起勇气，困难让我更有斗志，只要中午能顺利入睡十分钟，就没有什么事能难倒我。没有哪个职务是祖上留给你的，都是要自己打破头去争取，你得到之后，世人会将你丢失的，加倍偿还给你。

她走在路上，想着心事，低头给付良才发短信，不小心走进了自家小区旁边的一个大门，余光觉得不对劲，抬头时，竟然陌生。自嘲地笑笑，想要退出，却见传达室后面的自行车棚门口，一片凌霄花，开得悲愤激烈。她停下来，痴痴地看着，那些花儿，也激昂地面对她，每一个红色小喇叭奋力向上昂头，发誓要夺取胜利的样子，它们纷纷伸向绿叶之外，形成一层红幕，像是一队人马在呐喊。她一下子鼻子发酸，就要落泪了，觉得这些花，正是此时的她。

从那以后，她每天回家之前，都要走进这个院子，看那一簇火红。后来她走近了去，和看自行车的女人拉上了话，她给那女人指了她的家，女人仰起头，眯缝着眼，感叹道，天爷呀，住那么高的地方，害不害怕。她说，在家里待着，就是家的感觉，考虑不到高低的问题，不信，你哪天去我家试试。

那女人告诉她，自己几年前因表妹的关系，从老家来这里看车棚，就种下了这个花，当时是为了遮个阴凉，不让她的门口光秃秃的。她看自行车，工资只有六百块，可是一间小屋，是夫妻俩容身之地，丈夫蹬三轮拉货，早出晚归，她困守这里，等于是免去了租房的钱。家里俩孩子，一个在本市上大专，另一个在老家上高中。罗锦衣有一次来时，见到了他们的女儿，亲热地叫她阿姨，后来，她又见到这个家庭的男主人，敦实的个子，皮肤晒成褐色。一家人或许是因为善良的本性，或许是精明的心计，对罗锦衣格外亲热，他们似乎看出，这女人像是多多少少有一点职务。一个傍晚，一家三口都在，包了饺子，母女俩拉住罗锦衣不叫走，非要让她在这儿吃饺子。她客气地说，要回家给小孩爸爸做饭。女主人说，你在这儿吃了，给他带回去，再谦让。女主人说，你是不是嫌我这儿脏。只好留下。罗锦衣没来由地觉得，那饺子肯定好吃，她胃里突然蠕动，感到饿了，便也洗了手，坐下来包饺子。女人咯噔咯噔擀皮，罗锦衣和他们的女儿包，男人在一边，收拾自己的三轮车，几个人有一搭没一搭地说话。小小车棚被院墙和楼房夹着，晒不到太阳，就比外面凉快一点，地面洒了水，被女主人扫得净净的，散发着清凉的土地的气息。他们的一间房子，在车棚里用一坯薄砖隔出来，大约有七八平方米，放下一床、一桌、一柜，还有一个不知哪里办公室丢弃的半成新的黑沙发，而做饭的家什和一些不值钱的家当，都在车棚里面紧贴小屋的地方。其实，这个近一百平方米的自行车棚，都是他们的家园，男主人那辆劳苦功高的三轮车，每晚停在这里，车里放着几根绳子，两张破毯。罗锦衣突然觉得，这里悠闲而温馨，好像比她几十米外那个一百五十平方米的家里，也不逊色。人在哪里，不都是图个平顺与安心吗？自己当年若是不能转正，后来清理了民办教师，说不定也和这女人一样，到城里来打个工，能有这样的栖息之所，也是好的。人的命运，真不知道在哪里会有转折，也不知是谁的手操纵着这一切，而现在这双大手，将如何安置自己。好像这一家三口，也理解并接纳了她的不安，与她成为同盟，盼望她的事情早日成功。虽然她不能明说，但觉得她们那么理解她，巴望着她一切顺利，所有话题都顺着她说。饺子很快下好，他们的女儿双手端过来，放在她眼前的小方桌上，又拿小碟，盛了调料水端来。现在她知道了，这女孩子叫杜小荣，学的物流管理，明年大专毕业。

人在特殊时期，别人的一点好意和温存，都显得珍贵，在她忧伤焦虑无法言说的时候，这家人如此高看她，跟她的亲人差不多了，她已经在心里决定，明年会帮助杜小荣找工作，如果她的理想实现，那么设计院院长，安排一个工作，也不是什么事；若是这男人的三轮车被市容收走，她会通过关系要回来；如果这女人自行车看不成，就让她到自己家做家务，每月给她开工资。总之，命运之神啊，你让我过了这一关吧，我会加倍回报于你，天天歌颂你。饺子确实很香，她刚吃完，女主人真的拿塑料饭盒给她结结实实装了一盒，叫她带回家。她推让几番，说孩子在学校住周末才回，丈夫晚上吃很少的，十来个就中。可是拗不过三人，只好拿走了。

第二天，她来还饭盒，提着一袋子自己的衣服，送给车棚女主人。车棚女人开始叫她姐。下次再来时，见那女人穿着她的那件米黄色薄毛连衣裙，就是在那个路边小店买的，压根不是毛的，穿了几天洗了一回，就起了球失了形，再也不想要。

你什么时候来到，凌霄花都是一片火红，藤蔓还在生长，新的花苞源源不断地冒出，你方开罢我登场，好像永远没有尽头，定要充分燃烧了自己，整个夏天都是它的花期，夏天过了它还在开。有一天下午突降大雨，伴着狂风，罗锦衣想，那些花儿，都打落在地了吧。下午一下班，她就去看那些凌霄花，进门就见一地落红，枝上只留几朵，走过去，看到那些花儿，绸缎片一样，软绵绵躺在地上，沾着水珠泥点子。车棚女人说，落了一层，明天又会冒出一片。罗锦衣向枝上看去，一嘟噜一串串，更多的花苞伸展在枝头，大的已经绽露红色，小的还是嫩绿，全都斗志昂扬的样子，伸着不屈的小脑袋。第二天下午下班再来，又是一片艳红。罗锦衣有一个感觉，她的事情，或许会成功，否则，命运为何要让她遇见这一树不屈不挠的凌霄花，还有这一家永远对她笑脸相迎的人。

窗外的西天，夏日雨后的云朵排成一团一团的队伍，壮丽地向南而去。这是上天给她的暗语吗？命运只在某一个时刻露出笑容，而她，只能等待，等待，当焦虑涌上心头，她劝解自己，一条条将不利因素否定掉。西窗看去，晚霞灿烂，云朵涌动，夕阳壮观辉煌。云只是这样岁岁年年地呈现，不同的人，看出是不同的寓意，而此刻罗锦衣认为，这云朵给她带来好消息。有一个周六上午，她竟然看到南天一片彩云，忙叫优优来看，等优优从房间出来，走到阳台上，却消失了，只是瞬间的事，赶忙看表，十一点十六分，又奔去看日历，阴历的初六，不由得拍手欢喜，于是一天心情舒畅。

付良才也是真心相助，随时提供内部信息，锦波像办自己的事一样经心，夫妻俩从银行里取了钱，双双上门，拿来给姐用。几个人合力，精心布局，向着那个目标奋进，悉心织好每一个网扣，毕其功于一役，打一场攻坚战。除了智慧、痴迷、敢于出血，还要有足够的耐心，告诉自己，事情正在按部就班地向前走，有时候，没有消息就是好消息，不给你答复，就是答复，只要没有人明确告诉你，这事办不成，那就是能办。这个世界不是因你而存在，你必须按照它的节拍行走，刀架脖子上，也不能出声，火烧脚后跟，得少安毋躁，不舍一身剐，哪来好前程。

终于，公示文件出来。成了百分之九十。同事都来道贺，罗锦衣表面上淡然，笑笑而已，内里仍然提心吊胆，告诉自己，稳住，稳住，不能表现得那么高兴离开他们。有时候，事情的九成也还是相当于零，只有百分之百才是最后的成功。更多话题不能说，不敢问，好像一不小心就碰破了，肥皂泡一样噗的一声，没有了。小心翼翼地审视每一个细节，揪心几下，从头到尾过滤一回，又劝自己，没事的，一切就绪，就像河水流淌，总要流到下一个站点。只有下了正式任命文件，只有上级领导带她去设计院，当着全院六十多名职工的面宣读文件，才算铁板钉钉。而现在，她还是流水线上的零件，越到最后越要谨慎，乖乖排好队，由着传送带的运送，咯噔，咯噔，向前移动，每个工位上插个零件，膏点油，渐渐把那复杂的电路板安装好，一步步抵达你该去的终点。千难万险地走到今天，现在只差最后一步。那公示文件上，写着好几个人的名字，谁谁谁拟任什么职，简洁明了，没有任何感情色彩，但对这几个人来说，那是一张浓情蜜意的公文纸，抬头的那行红色字，是他们每个人的鲜血。

好像有谁将这些日子从一生中的那么多天里拎了出来，悬挂头顶。罗锦衣在台历上，将几个日期画了圈，没有写任何文字，只她自己知道，这些日子代表着什么。不由想起从前的一个又一个关口，每一个都是那么惊险，激动，在没有切实将那个东西抓到手的时候，一日不得安宁。

盖着大红章的市委组织部《关于杜向前等同志任职的决定》正式下发，其中的一行清清楚楚写着：罗锦衣同志拟任某某设计院院长，试用期一年。轻轻一纸，像个熨斗将她皱褶的身心熨得光光展展。罗锦衣复印了几份文件，带回家中，珍藏起来。

久久在阳台踱步，像个要跳楼自杀的人那样，痴望茫茫都市。高楼顶上的防撞灯红点明灭，像星光样一闪一闪。曾经，她对这城市的万家灯火崇拜而神往。那一个又一个窗口，都是什么样的人住在里面呢？住进城市楼房里的人，再也不会有啥烦恼了吧。

所有的城市夜景都很相像，随便一个内地省会城市，摽着劲地跟上海、香港无限接近，高楼像竹林般耸立。竹笋在短暂的春天里要拼命长高，几天内蹿到跟竹林同样的高度，否则它够不到阳光，就会死去。它必须先占领高度，抢到阳光份额，然后再慢慢加粗自己。这是付良才告诉她的。那是他们一起去南方开会，在一个新兴的风景名胜，竹林像树林一样，电影中的人，在竹尖上打斗翻滚、行走如飞。世界也是一个竞技场，每个人都在拼力往上蹿，否则你的阳光就会被别人夺去。他说。而她，是那个奋力生长的竹笋，终于长上来了，和别的竹子一样，平分太阳的光辉。

都市在她脚下，呈现出辉煌与热烈，像要发出燃烧的声音，只要窗户打开，她一定能听到那喧闹之声，是臣民向她这个女皇欢呼，如当年的小学生在讲台下面哗哗哗拍巴掌，众多赞美与渴望的面庞，仰视着她。东南方一轮将圆的月亮，明媚高悬，是一个仁慈的面庞。命运的笑脸，再次向她绽放。

今夜的月亮，只为她一人升起。

夜又深一些，灯光更加细碎，神秘地闪烁，是欲望的倾吐，丝丝缕缕，堆积加码，葡萄串一般繁密丰硕了。

深夜是都市发情的时刻，繁殖出星星点点的渴望。

脑子里有无数小鞭炮炸响，她无法让自己平静，甚至不能坐下来，只能在屋里走来走去。关着的电视是一面镜子，她站在跟前，自己拿嘴伴奏，乱跳了一阵自编的舞蹈，脑子更加欢腾。她想，或许洗个澡会好一些。

浴缸在主卫的窗下。她不开灯，也不放下百叶窗，站在浴缸里，看着脚下茫茫都市，水花落下，灯火迷离，她融化在命运恩赐的成功之中。

最早最早的时候，这个世界，一定是女人生出来的。所有的繁华与美梦，从女人的生殖器里，驳牛犊一般，咕噜一个，咕噜一个，带着血水和污秽，娩出来，驳出来。神话里说女娲用泥捏出了人，那是中国人含蓄，不好意思直说，这个世界是由女娲她老人家的生殖器里产出来的。她没有亲自生过，可她见过生产：驳牛犊。母牛经过一番痛苦的挣扎，感觉时机已到，前腿站起，拼了最大的力气，将一团血肉排出体外，这就是“驳”了，老家人说话真形象。她看见掉到地面铺好的灰堆里那团血水包裹的小牛，动弹一会儿，试图站起，可它的腿细细的，软软的，没有力气，小身子晃呀晃，身上的羊水、黏膜哩哩啦啦向下流去。不知是它被自己身上淌下来的东西滑倒了，还是它的力量不够，它颤抖着，又跌到地上。它努力地昂起头，再次蹬着前腿，试图站起来。小小的罗锦衣，心都揪紧了。啊，小牛太可怜了，怎么刚生下来就要走路呢？大人说，牲口都是这样。那只小牛，早已老死了吧？

正处，作为一个农村走出来的女人，一穷二白，没有帮衬可依，全靠自己奋斗，抓在手里的这一切，值了。看来，那老妇人，说得很准，她是有福之人，必将出人头地，她是夏天的虎，早上的虎，总有肉吃，吃得饱，吃得壮；宝珠是冬天的虎，晚上的虎，万物冬眠，黑灯瞎火，找不到小动物，忍饥受饿，空腹而眠。

她顶着院长这个陌生而新奇的头衔，站在窗前的水花里，反复冲洗自己的身体，感受那些逐渐松弛与老化的部位，腹部那里堆积了雄厚的脂肪。她心底升起一股悲壮。脚下的夜色更加辉煌，变得浓稠甜蜜，如广告里融化为绸带的巧克力，河水般流动，缠绕着那个鬼魅的外国女郎。

前几年搬新家时，她就买了一个大浴缸，之前她一直觉得，有浴缸的生活才叫幸福生活。可是她终于明白，真实的洗澡，跟电影电视里演的不同。哪里有时间有心情泡在里面，也不会弄一大片泡沫盖住自己，一般是站着冲洗一番了事。

有些灯光闪亮了，有些灯光熄灭了，有些灯光变换了颜色，玻璃窗上蒙了水汽，灯火璀璨的都市一点点融化了，消失了，她想起另一个广告：一个梦想，两个梦想……亿万个梦想。每个水雾笼罩的灯光就是一个梦想。不是每一个梦想都能实现，只有那少数幸运者，被上天所宠爱和眷顾。这走向衰败的肉体，因一个心满意足了的职位，而被拯救和托举，赦免于羞愧。

今夜无人入眠。哪里传来歌声？还是压根没有，只是她在水花中有了幻觉？她常常在洗澡的时候出现幻听，水龙头一开，就听到电话铃响，关掉水花，向着卫生间门口伸头细听，没有，再一打开，铃声又起。

今夜，起码她是无眠的。

脑子里的小鞭炮，前赴后继地炸裂，这么多水花都浇不灭。睡意远远跑开了。她用手捧住自己发烫的面孔，用力将水抹去。白天的热力慢慢消散，灯火更加迷离。已经立秋，酷热因蹦跶不了几天而变得珍贵。拉开一点窗缝，头探出去，感到凉风拂面，喜庆而又平静，安宁地俯视这个世界，庞大的都市，所有的灯光，都为她点亮，城市之外，无边无际的，黑夜之中的平原，也在为她默默祝福。

她拿下花洒头，坐在浴缸边上，分开双腿冲洗。她再次产生幻觉，窗外那无边夜色里的一切，是她生出来的，娩出来的。小牛真可怜，生下来，也没人给洗洗，就那样黏糊糊，由母牛一点点舔它。擦净身上的水，迈出浴缸，一个新的罗锦衣诞生了。

仍然不开灯。屋子里找到吊带睡衣，套到身上，再到阳台，从夹子上取下内裤，交替着单腿独立穿上。祝新生的三姑死了，他这个娘家侄儿是重要人物，必得立即奔回老家去，顶着重孝坐在姑家堂屋里，商议有关丧葬的重大事体。本是要她也一起回的，家族里这些重要事情，都是夫妻俩一起出现的，可她说最近几天特殊时期，不能离开，要守在这里随时听候召唤谈话。

如在梦中，她一时恍惚，不知道自己是在哪里了。幸福就是这样吗？当它来临的时候，并没有想象中的热烈而喧嚣。也不好跟谁交流，只给祝新生发去短信：OK了。

今夜无人入眠。歌声似有若无。打开所有的窗，夏夜的凉风灌进来，客厅通向阳台的门口，纱绸窗帘鼓起一个大包，就要像气球一样舞动在客厅里，鼓胀到极致，持续了一下，又缓缓消散，轻轻摆动，像舞台上的幕布。接了祝新生的电话，听他报告了丧事进展情况，三姑明天出殡，写了四班响器，明日里要有一拼。她一个人在几间房子走来走去，在哪里都无法停留，对着电视机黑屏，看那个激动的女人也扭搭够了，脚板微微地疼。终于，她仰卧在客厅沙发上，发出几声类似于小孩子的咯咯咯的笑。

“我爱你中国，我爱你中国……”此时的心情，宏大而抒情，雄伟而辽阔，最适合这首歌，她变作一只矫健的大鸟，飞翔在蓝天之上，脚下是大好河山，她张大嘴巴，吞进了大口的风，是一个产生轰鸣效果的鸟儿，轻轻晃着脑袋，嘴唇颤抖，成为O形，使用美声唱法。她愿对仁慈而美好的生活，无尽地歌唱，她是生活合格的女儿，众生之尖精，她经受了一次次考验与洗礼，百折不回，跋山涉水，也算是女中豪杰吧，也称得上青松气质，红梅品格吧，现在她来到山巅，俯视蓬勃的秧苗，金黄的硕果。“呀儿哟，呀儿哟吼，呀儿哟，呀儿呀儿哟嗨，我们的家乡，在希望的田野上……”突然由一只雄鹰化作百灵鸟，变换另一个声音，欢快到有些轻佻，从空中俯瞰变成脚踩大地，从高瞻远瞩变为欢快跳动，泉水般流淌。词是记不全的，那些炊烟、小河、村庄、高粱、冬麦、播种、打场，临时被她安插，逮住哪个唱哪个，管他呢，总之都是丰收，一派繁忙景象。泥土变得华丽和欢乐，乡村成为人生的装饰，为了受人歌颂而存在。只有离开了田野，不在其中的人，才有闲情逸致歌唱她，那些世世代代在这田野上劳动的人，是不会有心情这样唱的。啊，当年她和宝珠走在回家的路上，她那么恨这田野！可大地厚实无边，承接她的眼泪和疼痛，一直默默无语，注视她离开的脚步越走越远，终于等到她回头再来爱她。而此刻成功了的罗锦衣，要让她登台唱这首歌，必定是情真意切，为什么我的眼里常含泪水，因为我对这土地爱得深沉，热泪滚滚也不一定呢。啊啊如此美好的生活，快意的人生，怎能叫我不歌唱。“甜蜜的工作甜蜜的工作，无限好啰喂，甜蜜的歌儿甜蜜的歌儿飞满天啰喂，工业农业实现四个现代化啰喂，我们的明天我们的明天比呀比蜜甜喽，明天——明天——明天——比蜜甜”，“一树红花照碧海，一团火焰出水来，珊瑚树红春常在，风波浪里把花开”，当年在小城，红五月演唱会，她被教育局抽去，排练过这首歌，那次比赛，教育局得了二等奖，给每人发了一条全棉双人床单，而那条裹在身上只用几只别针别了两小时的紫罗兰色裙子料，送给了她妈，让做件上衣。她妈嫌太鲜亮，锁进柜子里。第二年舅家儿子结婚，拿去送给新媳妇，支应了件门事。这首歌，她是能唱出专业感的，跨过十几年的光阴，她自己承担几个声部，手软绵绵举起，深情打着拍子，真真唱出了“云里雾里放光彩，风吹浪打花常开”的人生境界，然后她的手反方向搭在沙发靠背上，好像要随时撑着起身，但终于没有起来，不用起了，一醉同销万古愁，她今夜就要与沙发连为一体，歌唱到天明。“在我忧伤的时候，是你给我安慰，在我欢乐的时候，你使我生活充满光辉，啊……啊……玫瑰”，是的，那枝玫瑰，正拿在一代女神谢芳的手里，她长发披散，穿着破烂，双目炯炯，阶梯上走下来，废墟边独徘徊。那时候没有整容术，女演员的美都是货真价实，谢芳演一个装疯的女人，被生活折磨成融化的巧克力，稀薄得透明的丝绸，让人心痛而又羡慕。那时人们还不好意思直接面对忧伤、欢乐，甚至玫瑰这样的词，生活中从不使用的，仿佛它们是欲望、是自我的代名词，提起来令人羞耻，借着书本和银幕上说出，神秘而又美妙。罗锦衣年轻时常常羡慕银幕上那些痛苦、失败的人，就连他们的伤痛破碎，也是人生的锦绣画卷，流泪也是特写镜头，都是用来让人追慕的。“兴亡谁人定啊啊，离合总关情哪啊，担当生前事，何计身后评……”下来一句高音“长江有意化作泪，长江有情起歌声”，她感到眼角一道水流，滑向耳畔，幸福而温暖的洪流，将她拥抱，沙发靠背上那只手移下来，觉得为自己拭去泪水的是慈母之手。她是一只杜鹃，停不下来，只能这样一直唱下去，唱到啼血为止。像是歌曲串烧，想起哪个唱哪个，拉住哪句是哪句，中间的过渡与衔接，基本无缝对接，不知不觉间，已经到了另一首歌。还是老歌深入人心，这样激动人心荡气回肠的历史时刻，那些新歌，格局太小，挤眉弄眼，真不好使。从“东方之珠，我的爱人”，轻轻走向“残雪消融，溪流淙淙，独木桥自横”，换一口气，又是“想给远方的姑娘写封信，可是没有邮递员来传情”，那么，最好是“马铃儿响来哟玉鸟唱，我和阿诗玛回家乡”，“马儿哎，你慢些跑你慢些跑哎，我要把这美丽的景色看个够看个够”。力气都快用完了，最后轻轻吟唱“盼哥盼得春常在，盼哥回村报冤仇，噢——噢——噢——噢——噢——噢——盼哥回村报冤仇……”终于有一丝洁净而柔美的疲倦，像天鹅绒一样，从天花板掉落在她的身上，轻轻盖住了她。

第十三章　小健

有那么一两年，罗锦衣幸福而知足，随着万物众生，紧贴大地，温顺转动，她感到春天来临，花儿开放，她忆起多年前在课堂上带领孩子们念书时深情地说，春天来了，这句话有着多么动人的力量；她感激迎面吹来的风，细致柔软，绸缎般地抚摩着她；夏天吃西瓜时，她觉得大自然太慷慨了，一颗小籽种下去，就结出几个这么大的西瓜，是什么让它们如此甜蜜而水分充足；秋天，闻到桂花的香气，悟出生命的深情，感动得快要落泪；看到路边小摊上兢兢业业的小贩，看到干果店女人，看到切面条女人，她心里充满怜惜，总是走过去照顾人家的生意；她想起宝珠，想起上次见面，宝珠脸上已经有干枯的纹路。

她真的给车棚女儿杜小荣找了工作，在她的设计院办公室当文员。她没有收这家人一分钱，也没有等他们开口来求，而是她主动说起，她就是想帮他们，叫他们感受到一些人间真情。她成了看车女人一家的贵人，时常被请到车棚那里吃一顿饺子。夏天里，她来得更勤，就是为看那些凌霄花。

说不清是哪一天，曾经满心热望的东西变作了理所当然，就像女人买衣服一样，没有买时，那件最好，日思夜想，心向往之，一旦入手，立即贬值，看出它各种不如意。她在设计院一把手位置上稳坐了两年，得出一个结论：哪个位置都有麻烦，不是这问题就是那烦恼。不由得又将目光转向副局长。一旦这个想法在内心闪过，她自己都吓了一跳，就像有个魔鬼附体，眼前所有一切全部平淡无奇，只有副局是世上最好。安定祥和的气氛消失，世界又变成一个竞技场，需要她去争夺，去奋斗。她想，努力一把，不是没有可能的。作为处级女干部五十五岁就得退，上到副局的话，就可干到六十岁，生命价值，又延长几年。啊，天地良心，她之前确实没有想过局级。是谁让我们一步一步看向更高的目标，带来更多的烦恼。得到了一个东西，并非万事大吉，而是新问题与新烦恼的开始。

这需要她跟付良才把关系搞好，相爱到底。她无论是从感情上，还是功利上，都需要他。

当年井底之蛙，竟然觉得，只要当个公办老师，吃上商品粮，就是人生最大的成功。如今，多少台阶上来，世界越来越宽，内心的窟窿却越来越大。她在心中向当年的自己默默注视，生出万分疼惜，连带着想念宝珠，宝珠的内心，该是怎样安静而纯洁的世界，生活没有向她打开第一扇大门，后面一层一层的风景，她都无缘体验，而自己呢，生活之门次第开，景致排队来，她是个好奇而憨胆大的孩子，在每一扇门前，鼓足勇气，酝酿力量，推开了它。

年轻时候，挨着枕头就睡，可现在，入睡，成了最难办的事。关严门窗，拉紧厚窗帘，不要一点光，没有一点声，脑子倒比白天更兴奋了，千军万马奔腾而来，喧嚣不止，天地万物任驰骋，是真人真景的话，早也累瘫了，却仍然不知疲倦，在脑中来回翻腾。全世界都睡去了，她却一直清醒。躺着一两个小时，两三个小时，肉体静着，心里闹着。蒙眬刚有了睡意，却又有尿意，两种力量在较量，终于，后者占据上风，必得起身去卫生间，只尿出一点，回来后躺下，等待睡意再次光临。几十分钟后，就像是恶作剧一般，睡意和尿意再次同时抵达，抗衡之下，后者又占上风。抱着一种自毁心理，再次起身去卫生间。和祝新生已经不睡一张床，不睡一个房间，这间带卫生间的主卧室，让给她这个家庭女王，这张两万多元买来的大床，竟然不能营造良好睡眠。她掀开被子起身的动作，有点愤怒，有些毁灭，向着夜晚发问：就算一夜不睡，又能怎样？不用开灯，也能轻车熟路走到卫生间。用哗啦的愤怒水声，冲去等待好久才降落的几滴尿液，在水箱呼呼的进水声中，走出卫生间，看到刚刚掀起来堆着的被子，恰像一个人躺在那里。她会站在床头看上一会儿。一个人，永远不能同时看到自己躺在那里睡觉的样子，也永远不能回到多年前，拉自己一把，看来人的力量毕竟有限，连这样一件小事都不能做到。如此反复几回，经过漫漫征程，跋涉千山万水，一阵阵忽悠悠麻酥酥的感觉降临，一下，一下，再一下，飘浮而来，身体在下沉，下沉，降到一个神秘的谷底，终于抵达睡眠女神的身边，闻到她的气息，投入她的怀抱，似乎刚搂住亲了个嘴，突然被推开。只是眯着了几十分钟，也或者两个小时，又醒了。房间里发出淡蓝色的光。全世界只有她一个人醒着。如果拉开窗帘，能看到星星在天上走。干脆起来，各个屋子巡视一番，四室两厅的家里，只有两个分居而睡的半百之人。祝新生没心没肺，在属于他的那张床上呼呼睡着，显得那么纯真乖顺；周末时候，优优在她的小床上，入睡的少女，就像一个仙子，房间里都有一种甜美的气息。优优现在对她的问候语常常是：睡着了没？她想进入随便哪个人的房间，坐在床边看看，摸摸，好好研究一下，一个人，怎么能睡得这么香，又怕他俩突然醒来，会吓一跳。孩子睡得好，倒也罢了，正长身体，可祝新生也能随时睡着，真是佩服，吃完中午饭，哪怕是坐在一只小凳子上，电视吵着，都能睡着，头这样一歪，那样一倒，再向前一栽，像大风中的一棵葱，脑袋快要掉下来似的，晚上说一声要睡觉，躺下不足五分钟，就能打起鼾声。而她，一个绝经女人，体内器官慢慢收缩，可能成了皱核桃吧，世界变得冷漠迟缓，入个睡都如此矫情。

每个男女都在斤斤两两地计较，到处皆是混浊思忖的目光，好像要爱上一个异性成了艰难的工程，全不记得当年，只需一眼就完成的事。下坠。希望，激情，一切都在下坠，看不见的脏器在萎缩，决定了看得见的面庞和躯体一日日松弛。世界在下沉，沉至灰暗色调。

夜深人静的时候，躺在床上，听到门外电梯说，二十五楼到了，她有一种被保护感。电梯里永远明亮亮的，没有人按的时候，它们一个停在一楼，一个停在十五楼，随时听候人们调遣。门卫室永远有人值守，进楼门要拿门禁卡扫一下。毫无问题，她已经是个真正的城里人，并且是城市里的中上等人，越来越多的门，她能推开，自由出入。只是青春不再，生命中最宝贵的东西已经流失。夜半醒来，最先感到的是身体的松弛，简直不敢相信这是她的肉体。不是一直年轻吗，一直有力量吗，永远有奋斗的热望和攀升的恒心吗？怎么就变成这样了呢？人生几多搬迁，从最早乡村学校的小屋，到县城的平房，再到小城市的楼房、大城市的高层，床铺也几回更改，木质、样式越来越高级精细，直将一个紧绷绷欲望奔腾的身体，躺成了稀稀松松煎饼一样摊开只求顺利入睡的肉身。

夜夜有梦，常常回到从前，二十四岁的她，在田野里走，走着走着迷路了，不知道该往哪里去；走着走着脚下土地松软，变成沼泽，她的身体一点点往下陷；走着走着飞起来了，飞过村庄飞向城市，地面的人越来越小，她看到房顶和树尖，道路变成一根细绳，飞着飞着突然掉落下来，赶忙睁开眼睛……每一天醒来，都觉得自己松动了一些。脸上的每一处都不可救药地向下走去，乳房也日渐缩小，稀薄。从前，捏自己屁股那里的肉，厚墩墩，瓷实实，抓不透，不知从哪一天，它们走上一条稀松之路。她总是不能接受这个现实，摸着自己松软缩小了的乳房，惊惧羞愧。这是真的吗？为什么就这样了呢？是这样啊，只能是这样啊，你还想怎样，那些肌肤心灰意冷地回答她。

罗锦衣睁开眼睛。只能说她睁开眼睛，而不能说她醒来。一个夜里几乎没有睡着，她只是缩在被子里，闭着眼睛而已。清晨来临，她觉得比昨晚“睡觉”前更累了。伸手摸到手机，打开看了时间，离闹钟叫还有半个小时。她继续闭上眼睛，享受起床前的时间，或者说，继续忍受煎熬。

手机闹铃响起，她叹口气，缓缓抬起双手，揉一揉脸，感觉面庞更松弛了。全身都疼。她坐起身子，床垫发出一声轻微的咯吱吱的声音，好像它也在承受痛苦。再没有比清早醒来，还感到烦恼与忧伤更糟糕的事了。我们不是常说吗？新的一天来临，好像这新的一天会带来什么不一样的东西。其实对于多数人来说，昨天和今天，没有什么不同，当明天变成今天，今天成为昨天，你会发现，人生大抵就得这样了，一个处级到头。路过祝新生房间门口，他睡得依然香甜，好像一夜都没有动过一下。这世上总有不能出让的东西，比如年龄，比如睡眠。她走进卫生间，打开灯，镜子里的人，吓她一跳，披头散发，脸庞僵硬，分明是个老太婆，想想实际年龄，在农村里，早该抱上孙子了，可不就是老太婆了。昨晚临睡前拍的水，抹的精华，当时糊了厚厚几层子，明晃晃油光光的，一夜流失，皮肤又回到干燥。用杯子接水，先漱下口，镜子里的那张脸，足以理解男人会冷淡你，会不爱你。漱口时嘴巴噘起的形态，竟然让她的上唇出现几道竖纹，松弛的白皮肤上衬着几根黑乎乎的汗毛，那是老太太才有的纹路。心情更加灰暗，走出卫生间，再次路过祝新生房间，他仍然以不变的姿势安睡。让她有一个错觉，也许我重新躺到床上，也能睡着呢，要不要试试。算了，一晚上都睡不着，现在天亮了，能睡着吗？无非是在床上继续苦恼罢了。

时光老人早就打好的底稿，等待每个人走到这里，念出自己的名字，认领分配给你的章节。

如果中午睡不着，下午半天全毁，坐在办公桌后，脑子一片躁乱，大脑温度升高，犹如岩浆翻滚，一切绝望透顶，觉得已经没有能力应付工作。做任何决定都要提醒自己，小心，冷静。稍有不顺，随时冒出一身的汗，要长缓一下，才能克制自己，不至于像孩子那样哇哇哭出来。

小健不打电话，突然光临，带来一个姓张的男人。

一把手的办公室，来访者多是有事相求，神秘地提着东西，快速闪进。

这个姓张的，想搭桥让其表弟承包设计院门楼修整和小花园的建设，因为之前罗锦衣说过，设计院太破旧，要改观形象。自己的形象都不好，还给别人做设计。她刚来的时候，不适合立即着手，现在两年过去，无论如何该实施了。姓张的今天初次相见，只是提着不显眼的礼品。办公室坐了一会儿，提出一起去吃晚饭，小健在一旁敲边鼓，就在旁边饭店，随便吃一点嘛。她本是要拒绝的，不知在哪个推让回合上，却又答应了。气氛轻松起来，相互扯起根底，原来这姓张的，是邻县的，再接着说，两人基本同龄，姓张的略小一岁（其实小五岁，罗锦衣总是在年龄问题上，立即用真实数字在内心换算，再一想，哼，也许对方年龄，也是改小过的）。又扯起当初在家上学时候，种种艰难和辛酸，于是一下子理解对方，想到彼此在家里的一串亲戚，指望着他们的提携，罗锦衣感同身受，差不多在心里已经愿意将工程包给他的表弟了。

小健二人显然也没有事先肯定她能出来吃饭，现在八项规定管得严，领导们都不赴宴了。三个人，饭店也不给订包间，说是包间没了。在一个拐角处的窗前，半开放的区域里，正好显得光明磊落。三个人体面地拉开椅子，小健坐一边，让两人面对面坐下。

二人心中分别驻扎着一个乡下孩子，却用城里人干事业的那一套相互应承着。

“来份鹅肝。”姓张的对服务员说。

“不要那，来个素菜吧，晚上了，简单点。”她伸出白皙的手指摇了摇。

一个要点六个菜，一个说太多了太多了，最终在罗锦衣一再阻止下，点了五个，来了一瓶红酒。服务员退下。

“鹅肝吃不成，听说为了叫鹅把肝长得大，狠给喂激素。”罗锦衣说。

“噢，现在啥都不敢吃。上大学时候看法国小说，里面的人常吃鹅肝，觉得可稀罕，是个啥样了不起的家伙，后来咱这儿也能吃到了，嗨，也就那回事，真不咋着，怪噎得慌。”姓张的说。小健基本保持得体的沉默，负责添茶倒水微笑，大眼睛咕噜噜转着察言观色。二人又说了几句闲话，分别缩回自己壳里那个最安全的地方，稳稳卧着，用从前那个真实的自己，那乡下孩子的眼光，打量对方，相互猜度心思。罗锦衣有自知之明，如果不是有求于人，这个光鲜亮丽的男人，绝不会有心情与自己这个中老年妇女面对面坐在这里，缓缓地喝着红酒共进晚餐。她壮硕的外表下有一颗敏感的心，尤其中年之后，心灵细若游丝，好像这世上所有话题与场景都为了提醒自己一个事实：你已老去。所有的人与事，合力让你变得内心卑微，容易生出愤怒或者突然的感动。

她也曾细细分析过这个问题，试图替男人开脱，与她年龄相配的男人，基本五十朝上，走向衰落，稍微有点地位和能力的，忙于工作和前途，疲于奔命，焦头烂额，基本也再无多余精力，也就是说，曾经跟她一起走过激情岁月的那些男人，也跟她一起慢慢老去了。更年轻的男性，注意力在跟他们年龄匹配的女性身上，不可能朝上看去注意到她。嗯，这是自然规律。所以，不能怨男人变心，他们从没有变心，他们一直是用自己的方式忠心耿耿地爱着女人。生命车轮正常滚动向前，你已经滚过去了，就要坦然接受这一切。

可是，怎一个接受了得，谁又能轻易接受呢？

也有那些年轻的男人，三四十岁，深谙这世界的什么秘密一样，一种心领神会的眼神对着她，好像她随时会向他们发出召唤或者传达旨意，而他们也会像她年轻时候那样，随时奉陪领导。她不能接受女比男大，觉得找小男人的女人，都是不要脸。她还想要那种年龄相当，郎情妾意。可是她心仪的那些男人，一追究年龄，分明只有四十多呀，这真是可耻。在她顽固的传统意识里，大于自己的男人，才是男人。小健几次约请之下，她和他吃过一回晚饭，饭后小健说，我办公室就在附近，去坐会儿吧。罗锦衣本是要拒绝的，却还是去了。

先是开着灯说话，一会儿小健把灯关了，两人就那么并肩坐在沙发上，借着窗外的灯光，小健慷慨地褪下裤子，把自己裸露出来。他做这一切纯真得像个孩子，他知道自己在她面前没有优势，他还没有在这个社会上占有那么多的资源，他只是年轻罢了，罗姐姐也许接受他，从此后两人建立起一种亦情亦友的关系，除了身体的相互抚慰，还有工程、项目、转正指标、招标信息之类的资源可以共享，一有什么政策或风向，他们会得到内部消息，先行一步。小健说，它今后是你的，随时为你服务。在小健的热情相邀下，罗锦衣的手指检验了它，可她没有欲望，一种罪恶感悬在头顶，就算小男人出于一时冲动、出于什么目的和你有了那事，事后懊悔，怎么和一个老女人这样过，那是她不能接受的，她怎么能让一个男人嫌弃自己。两人就那么静静地坐着，她没有明确行动，小健也不再主动，他甚至不敢主动来亲吻她。两人从没有嘴对嘴亲吻过，只是礼节性地，亲一下脸庞。

小健说他是个自制力很强的男人，这跟他常年从事的工作有关，他年轻时看管了几年犯人，见过各种各样的罪犯，他知道人生好多错误都是意志不坚定管不住自己造成的，而他的理想，就是要把自己锻造成一个理性之人。据他说他妻子有妇科病，对这事不感兴趣，他就只好转移注意力，干干家务，跑跑步什么的，出一身汗，回家冲澡，倒头就睡，他不强迫妻子，女人也都挺不容易的，他也没有在外面找女人，小健说来说去就是想把自己扮成纯洁的天使，可爱的弟弟。他是去年冬天在一个大楼里等电梯时等来了罗锦衣。罗锦衣穿着一件藏蓝色羊绒大衣，顶着大波浪发型，款款而来，高挑丰满，风姿绰约，虽然走近了后，脸庞不是那么理想，可高级服装和抢眼的化妆品武装之下，也蛮夺人眼球，也还说得过去。只有两人站在电梯口，准备从二十二楼向下降，他觉得罗锦衣有女人味，有亲和力，看起来又性感又正派，有着中年女性的温厚和大气，亮光光的皮肤和红鲜鲜的嘴唇证明她保养良好，定是有点实力的女人。再说能来这个大楼里办事的，总是有点身份的人，他们掌握着这样那样、大大小小的权力和资源。于是小健向她微笑说，你好。她想他或许认错人了，不好意思说破，便将错就错，报他以同样程度的微笑，说声你好。在小健眼里，这是大姐的豁达风度，中年女性的动人之处。两人一起走进电梯，小健主动询问她在这个大楼上认识谁，她说她找的人没在，含糊地避过去。而小健阳光明亮，像电视里那个蹦跳着做服装广告的年轻人，后来听说那个明星被人骗婚，人财两空。小健给罗锦衣说他是来找人办什么什么事的，他把自己的事说得很详细很具体，甚至打开正在办的一个证照手续给她看，说他跑得差不多了，只差一个章子，今天人不在，明天再来。两人都走出电梯出一楼来到院子了，小健还没有说完，并问她要不要搭他的车，她说不需要，她单位就在附近。在告别的最后一刻，小健向她要电话，她也并没有犹豫，告诉了他，她想，能来这楼上办审批手续的人，总不是骗子、混混吧，说完号码她说姓罗。小健在自己手机上输入她的号，保存为罗姐，当场给她拨过来，说了自己的单位名字，殷切切地叫罗姐把他存起来。后来小健专程到设计院拜访了罗姐，发现果真是条大鱼，便一直保持联系，请她唱歌，请她吃饭。而她对小男人没有感觉，常常不去，只给小健说，你有啥事到办公室来吧。

罗锦衣问，你没考虑过年龄问题吗？小健说，你看不出年龄，我从没觉得你比我大多少，女人真可爱的话，跟年龄无关，并不是所有男人都爱年轻女人。此时小健除了那可爱的男性装置是坚硬的，全身都很柔软，他瘫在沙发上，眨着一双大眼睛，像个听候大人发落的孩子。窗外的灯光透进来，柔和地照在二人身上，不远处的夜市上，有音乐声，有吵闹声，楼下路上有人走过，轻轻地唱着一支歌，而这间屋子，安静纯洁。她的手离开了，她对他说，好了，咱们走吧。小健听话地站起身，弓着腰困难地把那硕大的设备收拾起来，小心地拉好拉链，自己用手拍拍好，好像是安抚它们，他又一次理智地克制了自己。小健在她面前一直都很克制或者害羞，没有一点莽撞和粗鲁，好像是她的气场把小健镇住了，不敢对她造次。噢，不，也或许，他就没有真正冲动过，真正冲动的男人不会那么乖顺，她一说咱们走吧，他立即见好就收。这样一想，罗锦衣又受伤了，然后给自己说，中年女人，你要男人怎样呢？这样不行，那样也不行，非礼你了，你生气，不非礼，你又失落。

小健的日常工作就是结识各行各业人物，邀请各种各样的人吃饭，介绍这个人跟那个人认识，兴致勃勃地编织一张关系网，因着自己年轻资历浅，对每个人都恭敬有加，以礼相待，最终要将这些人，为他所用。这个网越大越好。前几天，又打电话请罗锦衣中午吃饭，她先是说，不行，我昨晚没睡好，中午得在办公室睡觉，不出去吃饭。小健说，那我过去，到你那儿找个地方吃饭，我现在就出发，十二点前到，一点就结束，不耽误你睡觉。她说好吧。小健用一种暧昧的语气叫罗姐，用自己的热情和忠诚激发起女人的同情心和正义感，女人身上的这两种品质都非常容易激发，常常一碰就来。刚挂了电话，罗锦衣又打过去，你不要过来了，我不舒服，就在单位食堂吃点饭，真的，身体很不舒服。她这样说的时候，都快要哭出来了。睡眠不足让她身心难过，随时会崩溃，进而影响正常人际交往。

再也没有精力像初来省城时一样，去交际，去周旋。从前那么在意的事情，非做不可的事情，也慢慢淡了。再说自己也已经巩固了实力，平平稳稳五十五岁退休，是人生保底，再努一把力，向上走一步，当是最好。锦波也已经能闯能拼，开辟出自己的小天地，成为他那个企业的副总经理，油水多多，经济上常常还能帮衬姐姐，也就不需要她过于操心，老家里下一辈大大小小，都有出路，双方爹妈，吃穿用度手头宽裕，所以她的斗志，慢慢懈怠下来，也明白再上一个台阶的难度，所以只是想想，只是在心里纠结一下，不能像前次那样，过于上心，非赢不可。

再也没有男人，出于情欲本身，出于对她这个人的欣赏、需要来走近。若有男人邀约吃饭，她甚至很想揭穿他们，斥责他们：只不过是看重我的职位，想从我这里得到什么，直说吧，不必绕弯子。一个让男性不再觉醒不再勃发的女人，时时感到可耻。

小健今天可能是怕打电话又遭拒绝，干脆带着姓张的，冒失闯了来。

拉着家常，浅浅喝了几口红酒，内心的防备开始松动，也或者说，本无多少戒备，只是对将要开启事件的好奇。再冠冕堂皇，再神秘不过，总得有个突破口，找到一条合理的路径，以便抵达实质与核心。三人都感到那个关口已在眼前，需要有人捅破。小健和姓张的，暗暗对了一下眼神。

“罗姐，这项工程拿下，对你要有重谢。”姓张的说。

“坚决不用，你要抱着这个想法，那就不用谈了。现在管这么严，哪还能这样。我只希望工程质量过关，让我对全院职工有所交代。”她严肃地说。

“质量绝对过关，这你放心。我表弟不是那种黑心工程队，从不偷工减料，多年来就是因为保证质量才能做起来的。要不，我在圈子里也没办法混下去，好多活儿都是我给他介绍的。只是从他的酬劳里给你，他少挣点而已。他走的是量，打造的是名声，是品牌。”

罗锦衣仍然说不用不用，彼此再用体面的言辞交涉，那真正的身段，卧在躯壳之中，每一次对话，只是伸一伸头，亮出观点，说完退回，稳稳地坐好，观望对方。当然不能立即答应，她已经当了两年一把手，学也学会了，差不多也是知道了的意思，顾左右而言他。酒过半，饭菜吃得合适，剩得也恰当，小健结账，三人起身离去。

姓张的乘胜追击，第二天就带着自己表弟，来到罗锦衣办公室，让表弟当面陈述，各种资质复印件随身携带，拿出来一一排在罗院长的大办公桌上，另外还捎带似的，放一张购物卡。罗锦衣作态认真看了那些东西，然后告诉他们，耐心等待，单位有严格的程序。

院办公会上，一件件罗列工作。再提院内规划建设的时候，罗锦衣让列出招标的那一套程序，众人也都会意。如此这般走下去，姓张的表弟如愿拿到招标，带领人进驻院里开工。

工程款结清，她拿到了姓张的事先承诺的十二万元。小健电话里表示感谢，说，哪天再请姐吃饭啊。

这世界上所有的媒体及导向，都合力强迫着让你承认，那些窄小脸庞、一脸贫相的女子是美的，于是女人不惜一切代价把自己的脸缩小再缩小，削去圆润与饱满，恨不得把自己变成一只小猴子。

过去那种紧致光亮饱满圆润，怎么慢慢就演变了模样。对自己的脸极不满意，外貌到了需要修修补补的时候。

有时候，下班路上，她提前一两公里就让司机停车，她走着回家，绕到家附近几条小街上，背着包包，穿着华贵，好像有什么事情要去办，想起十多年前，刚调来绿城，那时看什么都是风景，天天都是过节，一棵树，一朵花，都是诗情画意。路过一个破败的家属院门口，青砖小门被一架浓密的凌霄花覆盖，像是烫得蓬起来的发型，垂下来一些碎发。叶子变成浓绿，花也有几朵，临近枯败，因为很久没有下雨，通身披着些尘土，她站下来对着那一蓬凌霄花看了一会儿，好像与它们有着什么私情。门很小，汽车开不进去，那么院子里的人，他们的汽车停在哪里？她笑自己，操心太多了。小院里面就两幢破旧的红砖老式四层楼，窗户很小，全都关着，搞不清里面住人没有，地面水泥裂开大口子，坑洼不平。进出的人也不景气。这一切仿佛要将她拉回到从前的生活水平，那时她觉得，能在这院子里有个栖身之所，也是好的。

罗锦衣经过无数次的决心和考察，网上查来查去，几家美容院对比来去，终于在国庆长假前，又请了一周病假，把自己一张中原人特有的大脸盘整成了瓜子脸，又利用元旦假期外加几天病假，做了切眉术，垫高了鼻梁，镜子里猛一看去，确实年轻了一些。可是不能细究，整之前是五十多岁的女人，整了后是五十多岁的妖精，变化了的五官有一些新奇与陌生，不甚协调地布局一处，皮肤还带着一些没有完全恢复的青紫，又用粉底来遮盖，女人走到乱了方寸又不差钱的年龄，也就敢胡整了，反正就这样了，拼死挣扎一回，得的都是赚的。从此走上一条折腾之路，做了眼睛，鼻子不对了，切了骨头，脸上的肉又多余了，提了眉毛，眼袋又凸显出来。衰老的架构，修补过的五官，和灌溉得过分光亮犹如塑料薄膜一般的皮肤，显现出某种不协调，总之当年景致打死闹活不愿离去，在脸上较量厮杀，搞出片片狼藉。人们见到的是一张颇为怪异的脸，显出小小的狰狞。

修整了脸，身体又不满意。美容院里，有一种熏蒸疗法，先给女人的乳房抹一种据说能膨胀的药膏，进行按摩，再给肚皮涂一层据说可收缩的药膏，进行按摩，然后让女人钻进一个设备里，通上电，让蒸汽蒸腾二十分钟。她看到一个略显愚蠢的女人全身抹得滑溜溜的，被两个女孩子扶着钻入那个一人长的铁家伙里，女孩子的脸上带着轻蔑而胜利的微笑。那一瞬间罗锦衣想，这机器要是突然失控，把这白胖子蒸熟了可咋办？这两个女孩子会不会拿上刀叉，戴上围嘴，就此开饭。想想女人，为了美，真可以上刀山下火海，对自己的身体进行无穷的开采扩张收缩膨胀修剪抻拉撕裂缝合，没完没了的繁复工程，其实收效甚微，只是隔靴搔痒，弄来弄去，劳民伤财，最终目的不是什么宏图伟业，也不是要去为国争光，而只是求得片刻温存，让男人探视自己已然腐朽衰败的身体，想想真是可耻。

她发现，与付良才的约会越来越少，从前刚认识时，一个月总要见两三次，想尽一切办法往一堆凑，不管形势怎样，无论工作多忙，两个身体必须搬运一起，躲进一个完全私密的空间。例行完公事，像夫妻一样躺着说话，付良才抽烟，罗锦衣吃点东西，彼此光着身子在房间走动，冲洗，逗留几小时。只有这样，才能心平气和回到自己的生活，保持一段时间的安宁。

后来，好像可有可无，两人成为朋友，相互关照；再后来，几个月相会一次；再后来，付良才找了很多借口，总也没有私会的时间。罗锦衣觉得，出问题了。

他说太忙，他说太累，他说年近六十要平安落地，他说最近风声紧。这理由成立吗？一个男人，真的能忙到抽不出几个小时约会吗？风声紧又算什么理由，什么时候风声不紧呢？历史上就算风声鹤唳，纪律严到极致，抓到了要挂破鞋游街，公布于众，撤职法办，也没有能真正管住男人和女人的身体。那么，这运动，这风声，只是给他们提供疏远某一个女人的借口罢了，只是他们新人换旧的时机，为他们的新爱情增加砝码，他们会给那个新人说，看，这么紧的风声，我也不顾。

罗锦衣开始给自己较劲，我不是非得要男人，可我不能落一个被人扔到半路上的局面，相好十多年，就这样悬而未决，就这样让他转向别人——一定是有了新人，这世上没有闲置的人，一个人想离开一个人，肯定是要走向另一个，新人是谁呢？我现在该怎么办？闹吗？哭吗？打电话威胁吗？告诉他我们分手？有什么可分的？不是已经不在一起了吗？他如果立即同意，怎么办？

反正他不能躲着她，还应该抽个时间约会，把自己洗得干干净净的，哪怕只是躺一起说说话，相互通报一些日常生活中的事，像知心朋友，像亲人一样。

优优今年参加高考，可以让她暂时有事干。考前一个星期，她请了假在家给她做饭，和祝新生一起，开车送她去看考场，像所有的家长一样，在考区附近一个安静的宾馆订了两个房间，在餐厅订了营养餐。

优优这孩子从小懂事，没有让她多操过心，也没有什么青春期、逆反期什么的。因为祝新生带得多，所以和爸爸感情更好。

发挥正常，估分下来，上个一本没有问题。按部就班地填了志愿，等来了上海一个大学的录取通知。

暑假里，罗锦衣接到一个电话。尹秋云说，她从嫂子那里，要到了她的电话，嫂子先是不给，她央求半天，做了保证，她才给的。尹秋云从西安回家，想在绿城下车，到家里看看，有可能的话，想见见孩子。罗锦衣好像这才想起，十八年来，有一双眼睛，一直在远处观望着她和孩子。她没有答话，心怦怦直跳，一时不知怎样应对，秋云知道她的顾虑，接着说："姐，当年说过的话，我保证做到，你放心吧，我就是……想看她一眼。一直算着年龄，知道今年高考，我想，表达一点，我这个……心意。"

尹秋云来的时候，刚吃过晚饭，天还明着。优优下午和同学出去看电影，还没有回来。

尹秋云刚过五十，当年一双亮晶晶的双皮大眼，现在耷拉下来，外眼皮成个帘子，垂下来，将里面眼皮盖住之后，还有盈余，从外眼角那里向下落去。岁月不知怎么就繁殖出如此多余的皮肤，在她眼角那里沉甸甸地坠着，使眼睛变成三角。罗锦衣想，如果我没做提眉术，也会这样坠成一堆。曾经白嫩的皮肤最易干燥，再加上多年来生活艰辛，秋云显得比本来年龄更大一些，看上去，应该罗锦衣把她叫姐才对。

当年她一鼓作气，七年里生了六个女儿，送出去四个。第七个终于是儿子。哥哥秋生抱回家的婷婷，十五岁时在秋生、宝珠告知她真实身世后，又与秋云相认，但将秋生、宝珠叫了十几年爸妈，不好改了，所以还叫秋云为姑姑。婷婷初中毕业后，也到了西安，上了个礼仪学校，如今在一家小公司前台上班。

“唉，后悔死了。当年非得要个孩儿，觉着要是没个儿子，这一辈子就白活了。可现在，要把人气死。”秋云坐在客厅的沙发上说，“不是想着要来他不容易吗，从小啥都依他，我和他爸爸出来在外，把他放家里，奶奶带着，结果，惯坏了。学习上一窍不通，净是打架，惹事，要钱。他奶奶弄不住了，叫我们带到西安去。唉，也是管不住，才十四五岁，初中都没毕业，死活不上了，光知道要钱，上网吧，看电影，半夜三更不回家。染了一头黄毛，吹成那老高的样子。快把我愁死了……”

秋云刚才，已经将罗锦衣的家参观一遍，她还没有真正走进过这样的家庭，只是在电视上见过。她站在优优的房间门口，久久地看那洁净芬芳的、少女的床，贴上去看小书柜里她的相片，看看笑了，看看哭了，拿出来隔着玻璃抚摩她的脸。

门口有钥匙开门声，进来十八岁的优优。高挑的个儿，厚实的头发扎成马尾巴，洁白的脸上，一层少女特有的粉扑扑绒毛，跟秋云当年一样的双眼皮生动鲜活，一双大眼睛黑亮黑亮，眨眼时候扑棱扑棱。见到屋里有客人，一边换鞋一边叫阿姨好。秋云心里一颤，站了起来，迎着孩子走过去，伸出双手拉住。优优有点不好意思，身躯像一把油纸伞样收束起来，嘿嘿笑笑，再叫一声阿姨好。秋云眼里波光粼粼："哎呀，哎呀，长得真好，这么漂亮的孩子……你妈，可真会生！"好像激动得不知说什么好了，回过头去看罗锦衣，为了避开优优的目光。罗锦衣上来说："优优，这个阿姨是咱老家的，在西安工作，回家路过这里，听说你考上大学了，来看看你。"到底是孩子，没有那么多心计，优优嘻嘻笑两下，抽回手去，拿了睡衣，进卫生间冲澡去了。

秋云坐回沙发上，幸福而畅快地流了一会儿泪，将手里一团湿了的餐巾纸揉搓得不像样子。"姐，真是太感激你了，把孩子教育得这么好，跟着你们，净享福了……哎呀，我心里，这是高兴。"秋云擦干泪，又咯咯笑几声。

尹秋云那三个女儿，当年在老家送的人家，条件都不如罗锦衣这里，几家大人得知秋云在西安卖服装、看车子，已经买了商品房，也都愿意长大了的女儿与她相认，秋云已经在老家和西安与那几个女儿见过。秋云总是一眼就能认出她们，有一天她在看车点上，见马路对面一个男人领着一个女孩子向她走来，女孩子直直盯着她的激动眼神，让她明白了一切，她在他们走到眼前的那一刻，站起身，拉住那孩子的手说，俺的二妮来了。再一回她回老家，有一个女孩子得了信儿，来到张水平的村子，打听到她的家门，那时秋云正坐在院子里吃饭，听到门响，看到一个身影进来，她放下饭碗说，俺的五妮回来了。一个又一个小秋云，回到她的怀抱，她搂在怀里，彼此落几行泪水，教导那孩子好好对自己那边的爸妈，安心做他们的孩子。人家养你这么大不容易，当年妈把你寻出去，也是万不得已，你不怪妈吧？少女的眼睛闪闪发光，说，我理解你。秋云说，我心里一直挂着你们，没有一天不想的，谁多大，家在哪儿，我都知道的。临走都一律给孩子装两千块钱。于是她想，只有那一个在绿城的，俺的三妮，今年十八，该考大学了。

优优洗澡出来，穿了一件绵绸睡衣，洁白无瑕的身体显露得更多，愈加动人。秋云已经调整好了情绪，脸上笑容也自然许多，只用目光追随着她。优优在屋子里走来走去，到厨房冰箱里拿了两盒酸奶，走过来给秋云一个，冲秋云一笑，秋云高兴得又要落泪，直夸优优咋这么懂事，你妈教育得真好。优优拿着另一盒，边喝边回到自己房间，将门掩得余下一条小缝。秋云把那盒酸奶放到包里，说太凉了，她路上喝。她从包里拿出一个红包，走到优优的房间门口，轻轻敲了敲，推开门，脸上再次涌出像河水漩涡般的笑纹，对那孩子说："优优，祝贺你考上大学，这是，姨姨的一点心意，你拿上，嗯，开学到了上海去，好好学习，将来，考个研究生，找个好工作，再找个好婆家……"优优正在低头看手机，那是高考后妈妈给买的新手机，正是爱不够的时候，匆忙抬了一下头，好婆家让她脖子一缩，嘻嘻一笑，说声，谢谢阿姨，接了红包，放在身边的凉席上，又低头去玩手机。

秋云在床边站了几秒钟，似乎想凑上去看优优玩的什么，又不好意思，只好笑两声，出门去了。

送走秋云，罗锦衣回来看优优身边那个红包，里面有两千元钱。

第十四章　发财梦

秋生瘦了许多，脸色发黄，总觉着累，常常才晚上八九点，眼睛都睁不开了，眼眶子发热，蜇得慌，体温升高，像糖人一般，想要化掉。宝珠劝他到医院看看。秋生说："情知是盖房累的了，歇歇就好。大城市的医院，一进去，查这查那，没病也能查出病来。咱又没医保，不去给他们送那个冤枉钱。"回家一进门就躺下，死人般沉睡一夜，第二天起来，精力稍微好些。于是秋生知道，不再年轻了，当年刚来西安时候，熬夜干活，跑来跑去，总也不知累。

秋生所谓的歇歇，就是坐在路边看车收费。每天见到钱，实实在在握在手里，零的换成整的，小票变成大钱，觉得身上又有了力气。宝珠心疼他，叫他多坐着休息，车少的时候，宝珠一个人跑，车多忙不过来了，才叫秋生起身。

疾速涌动的城市，坐在路边的秋生。

他靠墙坐着，看到眼前各种各样快步行走的腿，女人们都穿着紧腿裤，黑的，灰的，白的，红的，花的。秋生不卖服装多年，他对流行服装的新式样，知道得少了，那天见路过的两个女人，手里拿着刚买的东西，比着，看着，说出“打底裤”这个词。真是老家人说的，兴啥啥不丑，这种紧裹着腿的像袜子又不是袜子的东西，怎么就突然受女人待见，就像当年的踩脚裤一样，从十几岁的小姑娘，到五六十岁的大妈阿姨，都得有一条，只是现在绷得更紧了，少了脚下踩的那个环套。有啥好的呢？把人的缺点暴露无遗。有的女人腿细似麻秆，有的粗壮如萝卜，有的是罗圈儿腿，有的小腿肚是个大肉疙瘩，可她们都不分青红皂白穿着紧腿裤，或曰打底裤，自己在家难道不照镜子吗？真不知道有多寒碜。人们的脚步比从前更匆忙了，不知道要赶着去干什么。从前的秋生，可以勇敢地拉着宝珠的手，投入到这闹哄哄的人流之中，争分夺秒摘取他们想要的东西，可他现在，没有心劲了，他只想守着自己这个路段，每天见钱，平安再干几年，和宝珠一起回家，住到他们的小洋楼里。

尹张第一楼，是对他大半生的总结。当年娶了高中生、民办教师，就是要掐尖的意思，到了城里，也不愿像别的农民一样干体力活，他尹秋生，总要把日子过到人前头。儿子小时候，爱吃没蜕皮的知了，谁不爱吃呢？相信他伯他妈也爱吃，只是不好意思说。知了后脊梁上那一小点肉，指甲盖大，肉丝儿挤得紧紧的，抠出来搁嘴里，再没有那么美的享受了，知了肚子上的脂肪白白嫩嫩，咬一口，扑哧一声化开了，一嘴的油香。三个孩子在夏天的夜里，端一个茶缸，在村子里遍地挖，摸到半夜，能有十几个，第二天早上炒了吃，三双眼睛瞪得圆溜溜的，谁多一个少一个，都不得了。他在电话里给儿子说，拿两块零钱，去把别的小孩摸的都收回来，就说咱要拿来配药。俩儿子五分钱一个，收孩子们的知了，由此扩展业务，二分钱一个兼收苍虫，见天晚上端回一茶缸。于是大家都知道他家配药，外村孩子也端了茶缸里的知了苍虫来到他家。整个夏天，三个孩子和两个老人见天吃上炒知了炒苍虫，那都是营养，比肉金贵，比肉便宜。两个儿子，那么小的孩儿，竟然将这配药说一直维护着。现在三个小孩，都很听话，也能顾住自己了。

汽车眼见着，一天天多起来，本是人行道，可现在都停了车，本来不宽的街里，留给中间的位置，只够两个汽车相向而行，错车的时候，小心再小心，有时候要把倒后镜扳回去，才能缓慢通过。

这些汽车，每天从自己的停车场出来，混进大街小巷的车流中，像是小溪水汇入大江河，奔腾不息地向前向前，一日复一日，流来淌去，循环往复，出发了，回来了，停下了，开走了，是一个流动的小小房间，人们在汽车里说话，吵架，亲嘴，签合同，打电话，将世界收缩到一个最小的空间，汽车载着人们的忧欢和希望，挤挤攘攘，急流险滩，一路向前，这样的流淌，将要子子孙孙，无有穷尽。晚上七八点他和宝珠下班，不再收钱，不再看守，你们随便停吧。汽车不知疲倦，依然流动、停放，深夜里才停歇下来，各归其位，默不作声，睡觉了。

咋这么多车呢？不管走到哪儿，满世界都是，好似排兵布阵，声势浩大，又能见缝插针，身手敏捷。一个挨一个，一个挤一个，一个催一个，人在车中坐，喇叭嘀嘀响，性急的人有理由相信，由汽车组成的这个世界快要把人逼疯。有车的人，想换一个，没车的人，想赶快买一个，骑自行车、电动车的人，羡慕那些堵在路上的汽车。真不知道这些人怎么一个个把这些铁家伙像玩意儿一样操作得如此灵巧，席片大的地儿，也能做成文章，小心翼翼地倒，咯拧咯拧地挪，这个要出去，那个要进来，这个要左转，那个要右拐，这个方向打偏了，那个不小心轮胎蹭道沿了，看似乱乱纷纷，每人急躁前行，但大家都绷着一根弦，那就是，千万不要碰上。每个人都有自己的方向和目的，每个人的目的，都一定要达到，也一定能达到。秋生心想，明年，给祥印买辆车，过年的时候，我们也开着自己的车，回到尹张，直接开进第一楼的大门楼，那样的院子，配一辆车才好。他盖房的时候，就把大门开得足够宽，他偷偷用脚步量过那些车的横距，将来祥印的车，不用扳倒后镜，也不用人指挥，可长驱直入，那么大的院子，想停哪儿停哪儿，出来的时候，院子里绕个圈，直接开走，完全不用像在城市里，窄窄掐掐往外挪。每个停车位，就那么点，要想让它属于你，得花几万元买来。唉，地段也像人一样，生对了地方，就是主贵的，他家那院子，要是搬到城里来，啥也不用干，光每天停车，就收多少钱。秋生眼皮沉得要命，不小心就合上了，眼前的景致关闭，喧嚣听不见了。

过一会儿，声音又渐渐回来。

睁开眼，他眼前走过的人们，已经有多少故事发生，就在他打盹的十几分钟里，有的人闹翻了各奔东西，有的人刚刚相遇开始搭讪，有人丢失了钱包和手机，捶胸顿足，有人刚买了可心的东西，拿在手里爱得不行，有人电话接听了一个坏消息，正在欲哭无泪，有人手机里传来佳音，恨不得在街上放声歌唱，有的人正走路，停下来，必须回复一个信息，有的人不耐烦地对着电话说，我这里信号不好回头再说，有人微信群里抢了红包，站那儿直乐，有人一笔买卖成交，有人一桩生意亏了……恍惚一个香甜的盹，秋生就像从一个大坑里爬出，虚空四望，一时魂不守舍。真是累呀，坐在马路边，都能睡着。抬一抬沉重的眼皮，被直射的阳光刺了一下眼睛。

秋生的身体像一辆接近报废的车，性能大不如前，走路的时候，腰往下塌，要宝珠提醒，才直起一会儿，拿捏一阵，不知不觉又塌下去。他对宝珠更加依恋，宝珠也更心疼他，二人相携相伴，每天驻守路边。有时候过马路，两人的手拉在一起，就不愿松开，那么一直拉着在路边走。到地方了，宝珠安顿他坐下，自己走来走去招呼人们停车。就这样又半年干下来，落了两三万。

“照这样下去，咱俩到六十退休，又是一疙瘩钱，只管回家安度晚年。”秋生说。

老朱还是和孙腊梅同居，两人心知肚明，也都不说结婚的事了。如今他不再露天摆摊，而是在离小学门口五十米处有了一间住家户利用二楼阳台下面那点空地改造的小屋，两张桌子那么大，除了卖批发来的小零碎，还增加了小零食、日用品、烟酒什么的。

老朱在老家的房子，也没有盖，兄弟们一致不同意盖房，叮嘱老朱，千万不能把钱交给孙腊梅管，要及时寄回家里，由大弟弟帮他存着，否则，“到时你吃了大亏，可别怨我们没提醒你”。他知道，这是弟弟们威胁他，将来老了，你得指望侄子们给你养老送终呢。“大伯你放心吧，将来老了动不了，我们咋伺候俺爸妈，也就咋伺候你。”侄子一句话，说得老朱热泪盈盈，还是自家兄弟可靠，于是平日只给孙腊梅一点零花钱，每个月，雷打不动往家里寄一千元钱。孙腊梅见无力改变现实，也不再为此事跟老朱生气，她制定了自己的处事原则，有吃有喝，闲心不操，隔三岔五，买菜看店，小动作弄他几个钱，隐秘渠道送回老家，贴给儿子。老朱也知道她的心思，不必当面说破，挑明了对大家都没有好处，她图个肚儿圆圆，我图有个女人搭伴过日子，权当我像有钱人一样，包养了个女人，咋?

孙腊梅的女儿毛小环，城市里生活了几年，变了当初的村姑模样，人生得白，又会打扮，要命的是，不知先天生成还是后天学习，无师自通地有着一点娇嗲之气，装扮一新，走到街上还能吸引住一些目光，从街道办，自己跳槽到一个半大不小的酒店，跟一个安徽来打工的小伙子好上了，二人很快住在一起，神龙见首不见尾，已经不回老朱和孙腊梅的小破屋里住了。

一天，老朱神秘地找到秋生，说有个挣钱的渠道。

毛小环的这个男朋友，经老板介绍，加入了一个民办高校集资项目，五万元存半年，每月往你存折上打钱，一月打一万一，分六次打给你，五万变成六万六。

“有这好事？”秋生问。

“咦，我亲眼所见。”老朱说，“半年前毛小环跟她对象两人凑了五万，这个月，全都回来了。”老朱拿出一张复印的纸，叫秋生看那上面的银行流水，最后一项，果然是“66000”的字样。“我给俺兄弟打电话要钱，他不给，硬说是孙腊梅想法骗钱，我现在急得没法。秋生，你要是不信，那这样吧，我问你借五万块，挣住钱了还你五万五，要是赔了，五万两三年我攒了还给你，这中吧？”

秋生说：“俺家的钱都是宝珠管着，你叫跟她商量下。”

老朱走后，秋生脑子转开了，五万存半年，变六万六，十万就是十三万二。这样的好事，到哪儿找去呀？可是老朱为啥这么热心地告诉我？他自己又没钱弄，说再热闹也白搭，我挣了钱，对他有啥好处？宝珠说，老朱就是好心嘛，他自己没钱，急得没法了不是。

两人一夜没有睡好。思前想后，又想挣钱，又怕风险。一会儿说，这是非法集资，不能干，过一会儿又说，不非法，能挣来钱吗，成天说勤劳致富，可见谁勤劳能致富呢，天下人，再没有咱俩这么勤劳了吧，来城里二十年，一天都没偷过懒，只是混了个温饱，离致富，还几百里地哩。

睡了一夜，天亮时候秋生想好了，先存五万试试。只要返五个月，也就有赚了。

这种事，不能一时冲动，先不着急给老朱回话，不要叫他觉得自己太热乎。对，再冷静想一想。

秋生靠墙坐在路边，看街上来来往往的人流与汽车。宝珠在远处走来跑去，脚不得闲，眼不得闲，脑子也闲不下来。宝珠一直没有发胖，还像年轻的时候，细溜溜的，体态灵敏。秋生的目光追随着她，想起二十六年前，头一回见宝珠，他一眼认定，要跟这女人过一辈子。宝珠知道秋生在看着她，她走到哪里，都沐浴在秋生的目光中。西安城真是待他们不薄，竟然有一个路段属于他们，能给他们见天生出钱来。有时候睡到半夜醒来，外面起风了，或者下雨了，想这路段，不跑，不丢，不折秤，不缩水，稳稳长在这里，等待着他们早上到来，睡梦里都要笑出声。

惊蛰已到，大地复苏，昨夜一场大风，将树上最后一批隔年枯叶摇落，即将让位给新绿。太阳照到头顶，路上行人，外套穿不住了，有的解开扣子，掀动衣襟，有的干脆脱下，挂在胳膊上。路上的车，将窗摇下，透进一点春风。又一个春天，轰轰然来到。万物像地下的虫子，全都听到召唤，纷纷准备出窝行动。人们每天这样忙来忙去，不都是为了钱吗？无利不起早，哪一个不是被钱牵着鼻子，从东到西，从早到晚地奔忙。有那么多的人，一大早奔到单位去打卯，无论世界发生什么，无论花开还是花谢，他只一头扎进各式大楼里，像个关进笼中的猴儿一般，乖乖待着，没有事干也得静静坐那儿，叫领导随时查岗都能看到你，一个岗位，千难万险求来，只为将自己钉死在那里，得到每个月的几千块钱。世界那么大，你想去看看，这念头也只是一闪而已，你最愿意做的，其实还是终老于一个岗位，日日捆在这里。宝珠忙碌之中，看一眼路边商店门口坐着的秋生，心里生出安妥，知道他在想着什么。如果不是太忙，她就想走过去告诉秋生，不，不只是为钱，还为情，人活世上，只两件事，钱和感情。如果没有感情需求和归属，那人活着还有啥意思。秋生远远与她相望，似乎说，是的，当然有感情，我如果没有你，光棍一个，或者遇一个不可心的女人，啥事想不到一块堆，那还有啥意思。开过来一辆奥迪车，缓缓停在路边，一个三十来岁的男人打开车门，先伸出一只锃亮的皮鞋，再探出身子，很有风度地从车上捎带下来三块零钱，好像这是他每天非常娴熟的动作，跟开车这件事融为一体了，带着车上昂贵的香水味，淡然递给宝珠，将皮包在腋下夹好，从容而去。那样子好像在说，不只是钱和感情，还有事业，还有奋斗，还有人生目标。他那来自意大利的，太阳一照反着亮光的棕色皮鞋小船一般载着他，一步一步走进路边的大楼里，进行他的事业去了。一个中年后期的男人，从大楼里出来，身后跟着个年轻人，为他夹着包包，两人走到车边，年轻人先为他打开后排车门，招呼他坐进去，再转到驾驶室那边，开了门，钻进去，暂时却走不了，马路上很多车，在等红灯，那个谢了顶的男人摇下窗，看路边景致，他瘦瘦的，呈现出五十朝上男人的颓败气象，身上还保留着乡土气息，可从汽车看来，是不小的官。他用一种非常惬意又惯于自我保护的姿态，双臂抱着刚脱下来的外套，安稳坐在车里，就像怀抱着自己的成功人生，事不关己，高高挂起，一种读懂一切、酸腐嘲讽的眼神，看着眼前堵车的这个世界，很有耐心的样子：这一切与我无关，堵吧堵吧，堵到天黑又能怎样？我已办好了我的事，文件妥妥放在包里，现在世界乱成一锅烂米汤都跟我无关了，没有人知道我是个蠢材，那是我的秘密，我的年龄，我的学历，我的履历，我的信仰，这都是秘密，我对社会是没有贡献，那又怎样，命好人品好，拜祖宗保佑，一四七，三六九，都已抓到手，职务，待遇，都属于我，孩子也已经送上坦途，人人把我当成精英和人物，见了我点头哈腰。他好似有着非凡的耐心，漫不经心看着窗外，眼神和宝珠相遇，友好地笑笑，好像在跟宝珠说，不只有钱和感情以及事业，还得有个官位，懂吗？人生的最高境界是当官，唉，说了你也不懂，你们这些人……他向宝珠怜悯地笑笑，想起七七八八的往事，一些惊涛骇浪的险关，也都顺利而过，他的心为之一暖，又暗自一乐。路上的车有所疏散，他可以走了，他用目光轻柔地爱抚了一回宝珠，拜拜吧您哪，愿我们在各自的命运里，一切安好。当官的车前脚走，后面来一辆红色跑车，嘎吱一声停下，呼地推开车门，一个年轻人跳下来，跑到另一边，打开车门，没有边框保护的玻璃尖角，哗地对准宝珠，如一个上升的箭头，指着她。年轻人掀起跑车的前排座，从后面请出他的美人儿，那姑娘玉腿探出，穿条单裤，露出一截嫩白的脚腕，光脚穿着方口皮鞋，鞋扣那里贴一朵大大的皮子红花。宝珠从来没见过这种新样式，抬起头只等着那青年交钱，不想他拉着姑娘边走边说，回来交回来交。二人匆忙跑去的身影好像在说，不只有金钱和感情以及事业、官位，还有青春，还有冒险，冒险！你懂吗？

宝珠再遥遥望一眼秋生，看到他站起来，抻了抻折叠过久的腰身，向宝珠这边走来。他心疼宝珠，想叫她去坐会儿，然后去旁边小饭馆吃一碗馄饨。正是下午五六点，路上堵成了停车场，天将黑不黑。虽然是春天，可太阳一落，还是有点凉的，喝碗馄饨肚里舒坦。路边上，停放车的大劲过去，回家的人都挤在路上，夜生活的人还没有出来，他们的工作，稍事闲下一会儿。宝珠将手里叠得整整齐齐的零钱交给秋生，热乎乎的，秋生心里一暖。宝珠说，我吃完给你端一碗。秋生说，我不吃，闻不了那油腻味，你给我捎碗凉皮吧，醋多辣子少。

有一种叫生活的化学物质，从天到地笼罩下来，囊袋一般将所有人收纳。人们臣服于她，为她耗尽了青春，耗完了生命，不惜歪门邪道，偶尔铤而走险。太阳悬于西天，城市慢慢运转，各色人等要面临晚餐问题，人们的脚步更急切一些，脸上的表情生动不少，要去吃饭，这个愿望使人变得可爱，变得本真。生活那丰硕的果实，密密挂在枝头，每个人都想摘取，有人凭着力气，有人靠着运气，有的跳起来够一个，有的搭梯子摘一筐，也有人自己不出力，树荫下摇着扇儿，雇了人替他去摘，也有的人，将别人手中的夺下……反正八仙过海，各显其能，将果实装到自己兜里算事。

宝珠在凳子上坐了一小会儿，站起身，沿着街边向南走去，南边那儿有个小饭馆。他们前两年，总是自己带个饼夹菜吃，两人伙用一个大杯子，饭馆里寻口水喝，过了五十之后，知道爱惜身体，吃饭不能凑合，想开了，隔三岔五，到饭馆吃个牛肉面、饺子、米饭炒菜啥的。吃到肚里，不亏，吃能花几个钱？秋生给宝珠说，宝珠同意他的话，随即也就接受了这种吃饭方式。他们还每天拿两袋牛奶，小剪刀剪开口，一人喝一袋。每一盏灯火亮起，就是升起一个希望，一呼百应地绽放，将天光逼得暗了下去，是世人的心愿将城市点亮。大街上，所见之处都是明亮洁净，玻璃映出灯光，就是成倍的明亮，灯光相互召唤相互邀约，汇成灯火的海洋。都市变了另一副模样，假如她们白天各有各的性格，各有各的特色，有着各自的名字，古城，绿城，青城，江城，海城，岛城，那么到了夜晚，全都变成一个样子，有了同一个名字：欲望都市。灯光照出人影，就生出另一个人，它跟着自己的主人，走来走去，牵出纷繁心事。空气中弥漫着烧烤的气息，化妆品的气息，污水的气息，花朵的气息，油炸臭豆腐的气息，美酒的气息，荷尔蒙的气息，它们借着灯火的温床，汇成一条大河，汹涌而来，无所不在。

路上的堵车渐渐疏通，汽车跑了一天，也都累了，像听话的孩子，排着队温柔地滑行。

秋生才站了二十多分钟，就觉得累。五十多岁，按老家人来说，就是半老头。干不动了。我是不是，也该退休了，也该收获自己的人生果实了。胜利属于有聪明才智的人，属于敢冒险的人，不就是五万元吗？存上试试，总不会血本无归吧。这种集资方法好，每月返钱，能看到希望。

晚上回到家，给老朱打电话，说他们愿意集资。

第二天上午，老朱来到他看车的路段。说是先跟介绍人联系，由他领着咱，带上身份证到学校那边签合同、交钱。

老朱吭哧了好一会儿，又提出借钱。他说他的钱，都在兄弟手里，要不过来，现在孙腊梅的儿子从老家打来三万，毛小环给了三千，他手里有几千，离五万，还差一万二，想向秋生借用一下，集资返的钱，第一个月，就还给秋生。秋生为着感谢朱大哥给他们提供的这个信息，就答应借给他。说好他们去学校交钱的时候，老朱写好借条，秋生给他把一万二带上。

老朱、秋生、毛小环男朋友，还有男朋友找的那位中间人，集合一处坐中巴车，到南山脚下那个民办高校，毛小环男朋友，又集了五万元。他们有了收获的一万六，觉得这真是门好生意，恨自己没有五十万、五百万投进去。毛小环男朋友见过一些世面，懂得钱能生钱的道理。在路上给老朱和秋生讲了他的老乡在陕南开金矿的事。这世上有许多想发财的人，他们有几十万几百万还不够，还想用这几十万几百万生出更多，这叫投资。先找人探矿，探好一个地方，估计能挖出金子来，几人绑锅，要大干一场。先设立一个账号，每个人往里面打钱，根据资金比例算股份。那个账号，一天就变出上千万，于是开始聘技术人员，雇工人，买机器，搭工棚。大家离开城市，来到山里，选个良辰吉日开工，同吃同住同劳动，也有相互监督的意思。命好的挖出金矿，一年半载，你的几十万变成几百万，几百万变成几千万，就地分钱，绑锅解散；命背的，啥也没有，钱打水漂，白忙一场，金子纯度不够，炼不出来，愿赌服输，谁也别埋怨谁，因为没有人强迫你。

老朱和秋生听得热血沸腾，那在山脚下隐隐可见的学校就是他们的金矿。只恨自己钱太少，要是有三五十万，谁来找他们入股开金矿，也会干的，人生，不就是博一回吗？校园大得让人恼火，从公交车站往学校里他们要去的大楼，足有好几里地，秋生走了一身汗。望不着边的校园，已经盖起好几座楼，刚栽的小树，胳膊一样粗细，稀稀落落地立在路边，还没有发芽。他突然想起乔光荣，他只管出树，那栽树这活儿，可能也有人管吧。在这世上，每个人都像一棵树苗，栽进自己的树坑里，守住自己的小小地盘，有的人是名贵大树，占据天时地利，有的人是卑微小棵，立在贫瘠之地。

大楼外停着许多小车，还有一辆大轿车，中间人说，大轿车是从市内统一拉人来的，每天跑两趟拉人，你们一会儿也可以坐这车回去。大楼里，但见很多人进进出出，上得二楼来，一个大会议室里，有穿制服的工作人员指引，交钱的人排了两队，一队是登记、签合同，复印身份证、银行卡、存折，另一队是交钱。两台点钞机哗啦啦忙碌着，好像永不会停歇下来。有那么多人，拿着五万或者多于五万的数，前来踊跃交钱，大多是中老年人。他们好像都认识似的，排着队，高兴地前前后后相互说话。有的是切实得到了回报，有的是看到别人挣钱很眼红，还有的是正在每月收到返款，起劲地给周围的人现身说法。

下个月的九号，秋生跑到离看车点一站路的银行，取款机上查询，果然多了一万一千元。晚上，老朱给他打电话，说自己的卡上，也多了一万一，毛小环对象的卡上，也是的。第二天晚上，老朱来找秋生，一万二还给了他，秋生找出借条，还给老朱。老朱的脸上，堆满了笑纹，他说他跟孙腊梅、亲兄弟明算账，到时的收益，按四六开分成，各是各的，这钱他自己存起来，不给孙腊梅，也不给兄弟寄回，他也要有自己的一个小金库。

从此，他们盼着每个月的九号来临。

连续四个月，一共返回了四万四。秋生给宝珠说，咱们再存五万元吧。宝珠说再等一个月，回来五万五再说。

又等到下月九号，果然卡上又到了一万一，投出去的五万变成五万五，已经稳赚不赔。秋生提出，咱把这五万再存回去吧。宝珠同意了。秋生又一想，要想赚钱，就得有魄力，不舍哪有得？他说，要不，让妈把家里的钱打来，咱存十万吧。宝珠觉得不妥，万一有闪失呢？再说妈也不会去银行汇钱呀，她只会从那个折子上取钱。“那，叫祥印把他的钱拿出来存上。”秋生现在恨不得哪里冒出来几十万，叫他用几个月。

祥印开大卡车跑长途，几天回来一次。秋生动员了祥印，叫他把存款拿出来：“爸就用几个月，保准还你。”

打电话给乔光荣说了这事。乔光荣一开始不信，但第二天下午，开车来到了秋生的看车点，听他详细说了一番，信了。

他又给吴成贵打电话。这种好事，他不能忘了成贵大哥，有钱大家一起挣。吴成贵说，他现在拿不出钱，儿子的一个高中同学，家在西边一个县的猕猴桃生产基地，几个人合伙，投资建了一个冷库，把家里钱都贴上，还借了外债。前年刚建好，成本还没有收回。那位同学的哥，在广东开办了一个果品厂、几十家连锁水果超市。北方的猕猴桃在那里，能卖上价。每年九月下旬开始，他们在这里成十来万斤地收购刚摘下的猕猴桃，要在冷库里过渡一些时间，待温度彻底凉下，才能用冷库车运到南方去，存到南方的冷库里，供应果品厂和超市。冷库还向全国零星发货，现在真是方便，微信上钱和地址发来，攒够几十箱，几天打开一次冷库门，把快递公司叫来，直接贴单子运走，过两三天，西北的猕猴桃就到了北京人上海人的手里，谁跟谁都不见面。从十月一直发到春节前，桃卖完为止。春节过后，将冷库出租，别人用来放海鲜或其他水果。冷库可是大有讲究，都是智能化，库内温度是根据外界气温而选定的，多少天开一次，集中取货，然后再设定时间智能调节，反正深奥得很，咱也不懂……冷库和猕猴桃，已经成为吴成贵全家人的指望，南方的果品店，南方人的消费习惯，南方的天气，甚至世界经济走势，也将要成为他们牵挂的事情，世界这一只大狗熊，感冒着凉打喷嚏，都会决定吴成贵全家积蓄的安危与发展壮大。如果秋生不打断，他还会源源不断地说下去，用那种既担心又兴奋的语气。

吴成贵说，他现在也不出去做活了，因为没有人自己做家具，也不再需要他这个油漆匠，他跟老伴在家带孙子，一个上幼儿园，另一个上小学，他管接送，老伴管做饭。他跟老伴、儿子经过协商，让小孙子姓了他的吴姓。他想今年过年带着姓吴的孙子，回北舞渡，到祖宗的坟上去磕个头。他叫秋生宝珠有时间回郭杜看看，现在变化可大，西安的商品房开发已经到了他们那里，土地都卖给了开发商，他们村的地界，现在是大学校园。从前的郭杜镇，跟市区连上了，也就是说，他们已经成了真正的西安市人。

乔光荣开车，老朱、秋生、毛小环男朋友，一行人再次去了南山脚下那个学校，还是那个中间人在校门口接应，还是大楼前许多小汽车和一辆大轿车，还是那么多人在排队交钱。秋生存上十万，乔光荣存十万，老朱和毛小环男朋友各存五万。老朱的脸上还是荡漾着幸福的笑纹，他自己的小金库建设初见成效。

半年净落三万二，相当于多干一年。身体越来越不好了，这一把搂住，再撑个一年半载，实在干不动了，就回老家去。

下一个月，卡上果然打回两万二。这样下去，五个月就稳赚不赔了，之后是天上掉下来的钱。秋生坐在路边，悠闲地闭着眼睛，就只这样坐着不动，熬时间也中啊。前些年，咋没有遇见这样的好事，每一块钱，都要靠自己和宝珠起早贪黑地挣来。他看一眼几十米外的宝珠，瘦弱的身躯走来走去，指挥车辆停放，然后亭亭立于车边，一副娴静的样子，等着人家拿钱给她，她伸手接住。收到几块钱，会往他这边望一眼，会心一笑。宝珠有点近视眼，看东西的时候，眼睛习惯于眯起来。那样子看起来，怪可怜人的。后年，宝珠五十五岁，我们是否借鉴下城里人女职工的退休年龄，回老家去，二三十万往银行里一存，利息也够吃饭了，跟妈一起，我们三人，院子里种点花，点上菜，随吃随薅，天天睡到自然醒，街里转一转，北舞渡走一走，再买个小电动车，带上妈和宝珠，时不时县上去，逛逛超市，进进饭馆。那才叫安享晚年。

唉，要是多投些钱，挣得会更多。这样一想，就有些恼恨，为什么金钱只给人带来短暂的喜悦，然后就牵出更强的饥饿感，涌出想要大口吞咽的欲望，欣喜短暂，只是引线，点燃一个爆炸体，炸出一个坑，要用更多的钱，去填满它。有人没钱吃饭，有人没钱买飞机，哪一样没钱，都够恼人的。

他一个人，向山脚下走去，那一片学校，在远方若隐若现，眼看着走到了，却又不是，再走，还在远处。他离家之前，是和宝珠在一起的，宝珠还换了炉子里的煤，火着得很旺。宝珠将炉子封好，两人一起出门的。可是，身边为何不见了宝珠？噢，她去路上看车去了，让我一个人来交钱，从前两回，都是我一个人来的，她要去路边守着。那个路段，不能没有人，离了人，一天少收几百块钱。秋生走了好远找了好久，总也找不到那个学校，只好回家。穿过一片城中村，穿越一片破旧的家属院，看到一些孩子在做游戏，好像在跳子，一个小女孩单脚蹦着，将石子一路踢着向前，一格一格，去往她最终的目的地，身边一些孩子站着在看。秋生却怎么也找不到家，一个又一个楼门，都很像。院子没有围墙，他从两座楼中间穿了出去，竟然走过了，又倒回来。在一个破旧的单元楼里，一楼，啊，住房条件改善了，竟然住上了单元房，虽然是城市里最破旧最底层的单元房。门是一个木头边框里面镶了好多砖头，他从来没有见过这样的门，得小心着推，否则门里面挨挨挤挤的那些砖头只要掉落一个，这个门将坍塌一空。他用力抬起，不让门在地上卡住。推开厚重的砖头门，里面还有一扇木门，噢，砖头门原来是防盗门。打开木门进去，转身扣上门挂钩，挂钩旁边还有一个小的，再反方向扣上，这样才保险。他环视他们的新家，宝珠不在家里，可能还在路边值守吧，为了钱，我们必须有一个人永远守在路边。两室一厅，非常小，堆挤着他们的破烂家具。墙角炉子里的煤着乏了，只有中间三个眼是红色。不知能不能再引着，他在家里找蜂窝煤。这是他们的家吗，怎么如此陌生？让我先参观一下，两个卧室，门对门，非常的小，没有窗户，放下床后，基本就没有多少空地儿了，也中啊，只要是单元房就好，简陋些没关系，只是有些闷，没有窗户的房间，晚上睡觉该多难受啊！几个房间都没有安门，大开着门洞，没有门也没关系的，大门口有门就行。有一个小小的隔间，里面堆着一堆煤。噢？我们不是烧的蜂窝煤吗？怎么会堆着一屋子原煤哩？被脚踩来踩去，带到别的地方，地上都是黑脚印，另一个门望进去，厕所，不是城市里的卫生间，没有马桶没有水池，而是农村的茅厕，几块砖垒的，一堆粪便呈现眼前。

秋生睁开眼睛，天已大亮，宝珠在他身边躺着。他看到窗户，大出一口气，可闷坏了，怎么做这样一个梦？梦到屎是财，可能要发财了。可梦到那么多煤是咋个说法？还有，炉子快要灭了，只有中间三个眼是红的，这代表什么呢？宝珠说，梦都是瞎做的，哪能每样都有说辞。

秋生的梦越来越多，夜夜不同，稀奇古怪，要么从高处往下掉，要么走在泥地里，要么门锁不上，屋子没有窗户，总是沉闷得透不过气。

第二个月的十五号，秋生跑到银行的ATM机上查，没有钱到账。往回走的时候，他笑自己，心太急了，这才下午刚上班，还有半个工作日哩。五点半的时候，他起身向西走，再次去到那个ATM机上查询，还是没有。他看看手机上的时间，五点四十五分。再等等吧，也许下班前会有，那么多人集资，那么多账户，一个一个打钱，光操作都得半天哩。

他离开ATM机，站在一边，看街上来往的人群。下班时间了，人们提着各式各样的袋子，迈着疲乏而匆忙的脚步，想早点回家。有年轻人在路边打车，脖子伸得老长，胳膊举酸个龟孙了，也不见有空车停下，好容易有一个亮着红色的空车灯，被几只胳膊拦下，几个人冲上去，看谁能先拉住车门。身边不断有人走到那个机子前，卡放进去，按下数目字，取出几张钱来，抽了卡转身离去，每个人都顺畅无比，好像这是一个很随意的动作，这个机子具有魔力，乖乖吐出人们想要的钱。他想起乔光荣说的一个笑话："有一回晚上路过一个取款机，跟前站一女的，我哩妈呀，又胖又丑，把那机器恶心得呀，哇哇哇哕个不停，那女的伸手拿住，全装到自己袋子里。"那是上次开车去学校交钱的路上，乔光荣刚一讲罢，他们几个开心地笑。老朱说："再没有我这么又老又丑的人了，也不见那机子对着我哕，要是哪天对我哕个不停，那才好了。"

他看看表，六点过五分，走过去，站在正取钱的一个小伙子身后，那小伙子取的钱多，按一次，出一沓，再按一次，又出一沓，每出来一次，他再按打印凭条，用每个凭条夹在每沓钱的中间，然后他站在那里，将那些钱数了一遍，确认无误后，拔了卡，转身离开。秋生心里紧张，跨台阶的时候，差点绊了一跤。卡放进去，按了密码，再点查询，屏幕上出现一朵白云，一个年轻女人躺在云朵之上，拿了本书在看，然后才跳出数目字，还是没有变动。就像是一道雷电兜头劈下，他立即身子麻了，头嗡嗡乱响。手抖着拔出了卡，下了台阶，掏出电话，刚要给老朱打，乔光荣的电话打来了："秋生哥，咋着回事？不是今天返钱哩吗？查了几回，都没有。"秋生说，他的也没有，正要给老朱打电话。

老朱说，他的也没到，去问问毛小环男朋友再说。一个一个问下来，老朱七点多时回电话说，这几天就到，放心吧。

接下来，秋生每天要做的事就是，找到离他最近的一个ATM机，不管它什么银行，卡塞进去，按查询键，然后是永远都不变的数字。好像再也不会有钱往这个卡上汇来。几次打听，那边传来的消息是，过几天，再过几天。

乔光荣不断打电话问秋生，到底咋着回事？他是第一次交钱，就碰上这事，语气里是秋生他们合伙坑他的意思。他们终于等不了了，几人约了一起，由乔光荣开车，到那个学校去。想起两个月前，几个人坐在车上欢声笑语，而现在都陷入惊恐之中。

他们看到更多的人，脸上带着焦灼与慌乱，向学校涌去，向那个大楼涌去。四人汇入人流之中，就像几滴水落入大河。那楼上所有的门，都关着、锁着，每个门都敲不开。再去看另外的大楼，都是空的。他们之前来交钱，只见到大楼，只看到人来人往，每个房间都有人，井然有序正在办公的样子，怎么就没有注意别的楼里有没有人呢，怎么就没有想到，既然是学校，有没有学生？

不断有人群进来，又有人群出去，询问，咒骂，聚在那里不肯离去。秋生淌了一身的汗，跟着几个人下楼来，坐上乔光荣的车，大家都不说话，乔光荣黑着脸，秋生和老朱黄了脸，毛小环男朋友脸色惨白。

并无天塌也无地陷，太阳依然普照大地，街上的景致一如从前，人们照样奔忙来去，没有因为出现一个非法集资案有所改变，不管有人一夜暴富还是突然破产，城市洪涌滚滚向前，地球不动声色地运行。

下了乔光荣的车，秋生向他的路段走去，他看到宝珠一个人在那里忙碌，心里涌出对她的无限疼惜。然后宝珠的身影模糊了，街上的一切虚飘起来，像是电影里被一阵妖风卷走，他眼前一黑，倒了下去。

生活总是会将一些本来平常的日子提审出来，成为纪念日或者灾难日，十五号，从此成为他们的噩梦。几天里，秋生身体垮掉，竟然走路的劲都没有，全身不停地出冷汗，盖床厚被子还是冷。

送到医院检查，诊断结果很快明确，肝癌晚期。

祥印开着车，从西京医院出来，本是要向东走的，左拐的路被车堵严，针插不进，突然想起，康复路现在拓宽修好了，不如先向西，从康复路向北，由北边的路再向东回家。

幸亏没让秋生跟着一起来。

宝珠完全不认识康复路了，从来没有想过康复路会是这个样子，新修的宽阔马路，两边的楼房露了出来，一楼统一做成门面房，还没有开业，完全一样的卷闸门全都落着。老树出了，新树还没有种上，街道宽得很不真实，路边摊点，没有一个了，只有汽车呼呼跑过。从前那拥得密不透风的人呢？那些肩扛手提，大包小袋的人呢？都去了哪里？没有了人头攒动的康复路，没有了喧闹盈天的康复路，没有了货物堆积如山行人走路绊脚的康复路，没有了每天诞生几个百万富翁的康复路，还是康复路吗？

这条路其实很短，只有一公里吧，可从前觉得那么长啊，几乎就是他们全部的世界，它成就了那么多人的梦想，人们天天从四面八方涌来，密密匝匝的摊点，形形色色的叫声，牵住人的眼光，占满人的耳朵，走一步退两步，看几个摊点，再折回刚才一个，对比一番，像沙砾一样相似的东西，像大河一样不竭的货品，从广东、浙江而来，在这周边几百米的各式库房里堆成山，一辆辆三轮车拉来，搬来，再由各样的手和肩膀运到四处……她曾和秋生手拉手，为一批袜子，每双便宜一毛钱，来回比较了几家，拿出奋勇向前的力气，挤呀，走呀，说呀，恨不得把自己变成一根毛衣针，从人群里穿过来扎过去。对了，还有专门批发毛衣针的摊位呢，竹的，钢的，塑料的，细钎的，粗棍的，环形的，南方人真是精，什么都能做出来，只一个毛衣针，就能变出如此多的花样。物的世界堆积如山，望不到头。从南走到北，一路看过，要差不多半天时间，宝珠记得清密集的区域，也有大致的分野，街两边第一排，是大的摊位，卖时兴的衣服，大摊位后面，又有小的、低的、临时的凑合的摊点，两个凳子架一块木板，就可变成印钞机一般地赚钱，卖鞋鞋袜袜，针头线脑，头花扣子，卖服装衍生出来的所有配饰。街南头的衣服，赶着时兴，质量稍微好一些，价格常常压不下来，因为已经报得很低了，摊主很直爽的样子，时间就是金钱，不会花在无谓的讨价上，直接报底价，你爱买不买。越向北走，衣服的式样，越来越看不入眼，质量也越来越差，是对南头服装的模仿，仿的档次非常低下，花里胡哨，气质恶俗，最爱用各式蕾丝花边点缀，材质差得不能再差，洗一水就失了样子。它们雄赳赳联合起来，就是要告诉你，这世上再也找不出这样劣质这样价廉的衣服了，可它们一定是有巨大的需求，才大批量地生产出来。本身南头的衣服，就是对大商场大品牌的模仿，差着那么一截子，北头的呢，就更加下降几个档次，价格哪怕再低，他们也是常常不敢批的，因为拿回去卖不动，郭杜，毕竟也是西安的郊区，那里有几家大的国营单位，那么这些世界上最低劣的服装，到了哪里呢？可能是批发到真真正正的农村去了吧。那时秋生他俩，走到一半的时候，就不再往前走了，只有偶尔顾客要一些末端的东西，鞋垫呀，松紧带呀，花边呀，让他们带回去，他们才鼓足勇气挤到北头去过几回。谁能数得清康复路上有几百几千个摊位，谁能知道这条街上生出多少梦想，造就多少富翁。可如今这一切，从这片土地上抹去了。那些做着发财梦的人，有的真发了有的没有发，他们去了哪里？同样是某年某月的某一个日子，被秋生和宝珠从无数模糊不清的日子里打捞出来，变得闪闪发光，哪一天，头一次来这里，哪一天，开始批发衣服开始在郭杜有了门面房，哪一天，结束了卖衣服而在康复路对面开饭馆，哪一天，转战更东郊的地方，开始路边看车。如今看来，那些日子，是毛衣上的一个花样一个分针，它们衔接和带领着那么多看似永远也数不清的针脚，现在统统到了最终收口的时候。

差不多一分钟，汽车就穿过空空荡荡的康复路，但见街的尽头，一座崭新的大楼矗立，“康复路批发市场”的鲜红大字，悬于楼前。能将野性康复路收进楼里，说明它本身已经失去了活力。据说现在人们，都是网上购物，家里鼠标一点，东西送上门来，康复路渐渐萎缩下去。

虽然没有告诉秋生，但他也猜出了自己的病。

张水平和秋云来看他，妹子眼睛哭得红肿。

乔光荣开着车，带着他的年轻妻子来了，坐在床边安慰他：“钱没了再挣，奶奶的，该着咱折本。哥你别难过，我不怨你，我乔光荣的钱来了去了，多了少了，都有过，最开始那么难的时候都过了，刚来西安时，有一回俺俩兜里的钱加起来不足五十块，房租都只想交不上，给房东说好话拖了俩月，不也咬牙过了？现在啥都稳住事了，不就是几万块钱吗？不值啥。”

老朱也来看他，忏悔自己的罪行，他的钱，也回不来了。

听新闻说，那个学校资金链断裂，校长一走了之，现在人还没找到，有人说跑到国外去了。十几亿的大窟窿，突然出现在这个城市，毁了无数人的梦想与生活。

宝珠劝秋生，不就是七八万吗？权当咱俩白干了两年，人好好的比啥都强。

而秋生只是悔恨，自己一个能人，行走江湖多年，不诓骗别人也就算了，怎么会叫人骗了。

眼看不行了，连走路的劲都没有，每天只是盖厚被子躺着。秋生不想回家，不愿让村里人看到他这样的下场。可是，不回怎么办？难道，葬在这个离家一千多里的城市吗？半个席片大的墓地要好几万。

宝珠说："回去吧，那是咱的家呀！不管咋说，咱有那么好的房子。钱没了，家还在，几个小孩好好的，都有事干。回去守在咱妈跟前，家里好赖还有几万，养着病，叫他俩在外挣钱，多少给咱一点，够吃饭了。"宝珠也不再去收停车费，转让给老朱和他的侄子，老朱将小卖部交给孙腊梅。宝珠每天只是守在秋生身边，一步都不离开。

秋生说："早晚的事。我知我的病，这一年多，都觉得不好，自己不愿承认。"他握住宝珠的手，"就是对不住你，看病又花了钱，一个也没有给你留下。"

"说这干啥，钱是身外之物，人好好的，比啥都强。"

可是，人却是如何也好不了了。

又挨几天，秋生终于答应回家："去康复路，给我买里外衣裳。我可不愿穿那些寿衣店的老衣，老几辈的样子。我要穿时新衣裳。"

康复路北头那座新崭崭大楼里，还飘散着刚装修的气味。宝珠和秋云从南门走进去，一眼望得到百米远的北门。怎么没有顾客？今天还是星期六。宝珠掏出手机看看表，快十一点，逛街的人也都该出来了呀。

店主们闲闲地坐着，低头翻杂志看报纸玩手机，还有人聚在一起打扑克。但凡宝珠秋云上去看一件衣服，他们马上热切地走过来："要不要？给你便宜点。"

还有一些店没有开门，玻璃里面，衣服挂在墙上，不抱希望的样子，有的门口贴着"转让"两个大字，下面写着手机号，0是张大了的饥饿的嘴，8和6是吃惊的眼睛，7是翘首以待的张望。那些内衣，紧绷绷套在模特身上，连人带衣浑然一体地落着一层土；那些挂着的衣服，皱皱巴巴，破罐子破摔的表情。只要有人进来问津就是店主的无限生机，似乎你压再低的价，都可商量，都能接受，只求把东西变现。

怎么也想不到，十多年前人声鼎沸烈火烹油的康复路会荒凉成如此模样。市场在路边的时候，是原野上奔跑的猎豹，一旦登堂入室，规范经营，变作了动物园笼子里的老虎，成为一种生态标本。

内衣外衣，鞋袜帽子，全套置好，甚至买了手绢装到外衣兜里。

尹秋生曾无数次路过三门峡。从老家到西安，从西安回老家，坐火车必得经过这里，秋生会说，要出省了。

这次与哪回都不同。

从前是坐火车——真的是坐啊，更多时候还是站，从来没有卧铺过。他每次都给宝珠说，那卧铺也不是只给高级人卧的，下次咱也卧一回，看天能塌下来不。宝珠撇撇嘴，不发表意见。宝珠常用微笑着撇嘴代替她的意见，代表她的无奈，拿他没办法，也表达她的信任和顺从。秋生只是说说而已，每次买票时，他都会想，就那么卧一晚上，价钱就翻了倍，真划不着，而买硬座票，两张就省一百多。于是，他们的卧铺计划总是放在未来。

从前是黑夜——总是在黑夜路过三门峡。困顿的睡梦中，火车哐当一下停了，女播音员睡梦般温柔的声音：三门峡车站到了，有在三门峡下车的旅客，请收拾好您的行李物品准备下车，列车在三门峡车站停车三分。那声音听起来非常高级，纯正的普通话，懒洋洋，甜蜜蜜，总是如在梦中，让人觉得挤火车也是一种享受，这火车将你带去的，是一个美好的未来。

从前是心怀憧憬与梦想出门，带着钱和满足回家，每年春节，都是一次辛苦而甜蜜地往返，家和亲人在那个永恒不动的地方，敞开门等你回去。大城市总是吸引着你，一次次投入她的怀抱，分享她的繁华与落寞，慷慨与绝情。这城市对得住你，让你在老家盖起二层小楼，那么大个村子，千余口人，你还是挑尖的能人。村里人眼气你，高看你，你在城市游刃有余，一切玩转，那些科长处长什么的，也被你请到饭桌上，你与他们称兄道弟。

这一次，是白天路过三门峡；这一次，是躺着，不是火车上的卧铺，而是汽车，专车，在面包车中间那排座上，给他铺了床位；这一次，是回家去，等死。

死亡的影子像大鸟翅膀呼啦一声投射过来，在西安的老乡没有人相信，大白鹅一般漂亮欢实的尹秋生，竟然倒了。他自己更是不服。可是，那影子先是潜入他体内，暗自生长，他似有所觉，但不愿面对，一次次将它按回去，最终，那影子看准时机，猛扑上来，迅速将他控制。他听了宝珠的建议，不，他听从命运的召唤：回家，回到尹张，死到母亲身边，死在他盖起来却没有好好住过的小楼里。

祥印开车，宝珠坐在身边，握着他的手，给他擦汗，跟他说话。妹夫张水平坐在车里，一路陪同。

“停一下吧。这是哪儿？”

“刚过了三门峡，前面是登封了。”宝珠说。十月下旬了，天已转凉，他身上盖着厚被子，冰凉的汗珠，在蜡黄的额头上一点点渗出来。

“歇会儿吧，这样跑着，晃着，心里烦。”

“咱不是想早点回家吗？”宝珠一心想让他再看一眼家里的楼。

“烦得受不了，想起来坐会儿。”

到前面一个临时停车点，汽车靠边，停下。宝珠和张水平一人一边，扶他坐起来，靠在窗前。

已经过了西部山地，汽车向东南而来，一头扎向大平原。

熟悉的平原望不到边，土地铺向远方。大地安静无声，可秋生总听到声音，那是火车的轰轰隆隆，可他们离老铁路，实在是远。路上见到了高铁。张水平挡起他的脖子，他看到一辆，兔子一样窜过。他曾经给宝珠说，下次咱坐高铁回家，可临到买票时，就说，贵多一半哩，咱又不赶时间，还是坐火车吧。尽管二十年不种地了，他的心，还是农民，看到土地，看到收割的豆子和苞谷，仿佛闻到它们的气息。大地仁慈为怀，最讲信用，只要你播下种子，她就定期回报你。现在这土地，已经种上麦子，它们在地面下默默酝酿。霜降前后，小麦出绿。万物听从时令召唤，它们正在努力钻出地面，已经看到点点新绿，很快就会给大地铺满绿色，明年夏天，又是一片金黄。就算他拿镰的力气都没有了，他还是喜欢，想多看看这田野。两行泪流了出来，现在，他是命运将要收割的一棵庄稼。

中土大地，经过夏季的热烈燃烧，进入沉静的秋天，温暖，干燥，疲惫，丰收到了极致，不小心要酿造危局，处处是严禁焚烧秸秆的标语：点一把火，进派出所；不听劝，进法院；卫星监控，不要侥幸。有才的人就是多，简洁明了，告诉你后果严重。土黄色大地轻轻波动，像大手抚摸秋生。很快，他就要躺进这大地之中了。有一忽儿如在幻境，恍惚小时候在母亲怀抱，忘却病痛，忘却惊吓。

二十多年前，他和宝珠挤在火车上，他们要去西安。已经站了大半夜，这才知道，站着也是能睡着的。农村人封建，不好意思两口子面对面抱在一起，虽然车里拥挤，虽然没有人认识他们，虽然那样抱着睡可能舒服一些，可从来没当人面那样抱过。秋生扶着一个座位靠背，手紧紧地抓着，腿抵在座位边，一半的身体有了着落，把另一边给宝珠。宝珠靠上来，手抓着他后背的衣裳，能在挤得喘气都不匀的车厢里有这样一个立足之地，已经很不错。迷迷瞪瞪中，火车缓缓减速，喘着大粗气，咣当一声停下了。这是哪儿呀？宝珠睁开了一点眼睛缝，做梦般地问，立即被车厢里明亮的灯光刺得又闭上。三门峡。他在她耳边说。宝珠的声音低低地问，快出省了，出了省就到西安了吧？他说，早着哩，还得跑几百里，晌午才到西安。宝珠柔柔地叹口气，头朝他肩上偎了偎，又睡去了。

汽车颠簸一天，傍晚时候，终于走过北舞渡的大桥。街里的人只看到一辆陕A牌照的汽车，腾起一阵细尘，向西去了。宝珠轻声说："咱到家了。"秋生的手在宝珠手中，两行泪滑落在两只耳朵眼里。

第十五章　卢双丽

研究院办公室女干事卢双丽，细溜身材细长腿，身上没有一两多余脂肪，三十七八岁，没有孩子。人们私下里说，她年轻时候在深圳当过坐台小姐，搞得不会生了。

“坐台小姐，怎么到设计院工作了？”罗锦衣问。

“坐了几年台，有钱了呗，她一个表叔是局人事处的，给她办了招干手续。农村户口，啥学历没有，直接就是事业单位。”

卢双丽除了院办公室杂物，还负责罗锦衣的办公室打扫、文件整理、日常琐事，基本就是贴身随从的角色。或许是从前的职业训练，她干活行事很麻利，脑子又够用，交代工作一遍记清，并且对罗锦衣的话领会得深刻准确，细节做得样样到位，想领导之所想，急领导之所急，深得罗锦衣赏识。关键是她没有孩子的拖累，不管是周末、节假日，甚至深夜，只要罗锦衣一声召唤，她随叫随到，电话秒接，短信速回，就好像她设置了一个自动回复的功能：

“好的院长”，一天出现几回，常常是罗锦衣的短信刚按出去，她这四字箴言就迅速过来。开会，外出，护送，陪伴，喝酒，吃饭，甚至逛街、购物，卢双丽如影随形，保持得体微笑，从不对她说个不字。罗锦衣深受感动，不止一次深情地对卢双丽说，我永远相信你，永不怀疑你。用人不疑，疑人不用，这个道理她是懂的。这样一个让她处处安心的人，她当然也没少关照，年底给卢双丽评了先进，涨了工资。罗锦衣体态健硕，走起路来一颤一颤，巍峨壮观，卢双丽细腰小身板，行走像一阵小风。两人同出同进的身影，成为设计院一道亮丽的风景线。

春天来了，罗锦衣晚饭后到对面的公园散步，玉兰次第绽放，在夜色中散发浓烈的芳香，它们无须绿叶陪衬，开放得那么决绝，天刚回暖，伴着惊蛰绽开身姿。在罗锦衣眼里，盛放的玉兰失魂落魄，是披头散发的迟暮，是夜色中的哀泣。春光大好，可她觉得自己的人生似这怒放过的玉兰，逃不过一败。才几天工夫，花瓣跌落在草地上。她走过去弯腰捡起一片，冰凉肥厚而柔软，带着褐色的伤痕，像是利器擦伤。花落尽时，绿叶才出，叶子一长出，跟别的树没有什么两样，除去春天这异常芬芳的十多天，没有人注意它们是什么树，大多人也不知道，它们初冬就结下了花苞，现在这饱满的花容，是冬季漫长的寒冷冰雪孕育而成。

小健再来电话，小心翼翼问候罗锦衣的身体，她说好了，谢谢。小健说：“那就好，在打电话之前，一直担心，现在你说好了，我就放心了。”他说得情深义重，好像是她什么人似的。明知道这是应酬，她还是心里感动。

桌上开放的花朵是性欲，杯里盛的葡萄酒是爱液，伸出来夹菜的筷子是试探，碰杯是某种挑逗。男人脸儿微红，醉了般的口气跟你说话，全身每个汗毛舒展驯服，返回赤子的纯真与乖巧，如蚕儿寻找桑叶般执着，男性荷尔蒙被激起，突然散发芬芳气息，笼罩了周围的一切，不论身体在哪个方位，头都伸向你这里，哪怕是在千人大会上，世上也只有你们两个，用目光交流，没话找话说，只想尽一切办法牵住对方。昨日已经远离，那样场景，再不会有。可是，它们仍然天天上演，只是女主角，换了别人。你已老去，被男人忽略，可还有无数贱人，鲜亮地招摇，那些曾经疯狂鲁莽的游戏，夜以继日地生发，永无休止地上演，更新换代，花样翻新。没有你的加盟，不需要得到你的同意，也没必要让你知晓。而你也明确知道，没有你的参与，故事照样精彩，那些欲望勃发，那些情意绵绵，那些欢爱分合，那些曾经养育着你的章节，从你的生命册中消失，流淌到别人的故事里，方兴未艾，不需要考虑你的感受，无须得到你的许可和批准。晚上做梦，画面闪出一个年轻姑娘，脸庞饱满得像一颗杏子，樱桃小嘴抹得鲜红。付良才说，她好看，你走吧。她带着深沉的忧伤和颓败醒来，梦里的愤怒还在心头。

再看卢双丽的脸，带着年轻人特有的光泽，带着欢爱浸泡的迷醉，连说话声音都是湿淋淋的，皮肤紧致细密，全身线条呈向上趋势，不能孕育孩子的子宫，却功能正常，月经如期光临，身体推陈出新，使她像一架锃亮的机器，保持最好状态。

罗锦衣怀疑，这个贱人，百分之百和付良才勾搭上了，或许两人早已在一起，玩过了他们曾玩的所有游戏。

那天她去局里办事，一楼大厅里，遇见付良才出门，她与付局长打过招呼后，径直往前走去，卢双丽没有跟上来为她按电梯，她回头一看，两人站在那里低声说话，她心里一惊，站着不动，瞪眼等她。也就是半分钟，卢双丽小跑上来，伸手按了电梯。小小电梯间里，二人都不说话，卢双丽表情也不像平常一样自然。她更疑心了，然后整个下午心神不定，跟行政处长谈工作都没有谈好，她想不明白，一个下级单位的普通女干事，跟局长，会有工作要谈吗？有思想要汇报吗？有事相求吗？如果是第三种，她为什么不向她随口说出呢？她二人之间，这样的事，都是相互通报的，以便对方给出出主意。当空一个闪电劈来，照亮了她。再怎么看，卢双丽都是跟姓付的有一腿了。当年她曾撒娇说，别人知道了咋办？付良才说，不可能让他们知道啊。这时，付良才一定给卢双丽说，不可能让她知道啊。老家人说的：清是不叫他知。再看到卢双丽拿着手机低头发信，脸上带着欢爱般的笑，啊，给谁发，是不是在和他掐时间？

女人一旦被疑心和忌妒控制，就走上一条狂野之路，换挡提速飞奔。一切都是阴谋，大家都在瞒着她做什么。谁看上谁，谁骚扰谁，谁跟谁搞到了一起，这才是世界的本质，借着事业呀，开会啊，讨论呀，工作需要呀这些外壳，内里面男盗女娼，从无停歇，这一套她见得多了，经得多了，不用睁眼都能看出端倪，闻出味道，她被这个游戏淘汰出局，规则千古不变，不因她的掉队而停下来，没有人顾惜她的失落与难过，你心碎成片片，与他人何干，人家照样承欢侍宴无闲暇。她曾在短信里质问付良才，我怀疑你又有了人，付良才回复她四个字：无稽之谈。她又发一段谴责的话，他再回四个字：无理取闹。只是否认，并不再表达对她的情义，当年那些话，为何不再重温一遍？为何不能单独见上一面，畅谈一次？还是心里有鬼。

几个晚上没有睡好，再也无法忍受内心的折磨，她要对这个薄情的世界来一次讨伐，她要拿一个贱人试问。终于，在出了一身更年期女人特有的汹涌大汗之后，用餐巾纸吸干水洗过似的脸，平定一下呼吸，拿起桌上座机，啪啪啪按了号码，对着听筒说了两个字：“你来。”

卢双丽轻巧的鞋跟声在走廊响起。只有身轻如燕的人，才会发出这样的声音，这里烽烟已起，门外的她还不知，罗锦衣能想到她一扭一扭又贱又美的样子，那一股轻盈的力量，还不曾想到迎接她的是意外与责难，只敲着某种让女上司恼怒的鼓点走来。阳光依然明媚，暮春散发着熟烂的芬芳气息，一场女人的战争将要爆发。谁说只有男人好斗，却原来巾帼不让须眉，在宫廷里斗，在田间地头斗，在深宅大院里斗，在办公室里斗，在网上隔空喊话，脂粉翻起烟尘，裙钗暗藏杀机。争斗的由头与手段多种多样，但中心思想只有一个：男人。现在，她的这间只收听过会议辞令，官样文章，和友谊、谦让、理解、信任、忠诚等满满正能量词汇与数据报表的办公室，将要上演一出新编古装剧。玻璃缸里的小金鱼像是地震前预感到什么，在小小的世界里疾速乱窜两下，喧哗了一阵，然后屏住呼吸，瞪着圆鼓鼓的眼睛，看向门口。卢双丽走进来的样子，先让罗锦衣有了几分恼火，小娼妇细细的腰肢裹在一件新式A字短裙里，腹部那里纸一般地紧绷平坦，脸上带着好像全世界男人都买她账的自信笑容。罗锦衣想到自己臃肿松弛的肚皮，它们曾经像西方油画里那样，温厚而紧致，现在，棉絮一般糠了，每次从床上起身，一小堆松软脂肪水波纹一样轻轻晃动。

“这几天，忙啥呢？”语气里再无往日的慈爱与亲昵，眼睛也无法像平常一样自然投向她，也没有说让她坐，卢双丽心里一紧，迟疑地坐在沙发上，只落座半部分，上身挺直，不敢像平常一样放松地靠后，收回一贯的巴结表情，暗自观察她的脸色，紧急调动她阅人无数的丰富经验，有无数个应急预案前来报到，想这老女人今天要干什么。卢双丽的眼睛快速眨了两下，假装眼睫毛上有个什么东西需要摘下来，用手指触了几下，好用手遮住脸上肌肉的轻微跳动。“没忙啥，下班就回家，看看电视，想想你交代的事都做好了没，然后洗洗睡觉。”卢双丽想到对方无数次说，自己处在更年期，有时候控制不了情绪，闪电般地想自己工作中哪里没有做好，她打算全盘接受批评，曲意逢迎，对她的训斥和责问奉陪到底。

罗锦衣继续上下打量，想从表情里判断她话语的真假，想抓住她每一个快速闪过的眼神。

“下班就回家？哼哼，没那么简单吧？”她用了审问的语气。

命运那看不见的手，伸向这里，很快就会扔下一个令牌，就要改变什么，而凡身肉胎的人，还看不到，只是由着自己的性子滑行。罗锦衣只想将心里的不满、疑问发泄出来，明知道对方说什么她都不信，都会生气，但还是要追问。

卢双丽心里一沉，条件反射地翻了个小小的白眼。心里又有挣扎，想挽救这不妙的气氛，故作孩子撒娇状："那我还能去哪儿呀？我的行动你都知道嘛，随时听从你的召唤，除了陪你，还能有啥事？"

"别以为我不知道，告诉你们，瞒不过我！"她把签字笔在桌子上拍去，配合她的警告。更多愤怒指向那个不在眼前的人。

"哎呀领导，你这话啥意思，有话直说嘛。'我们'是谁？我哪里没做好，你直接批评好了。"小金鱼又哗地一跳，水花溅起，窗外一阵风吹来，桌上的文件翻动一下，命运提醒卢双丽说，给这蠢女人一个机会吧，再对她温柔一下顺从一些，看她是否能见好就收。卢双丽内心有了纠结，毕竟年轻，不愿承受委屈，撒娇中有了顶撞的意味，不再口口声声称呼院长了。这时要看多吃十几年饭的罗锦衣的修行，能不能及时控制情绪，将事态挽救一下。小金鱼瞪着鼓眼睛，看看这个，看看那个，突然把尾巴甩得像一团火苗。提醒罗锦衣，此时回转，还来得及。可女人偏偏总是感情用事，任由心里的怒火着起。

"不是没做好，是你做得太好了，太到位了吧！我都没办法说了！"重力加速度，情绪如过山车一般向下落去，不管下面要发生怎样的碰撞。

“有啥没办法说的，直说好了。”卢双丽绷直了身子，上身向后仰着，把自己变成拉满的弓，随时放箭反击。

“哼哼！”罗锦衣冷笑两声，比哭还要辛酸，感到自己内心在破碎、坍塌。这小娼妇，不承认，不服输，更没有求告的意思，不像从前那样，对她唯唯诺诺，风吹草低一般地逢迎，这说明什么？这充分证明，她翅膀硬了，敢跟她抗衡了。什么会让女人由弱变强、由小变大、盲目自信、敢于顶撞呢？只有她背后的男人，“你老实说，你跟付局，到底有没有关系？”自己把自己逼到绝路上，脸色苍白，话像箭一样嗖地射出，没有回头路，一场交锋，必须开始。

“怎么会！”卢双丽脸色大变，忽地站起身来，再不像从前那样，不管受到什么委屈，都能自我消化。她喊完之后，将目光移开，鄙夷的眼神转向窗外，再也不愿看她一眼。在罗锦衣看来，那是心虚，也是狂傲。啊，终于敢顶撞我了。

“还敢说没有！我可是有证据！”

“你有啥证据？拿出来呀！”卢双丽快速用眼里的火苗喷射她一下，又扭开头去，还是不看她，这个破女人老女人再也不值得看一眼了，小心伺候来去，以为能感化她，能在女人与女人之间建立友谊和感情，从此关照提携我，却不想仍然是转眼之间，变为敌人。她的轻蔑更加激怒了罗锦衣，卢双丽这是在代表男人，代表全世界蔑视她遗弃她。

“是不是非得要我告诉你，哪天哪月，几点几分，你俩在水云间酒店，几楼几房，以为我不知道吗？”她的嘴唇开始哆嗦，针刺般细小而密密麻麻的疼痛胀满起来。

“那是你吧！”卢双丽转过头来狠狠地剜她一眼。

“呸，我才不会那么掉价，像你一样轻车熟路，在酒店里卖。”女人反目，只在一瞬，之前小心维持的局面，是纸糊的风景，一把火燃起，灰飞烟灭，一盆水浇下，瞬间坍塌，平坦的路面，突然陷开大大裂痕，两人站在各自的崖边，拔剑相向。

“是，你不会那么掉价，你高级，你有专门的地方。”

罗锦衣有义务将对话引到正题：“我只是问你，你俩，到底有没有关系？”

“我说了，没有没有没有！”

“我说了，你有你有你有！”

“那你还问啥！”卢双丽终于彻底愤怒了，“你跟他又是啥关系？你凭啥来问？”老女人不可理喻，不值一驳，卢双丽的眼里，现出高冷表情，逼近了一点，一张脸面向罗锦衣。这张脸，这个身体，尚在年轻，尚有力量，虽然某个器官操劳过度，使坏了，不能生养孩子，但委屈与愤怒使整个躯体就像一张强有力的弓，随时搭箭，拉满，射出，嗖，让你皮开肉绽，鲜血直流。

“你个卖货！！”她体内一种物质突然爆炸，嘴唇麻木，有无数个细针扎去，不是自己，而是另一个声音，凶恶地说。

“你不卖？你不卖你咋上来的？你咋从农村出来的？”卢双

丽眼睛瞪大，红血丝纤毫毕现，直直盯着罗锦衣那张松弛而丑陋的脸。全世界只有上下两个器官了，只比谁的更加花样百出，雄健有力。

两个女人，隔桌站着，目光对峙了几秒钟，都因激动而全身哆嗦。罗锦衣的厚嘴唇几乎要跳动起来。小娼妇从老女人眼中读出了虚弱和无措，看到了越来越浓重的泪光，这样的争端在她这里，小菜一碟。现如今的罗锦衣，一切都在走下坡路的罗锦衣，外强中干摇摇欲坠，总爱忘事丢东西，啰里啰唆反复无常，本是个蠢货，傻逼，脑子完全不够用，怎么就当了院长？一路卖上来而已，现如今在男人面前没一点办法了，才来找女人算账。她平日里早将她的一切看透，虚意伺候罢了，此时确信自己占了上风，可以结束论战。女人对女人，总是更容易心狠，相互激发出内心的恶意，涌出报复的力量，另一个女人的痛苦，就是我的快乐。她清脆地哼一声，一拧身，给老女人一个后背，觉得自己是宫廷剧里完胜的女主角，气象万千地准备出门而去。身后的罗锦衣全身颤抖，双手捧起桌上小鱼缸，水哗啦倒出来，先淋湿了自己，然后向着卢双丽的后脑勺狠狠扔出去。刚拉开门的卢双丽惨叫一声，捂着头蹲了下去。小鱼缸砸在她旁边的墙上，玻璃和水一起粉碎，飞溅到她脑袋上，小金鱼在她脸上甩一下尾巴，掉落地上，疾速地拍打身体。水和血顺着卢双丽的头发往下掉，玻璃碴子拍又拍不得，找又找不到。这个她买来孝敬给罗锦衣的小鱼缸，成了老女人绝望的武器。罗锦衣没有扔准，仍不解气，奔过来揪住她的头发，左右开弓狠扇两掌，苍白小脸立即变成红色。个大不怯力，单是体重罗锦衣都胜出几十斤，卢双丽全然不是个儿，抓小鸡一般被扔出去，湿淋淋像个小布袋子一样，扑在地上，嗵的一声，关在门外。一只凉鞋掉在门内，带子夹在门缝里，罗锦衣又打开门，一脚踢出，鞋子向贴在地上的脑袋飞去，又是一声惨叫，嗵的一声，重新关门。哭喊声，叫骂声，踢门声，各个办公室门打开的声音，人们走过来，惊讶地询问。

把这一切关在门外，罗锦衣热泪骨碌碌滚落，站在房子中间，大脑一片空白，不知道自己做了什么，抬起手，看到手掌流出血来，那是她刚才抓住卢双丽时，将一块碎玻璃握在手心。她流着泪，张着手，举到窗前，小心地用指甲将那个玻璃碴儿捏出来，一小股血又冒出来，她的嘴凑上去，血是咸的，热的。全身还在抖动，像有万千细针扎着。她将手放在脸盆里，看到血滴渗入水中，像一幅画，洇开了。

刚才那几分钟，是一场梦吧？

卢双丽是谁呀？从小没妈，跟野孩子在街上打架，初中没有上完，十六岁南下广东当坐台小姐，走南闯北，吃纸烟弹灰。哪里会咽下这口气。一晚上没有睡觉，在当过报社通讯员的丈夫指导下，奋笔疾书，炮制一个帖子，发到网上。第二天天亮的时候，全世界都知道，有一个叫罗锦衣的女领导在办公室疯狂殴打下属。一时之间，跟帖成千上万，一律痛骂罗锦衣。

十几个小时里，有无数人兴奋地打开电脑，查看事情进展，那些从不相识的人，却希望这个叫罗锦衣的女人倒霉，继续查！继续挖！人肉她！挖出个贪污犯、女流氓才好。

人们只是在网上骂来骂去，却没有一个机构出面管这个事，给卢双丽一个答复。

两天后，卢双丽没有等到她想要的结果，又抛出新的内容。

“罗锦衣为了向上爬，欺骗组织，私改年龄，将一九六二年出生改为一九六六年……”

“罗锦衣行贿上级领导，拿钱铺路，走上院长位置……”

谁解娼妇之心，有着怎样的决绝与无畏，百宝箱都能沉，还有什么做不出来，卢双丽扳不倒她誓不罢休，她像一个充满战斗力的英勇志士，每天抛出一篇战斗檄文，抖出一个猛料，并且罗列出有力证据。照片、票据、银行流水单、购物小票、手机截屏。两个女人要好时候的无话不谈，上级交由下属做的一切事情，下级小心伺候的细枝末节，全部变作有力证据。关键是卢双丽调动起了广大网友的评论热情。上万条跟帖，全部骂当官的。网民们天生和富人有仇，和官家有仇，他们不需要知道详情，也没兴趣了解当事人的性情，甚至没有耐心读完全部内容，一看标题就群情激奋，踊跃发言，他们只是制造一个网络狂欢，在那几天里津津有味地看到一个人倒霉，一个官员倒下，网络页面上的某个角落，仿佛是此类事件的专栏专版，每几天更换一个主角，引来广大群众围观。卢双丽除了让丈夫坐在电脑前发布文章，她也没闲着，将同样的文字（更有一页页的网友留言）打印出来，到局机关，到几家平级单位，挨个领导办公室敲门，发放，扒开后领子，让人家看她脖子里的伤，看医院的检查报告单，看她那天被打肿了脸的照片。回到家里或办公室，上网查看她的丰硕成果，和广大网友互动，就人家提出的问题进行耐心回答，对网友深情致谢，充满信心地表态：是的，我不会就此屈服，我要与这种腐败行为斗争到底，为干部队伍清除害群之马。

罗锦衣也没有闲着，她和罗锦波在奔赴各处，在不停地打电话，求见相关的人，找寻能帮得上忙的人，说得上话的人。两个女人分头行动，都在找自己能抓住的人，都在否定对方的话，都在申诉自己的道理。二人从此不再照面，不再对话，她们只是各自奔走，要将对方尽快推倒。

最是中年女人的心，浅显易懂又深不可测，有时愚蠢轻信上当受骗，有时疑心重重老奸巨猾，因常年睡眠不好，脑子总不够用不好使，犯许多低级错误，又因来路复杂，更爱东拉西扯，生出诸多关系，遇事总在不信之中，总在证实之中，热衷于联系，最爱背过身去打听事情，问了这个问那个，从A这里证实B的话，从C那里推翻A之言，身后总要有一个添乱的智囊团，总有新的信息出现，所来信息纷纷乱乱，这个信息影响那个信息，这个信息否定那个信息，影响之影响，否定之否定，信息叠加，层层累积，自己又没个定主意，慌忙且乱，芥豆之微都要千里之外找个替她拿主意的人，好像她竟然不知道最终为自己负责的，只能是她自己。忽左忽右，摇摆不定，更加影响睡眠和智商，简单的事情搞得复杂，一个电话之后，再给她打过去，就永远占线。所以她们的事情总是变来变去，常常节外生枝，最后闹得困难重重，雀屎屙在牛粪上，摊摊越来越大。

从前和平时期，都可为一件小事一句闲话而闹得鸡犬不宁夜不能眠，现在生死攸关，更是要翻江倒海一决胜负，奔走，求人，申诉，手机打得发烫，夜半在街上乘着出租车狂奔，窗外的景致像电影里的人喝醉之后的迷乱镜头，突然不知身在何处，一时竟是当年二十四岁那个夜晚，面临命运攸关的时刻。当年还有个孟建设，宿办合一的甜蜜小黑屋等着她钻，今天呢，偌大个城市，几百万人口，竟无一个强大臂膀让她靠上。泼上全力，也要将此事翻盘。她排着将自己的人际关系梳理一番，从前都是哥们儿朋友，可真的有了事，全都躲开很远，几句话将自己撇清，有的人，干脆就不接电话，付良才更是不愿见她。大难临头时刻，竟然没有一个人挺身而出保她。

无奈之下，想起程局长，距离上一次她发誓再也不去，快两年了，程局长痴情约过几次，软钉子太多，也不再联系。她电话里大约说了几句，说现在过去面谈。几十分钟后，程局长打开家门，看到披散着头发蜡黄着脸的罗锦衣，先搂在怀里，任由她痛哭一番，扶着坐在沙发上，罗锦衣将前后过程细细说了。程局长的脸越来越阴沉，凭着他多年的工作经验，知道网上闹这么大了，事情难办。站起来，在屋子里背着手踱步。罗锦衣仰头盯着他，觉得又回到从前，他还是一个能拯救别人命运的人。他在沙发的另一头坐下来，拿手机打了一个电话，是他从前曾提拔的一个部下，现在市上重要部门一把手。谈了挺长时间，脸色更加阴沉，挂了电话，对罗锦衣说，对方已经从网上知道这件事，答应关注，但事情不好办，正在风头上，而且卢双丽的丈夫跟市上一个领导是亲戚，听说要拿她这件事当典型。罗锦衣似天崩地裂，又是痛哭，他挪过来拥住了安慰，她依在怀中，慢慢又亲了起来，也无须去卧室了，沙发上相互纠扯，她更为主动一些，身体倒了下来。奇妙的是，又自动湿润了，边流泪边缠绵，她产生恍惚，还是当年，这个人还会给她说，放心吧，宝贝，一切都交给我。待了两个小时，夜实在深了，恋恋不舍地告别，她甚至不愿离开他的家，觉得一离开就失去保护。

程局长每天微信问候，叫她保重身体，不要太着急上火。说他一直跟那边联系着，叫他当年部下给局里讲几句话。

实践再次证明，娼妇改变历史。

正是群众路线教育轰轰烈烈展开的势头上，上级领导被卢双丽缠得没有办法，再加上网络势头强大，市上领导亲自过问，于是一纸文件下发：设计院院长罗锦衣在办公室殴打下属，情节严重，性质恶劣。经局办公会研究决定，责令其停职反省，设计院日常工作由书记李海强同志主持。她的名字后面，没有“同志”二字了。

大局当前，谁也不敢在这个时候给她说一句话。付良才那里，电话哭诉，说要当面诉说，他只是不见，只说现在这样，谁也无法了，只能过了这阵再说。谁都知道这是推托，如果不在几天内扳回这个形势——啊，怎么可能扳回呢，上级文件，白纸黑字，那就相当于一个领域内的法律，哪里有出过了、下发了的文件再收回呢？

哪里有上级说，噢，抱歉，我发错了——那就是完全败了。败在没有能够阻止这个文件下发。就像是职务，一旦上去，不会再下来，而现在，一旦让你停职，是不可能轻易恢复的。

程局长还是问候，她再也不愿搭理，她为那天的湿润而羞耻。

镜子里的罗锦衣，突然变作老妇，比她真实的五十四岁，还要老。

躲在家里，再也不愿出门，外面那个世界，是一只大手，将曾经给她的一切突然收回。

除了杜小荣，单位里没有人来看她，连问候电话也没有一个。杜小荣敲开她家的门，将包好的饺子送来，看到她那张跟从前完全不同的脸，不敢多说话，走之前轻声说，院长，凌霄花快开了，已经长出了小花苞。第二天，车棚女人来了，端了一碗大米稀饭，塑料袋里两个素菜，放在餐桌上，让她趁热喝，然后帮她做了一些家务，悄悄走了。外部世界与她一刀切开，那个悬崖，她一脚踏空，跌回到从前，不，若一直在从前，倒也罢了，艰辛与底层是人生的懵懂，大多人都那样过的，不会有痛和耻。身边只有祝新生一个亲人。她头疼欲裂的时候，祝新生坐在床头，给她按摩头皮。她天天躺在床上，专职害病，他买菜做饭，做好了，轻声叫她吃饭，饭桌上，两人都不再提及此事，祝新生只说一些路上的见闻，外面的天气。夜里，她在他怀里，孩子般呜呜地哭。难道，前面几十年的奋斗，都是为着奔向这个结果？千辛万苦得到一切，又突然失手打碎。怀念起教师进修学校的副校长，早知如此，安心在那个位置上干到退休，多好啊。

祝新生上班走后，她怔怔地歪在床上，好半天都不动一下，脑子里将几十年的事情全想起来，没有什么顺序，前三年后五载，一会儿东一会儿西，曾经在公交车上，旁边一个女人抱着孩子，那一岁左右的孩子伸出小手向着她的手机而来，伸到一半，却又缩回，胆怯地看她，再看她的手机。那么小的孩子，也知道要，也知道怯。人在各种要与怯中，纠缠一生，对于那些往前奔着抓取的人，你告诉他前面有个坑，前面是个祸，也没用的，他无论如何要奔过去的，直到他亲自跌足摔疼，才会信了。信了的时候，是晚了的时候。

接下来，为这件事暗中奔忙的，多了一个人，李海强活动一番，致使一个月后，上级再次发文，任命李海强同志为设计院院长，罗锦衣免去院长职务，保留处级工资待遇，为处级非领导职务。名字后面，仍然没有“同志”二字。

程局长打来电话，说这是他那个下属能做的最大努力了，本着爱护干部、批评教育的原则，卢双丽所举报的经济问题、年龄造假问题，因没有更充足证据，都不再追究。

夜里站在窗前洗澡，她仍然不开灯，一边冲洗一边看着都市的灯火。雾气爬上玻璃，城市变作水晶宫，雾气加重，看不清了，莫不是一座化城？玻璃上流下水道道，是窗户在流泪。她突然有了惧怕，如果跳下去，会怎么样？她关了水，一只手扶着窗台，另一只手抹去水汽，向外看了一会儿，城市默默无言，灯火宁静，她抬手将窗户扣上，自己又证实一下，确实拉不开。她感到安全了，赶快冲洗完，迈出浴缸。

伯妈突然到来，在锦波的陪同下。这么多年了，他们从没有主动来过她这里，偶尔被请来住几天，很快就走，说是在城里住不惯。罗锦衣明白，老人是害怕她想不开。在见过世面的儿女面前，伯妈也说不出什么更像样的话，只是劝她不要太难过，你这不算啥，还是处长，工资一分钱不少，啥心不操，比着咱老家的人，强到天上去了。

罗锦衣让伯妈放心，想不开归想不开，她断不会走绝路的，她怎么会死呢，死了每个月几千块工资就没有了，拿啥贴补家里拿啥给你们养老呢？她一定要活着。“回去吧，或者到锦波那儿住两天，我肯定没事的。”她留伯妈在家吃了一顿饭，给了两千块钱——就像他们每次来她这儿一样，不能叫他们空手回家，伯妈说这次不要，她非得要给，强力推让中彼此都迸出了眼泪，伯妈收下了。

每天清早，她从那张洁净的大床上醒来，算一算昨晚睡了五六个小时，真好，睡着就是胜利。隔着厚厚的窗帘，看到过滤的亮光，听到楼下小学响起歌声，小学生闹哄哄地来上学了，欢笑声雀儿一般飞向空中，过一会儿再听到上课的音乐，八点了。她起身拉开沉重的窗帘，下面的小塑料坠碰到墙角，乱响一阵，她心里有轻微的安慰和感激，从前是听不到这声音的。再次躺下来，看天上朵朵白云，悠悠移动。祝新生早上上班走时，将早点给她和优优留在桌上，推开她房门看看，打声招呼。有时候大太阳明晃晃照着，有时候阴沉沉的，天空默默无语。不用再去上班的她开始新的一天。

暑假回来的优优，变成了上海淑女，从前的马尾辫放了下来，削薄了下部发梢那里，成为披肩发。她抱住妈妈，左右两边脸上亲了一下，说："心情好一些，啊！"罗锦衣的脸上被鲜嫩柔软的花瓣贴上了一般，差点落下泪来。

断绝所有社交活动，只在家周围一公里的地方行动，出门买菜，回家做饭。像个真正的主妇一样，细心地干家务做饭，将家里所有的柜子收拾一遍，里面衣服被褥分门别类，放得整整齐齐，优优的衣服从小到大，排列好。从前没有时间做的琐碎事情，现在都耐心去做，她关心祝新生几点回来，想吃什么，给开学走了的优优打电话，问候学习和身体。一家三口从没有像现在这样恩爱，祝新生每天临出门前，说声走了，而天黑之后，她注意听钥匙开门声，将饭菜端到桌上。

上午她去买菜，走在路边的大树下。树叶经历酷夏的葳蕤，变得浓绿，妥妥地洒下阴凉。各式门面次第绽放了自己，卷闸门忽地升起，率先跳出一只小狗。玻璃门打开，主人拨开塑料门帘将一地琐碎清扫出来。一个白净的男人弓着腰身，将小炉灶在光滑的瓷砖地面上推出来放在门口。一个大男人，坐在小饭馆门口择韭菜，大半个上午，他就这样左手倒右手地清理出一堆韭菜，好够得上饺子馆一天用量。罗锦衣得以看清煮饺子的大锅，却原来用铁丝网做了一个十字格，卡在锅里，这样可以同时下四样馅的饺子。利益最大化，不断激发人类的聪明才智。一对卖水果的夫妻，抓紧顾客进门前的时机吵架，说的南方话，听不清内容，只听男的骂女的不要脸，女的说，你妈你姐都不要脸，他们一边吵一边不误手里的活儿，男的奋力将一筐桃搬出来，放在门口，女的背着身，整理货架，将一沓塑料袋理顺放好。罗锦衣有点担心，吵得急了，会不会打起来，那些西瓜甜瓜水蜜桃，会不会遭殃，再一想，不会的。一个接近老年的中年女人，皮肤紧致，发型讲究，爱穿新衣裳，仿佛永远是刚烫的头，才染的发，短粗的脖子那里，总是一层头发楂，尽力向上延伸，好显得脖子长一点。除了冬天最冷的时候，她都坐在小店门外切牛肉，穿牛肉，切牛肉，穿牛肉，路过的人将做证，几年来，她将肉块切得越来越小，好像是考验耐心挑战技艺，直到现在，几乎不见了肉块，只有铁扦子上一抹红，路人先是惊讶一下，然后为了牛肉的细小而不好意思，不忍再看，可她仍然光明正大地在切，在穿，穿好的肉串这一堆，并不比刚才没穿时那一堆铁扦子高出多少。罗锦衣怀疑，这样少的肉，再上炉架一烤，岂不是都没了？眼神不好的，能看到吗？这女人像是城里人，老住户，她身后的家属院里，肯定有一套五六十平方米的单元房属于她，否则她不会如此气定神闲，她身后小店门头上，有几个可爱的字：胖婶烤肉。这胖婶，无疑就是她喽。胖婶总能招引来几个女人，搬了小凳子围着她和她的小案板，跟她闲聊。那些女人有意忽视她手下越来越小的肉粒，她们激烈谈论的，总是与肉粒无关的内容，这使得她每天的工作不再是简单的劳作，而是令人喜悦的谈话节目。天黑之后，胖婶烤肉的摊点，开在家属院门里，五六只小桌子，贴在过道上，这使得她好像接受了全家属院人的支持与保护，她跟每个人都处好了关系。吃她烤肉的人，就像是坐在一个小港湾里，很隐蔽地吃烤肉喝啤酒。包子铺门口的台阶下，一个穿黄色T恤衫，细溜溜后背上写着美团外卖的小伙子——说小伙子把他说大了，只能算个少年吧，十六七岁，瘦瘦弱弱的，坐着吃包子。在上午，他要狠狠地吃饱这一顿才有力气骑着摩托车满世界奔跑给别人送餐。一个男人正在胡辣汤锅前面打电话："右边右边，对，往这儿看，我看到你啦！"在他的前方，一个女人戴着太阳帽，手里拉着一个小行李箱，挂了电话，向男人婀娜而来。待罗锦衣买完菜回来，这两个人坐在小桌边已经喝完胡辣汤，还没有走的意思，面对面坐着说话，那只小箱子像一只温驯的小狗，在女人脚边静静地停着，女人的太阳帽软塌塌地趴在箱子上。一个男人双手乌黑，坐在家属院门口卖核桃，用塑料袋套着，在一个小盆里，新鲜的核桃被他手里的大夹子夹开还不算，皮要抠掉一点，露出里面淡黄色饱满的仁，那些核桃仁好像在说，我都已经脱了衣裳，扒开胸膛，你还不买吗？一个洗脚店门口，领班立在台阶上训话，员工在台阶之下站了两排，前排是女孩，后排是男孩，一律树苗般笔直立着，手臂呈九十度角背在身后。训完话喊口号，领班说一句，员工学一句：理想改变人生，行动改变命运。罗锦衣从他们身后走过，后面的改变，听不到了。

每一个人都活得不易，但都在兴致勃勃地活着。罗锦衣这样穿着丝绸衣，披散着头发，轻轻闲闲地提着菜往家里走的样子，该令多少人羡慕啊！

拉面馆包子铺凉皮店胡辣汤水果摊美容院杂货铺沙县小吃贵妃猪蹄医疗器械按摩踩背……这世上无数条小街中的一条，轰轰烈烈开始了新的一天。她看到几个小女孩在跳皮筋，忆起此生最初的一些场景，也是刚上小学，学校后面角落里的女厕所，呈拐角排列着十几个茅坑，她和小伙伴们每天开开心心地跑进跑出，放学后在厕所门前的一个斜坡上下腰，先是选位置站好一排，身子向后仰，一个人喊，“预备，下”，几双手伸出去，头朝后，缓缓向下，向下，手够着土坡了，四蹄并用，朝前走——也有掌握不好的，嗵的一声屁股和后背着地，后脑勺磕疼，装作不疼，打个滚起来，重来，还要转头看旁边小伙伴，要走得稳，还要走得快，从坡上往下走，好受一些，走到平地上，变得艰难，衣服绽开，肚皮绷得紧紧，肚脐眼露出来，拉成椭圆，像一只眼睛，身体变成一张弓，脖子青筋暴起，看谁先到厕所门口那面墙——向后也就是向前，脚先蹬住，上到墙上，小屁股贴住墙，凉丝丝的，体验即将到来的胜利的美妙，手撑着地，歇息，等待，直到最后一名小伙伴也贴到墙上，齐刷刷一溜，直撑得手腕紧绷，胳膊不停地抖，那个先到达者，喊声“预备，下”，啪啦啦一阵，十几只脚板落地，拍拍手上的土，游戏结束。那个厕所连同这世上的一切，早在她到来之前就存在了，有没有她，它们都在，而我们只认为世界上一切因自己而生，如果没有自己的见证和参与，这世界还有什么意义呢。她几十天没有去单位，设计院的一切竟然照常进行，没有人因为她的离去而有损失。

楼下本有个大市场的，买菜买日常用品十分方便，可是去年拆迁了，变作马路。市场里那些固定摊位，四散而去，那位洁净的卖手工面条的女人，也不知去了哪里。人们买菜，实实的不方便了。

只好去西边一个大商场后面的窄道道，那里有一个非常小的市场，不知什么原因，生意一直不好，一多半的门都关着，只有十几个商户在营业，也都很不景气，好几位干脆将自己摊在躺椅上。只有一个小伙子在忙碌，压面机总是转着，小玻璃柜台里，各种面条摆放成小堆。罗锦衣买两块钱刀削面，他那曾经生过疼疮的手，抓了一把抖一抖，放在秤上，可能多了一点，伸出手想取回，想一想又罢，拿塑料袋装了，快速一系，将袋口那里形成一个圆，麻利地放在玻璃柜上，那个圆口刚好对准罗锦衣的手。罗锦衣给了他五块钱，他从口袋里掏零钱来找，罗锦衣顺口问：生意行不？这地方这么背。那小伙子边将钱往白大褂上衣口袋里装，边投入而神秘地说，还可以。他说这三个字的表情，就像是做了一桩大买卖，一单挣了几千几万的样子。真让人羡慕。这不足十平方米的压面房，冬天冰冷，夏天酷热，也不安任何取暖和降温设施，却装满了他全部的心愿。身体是个无所不能的机器，承受冷热饥困，抵抗病痛难受，只要省钱，没有什么不能做的，可以冷可以热可以劳累可以饥饿可以生气可以孤单。那个卖手工面的女人，可能又在另外一个地方开张了，丈夫在隔挡后面忙着，或者骑电动车跑来跑去送面条，而她站于前台，披一身洁白的面粉，不切面条的时候，她握着双手，矜持地站在案板后，静静地看眼前来往的人。不知会不会对从前的顾客有所留恋。感情不是他们首选的生活。

南边不远处一个大楼的拐角，一对夫妻常年搭了帆布棚子在此卖菜。女人总是低头忙碌，话非常少，男人嘴碎，话多，手忙不停，嘴也不停，还爱放个小收音机，大音量播放豫剧，离大老远都能听到。他给每个顾客耍贫嘴，搞得他这里像个小市场一般热闹。鸡蛋换盐，两不找钱；坐那儿不动，一个月拿几千，还不知足，来来咱俩换，我卖菜也卖烦了，叫我去坐坐你的办公室吧；我的红薯好，保管你吃了还想吃；见罗锦衣自带塑料袋，他说，咦，明天叫你去当环保局局长。说到罗锦衣痛处，不搭理他，他见顾客没有被逗笑，好像自己没有尽到责任，继续贫嘴，高兴点高兴点呗，开心是一天不开心也是一天，你说是不是？

漫长的夏天终于结束，立秋了，天空变得高远，白云悠悠，从天上走过。

她想起车棚里的凌霄花，今年，竟没有去看。现在，会不会全谢完了。

每一个秋天来临，都能感觉到自己又枯萎一些，夏季里被酷热鼓胀着、被汗水浸泡着的身体，在突然安静下来的空气里，像泄漏了的气球，变得更薄一些，更虚一些，起着细密而干枯的皱纹。

扇子有风，拿在手中，有人来借，等到秋冬。小时候，立秋之后，苞谷穗可以掰着吃了，清早煮上一锅，她和锦波吃一天，举着苞谷棒，无意抬头，看到白云在天上扯着手飘过，风猎猎地刮，嘴唇开始干燥，她小小的心里，总要忧伤一回。

她换衣服下楼，要到车棚去看凌霄花。或许已经没有了，我要亲眼看到它们的没有。她在路边走，小街一派祥和，人们各干各的事，各走各的路，一个失足落马的女干部，在这个世上引不起一丝涟漪。她进入那个安静的院子，几年前的那天，打着电话误入这里的那个人，也是她罗锦衣吗？那天的太阳，也像今天这样照着。夕阳在天，人影在地。千秋万代，都是同一个太阳，哪怕眼前的路通向杀头，人们也会不顾一切奔了而去。浓密的绿色之中，竟然还有几朵火红，高昂着头，不屈地绽放。车棚女人亲热地叫姐，给她拿板凳、倒茶水，为着她的气色有所恢复而欣喜。杜小荣上班去了，在罗锦衣已经不是院长的那个地方，杜小荣她爸爸到街上蹬三轮拉货去了。杜小荣在这院子里租了个一室一厅，娘俩晚上回去住，女儿已经是都市白领了，需要起居方便。这车棚里，他们白天做饭吃，晚上只有男人睡在小屋。罗锦衣跟车棚女人对坐着，车棚女人告诉她，凌霄花能开到秋尽，有时候很冷了，还会有一两朵，顽强地开着，好像忘了败似的。说完花，便都不说话了，车棚女人也知道以自己的能力和地位，开导不起她，罗锦衣回想起那一年，她奔院长之前的光景，一颗火热的心，天天燃烧，那时就算全世界都告诉她，没啥好的，前方会有风险，她也不信，什么都拦不住一颗向上进取的心。

休了几个月病假的罗锦衣来到单位，她染了头发，增了皱纹，走路步子轻飘飘的，从前千难万阻减不下来的肥，神奇般地减成功了，连从前的鞋，穿进去都显得大。到单位收拾了自己的办公室，给新院长腾地方。李海强握着她的手，仍然称她为院长，说今后的工作，还需她多多支持。单位人见了她，也还客客气气，称她院长，只问候她的身体。卢双丽刚出自己办公室的门，看到罗锦衣在走廊上，她转身折回，将门关上。

天继续凉。城市里的季节转换，不像乡村那么明朗。记得小时候，某一天清晨醒来，天地寒肃，屋后空地上，一片白茫茫，将昨天干枯的落叶覆盖，低头细看，是针鼻大小的露珠，结成小小的颗粒。手指轻轻滑过，它们温柔地融化了，趴下哈口气，它们顺从地流淌了。转眼之间，它们又恢复了晶莹的颗粒。如此微小的体积，却因数众，足以改变世界。她忘记了妈叫她来屋后抽麦秸的任务，提着个空篮子，痴了般呆立于霜降的大地上。一个男人穿了棉衣，背着手闲闲地走，看庄稼，看天气，一只狗缩着尾巴，跟在他后面。罗锦衣也穿上棉袄棉裤了，昨天夜里妈从箱子里给她和哥哥弟弟找出来的，说明天下霜，得穿棉袄棉裤，她爱给妈拌嘴，说，不穿能咋？妈说，不穿冻着。农村人常年劳作，没有多余的话，每一句都结结实实，一语道出本质。她后来常常觉得，妈这句话，是真理。不穿冻着。不吃饿着。红薯叶子全都黑了，蔫了，趴在地上，她吓了一跳，以为它们死了，急急拽了麦秸，跑回家去。妈说那是霜打的，她不明白，霜是怎么将红薯叶子打黑的，一夜之间，怎就起了变化。红薯的使命，转移到根部，顾不上叶子，老家人说的：

顾不住事了。它们要将热情，收敛在土地里，默默酝酿红薯最后的成熟。再过些天，穿着臃肿的人们将粪耙高高举起，向着鼓起的小堆上猛抓进去，掀开来，它会给人们带来惊喜，养育农村人一个长长的冬季。

路边一间小卖部，几个人在闲聊，一只脏乎乎的小狗在脚下乱钻。一只高贵的牧羊犬，窄长的脸儿，西方人一般，昂首走过，毛发修长洁净。那只小狗仗着自家地盘，人多势众，冲着那只牧羊犬汪汪两声，追着跑出几步，那只白色牧羊犬理也不理，走自己的路。店主人骂小狗，你看你贱不贱，人家又没理你。牧羊犬的主人，是个圆脸青年，优雅一笑，跟狗一起走过。那只小狗嘴里呜呜着，贱兮兮地低着头，走回来。城里的狗，不是乡间的狗那样靠吃屎过活，它们恐怕看见一摊屎会吓得跑远。罗锦衣回到家属院里，迎面相遇一只圆乎乎的灰白色小狗，身上裹着红布衣，跟在主人后面，一瘸一拐地走路，这让它接近于人，似乎有了人类的思考，伤痛让它安静下来，知道狗的一生有所无奈，它小小忧伤的眼睛，看着罗锦衣，欲说还休。

没有结局，就是结局。好像还没有听说过哪个被处理的干部，又被一个通知召唤了去，再次任用的。也没有人要求她去天天上班，从此她与单位的关系，就是每个月卡上到账的工资。

第十六章　重返北舞渡

在北舞渡街里，罗锦衣买了一些点心，割了一大块肉。卖肉的人，好像也是熟面孔。她绿城辗转升迁的这些年，这人日日在此挥动刀斧，跟每个走近大案的人打招呼。刚才，她在桥头下车，先在河边走了一段，沿着当年她和宝珠走过的路。三十年的时光，并没有给这里带来什么太大的变化，树可能换了几代，还是那般粗细，河水瘦了一点，气息如旧，流动的方向和速度，都与三十年前相同，在她一步步走远的时候，这河水依然日夜流淌，永无尽头。被时光砍断的一些东西，又被一只大手接上了，像小时候看大人缝被子，结线头的时候，温柔地绕一个圈，掏出来，拉一下，眼看要用到尽头的线，又变成长长的一根，那个小线疙瘩穿过被子时，她能感到妈妈的手轻轻扽一下，线疙瘩有些小抗拒，还是只得通过了。她曾经为那个小线头，为它的轻轻一扽感到愉快，它们穿过被子后，线头停在一个地方，是棉被开出的一朵小花。时光造成的裂痕，命运挽结的疙瘩，最终在每个人的心里，结出一朵小花。

她表示要一块最好的，那人龇牙一笑说，咦，都好，就这块吧，后腿肉，你瞅瞅，去哪儿找这么好的肉。她会心一笑，价也不问，叫割五斤。上秤一称，五斤八两。他们总会切多一点的，从来不会切少。倒是个吉利数，就知道你不会拒绝。付了钱，转回身，和对面的人同时发出一声惊叫。

当年的张雪芬老师在老年人健忘症的笼罩下，艰难地挣扎一会儿，嘴张几张，终于喊出她的名字。二人拉住手，感慨万千。比三十年前胖出许多的张老师先是亲得不行，非让她去家里不可，将罗锦衣手里提的肉和点心，夺过来放在肉摊上，叫摊主代为看管，二人往马路对面一个巷子里走去。

还没走进院子，罗锦衣就已经得知，张老师那来之不易的儿子，已经研究生毕业，在厦门工作，结婚生子。冬天，他们老两口厦门居住，今年冬里，娘家侄子结婚，她干脆打算在家过年，现在就住在侄子家里。而他们，在县上小区里还有房子，儿子女儿兑钱买的，不在厦门的时候，她和老伴就住在那里。

“哎呀，转眼三十年了，你那时还是个小闺女。”张老师记这个时间当然很准，她儿子多大，也就是多少年了。往事走远，再说当年也不是罗锦衣抢了她的职务，而是先开了她后，罗锦衣补上了缺，所以对省城回来的老熟人，她仍是亲热许多。

“我现在，有退休金了。那事之后，我在家看了两年小孩，然后就带着孩子到处给人当代课老师。哪个学校缺人，我就去哪儿。

后来，他爸爸又找了人，跑了可多路，费了不少事，把我抹去的公职，又还回来了。唉，为了要这个孩儿，也真不容易，他爸爸一辈子都没提拔，临退休都是个一般干部，跟他一起工作的人，后来都是县长、书记啥的，还有一个到市上当领导了，最不中的，都是镇长。”

“那你也值啊，儿子争气，闺女也都挺好吧？”

“嘿，想想也值。嗯，都好着哩。这不是闺女一听说国家要放开二胎政策，赶紧去医院把环取了，第二个月就怀上了，快四十岁了，一天都不想耽误。”

进到院子，张老师的弟弟和侄子出来迎接，将来自省城的贵客让进屋里，火炉边坐着说话。

就像编文史资料一样，几人将北舞渡的过往，排着梳理一回，凡是想起的人与事，都说一遍。当年押解张老师到县城去的那个女人，计划生育积极分子，生了个儿子后，带头做了绝育手术，领了光荣证，成了全县典型，后来当了镇上领导，成天下乡开现场会，教育广大农民，计划生育是基本国策，要坚定不移地贯彻落实。却不想五年前，二十四岁的儿子，马上要结婚了，在北舞渡街上，到对面去喝胡辣汤，叫一个飞奔而来的大卡车卷到轮下，当场死了。孟建设前年高血压，偏瘫在床，儿女在县城给买了房子，他老婆天天伺候，就跟我们一个小区，经常见面。噢，对了，还记得当年的小孙老师吧，娘家是孙拐的，干多少年民办，不能转正，没办法，跟男人到广州打工，先是给商店送货，后来兴超市了，给超市送水产品，慢慢不知从哪儿有了渠道，专卖热带鱼，越干越大，现在全广州的热带鱼，都是从她那儿走的。我儿子前年出差广州，去她那儿看了，妈呀，全世界的热带鱼，啥稀奇古怪的都有，一条就卖好几万，你说妖气不妖气？这世上买啥的都有，也不是吃，回家放到大玻璃缸里，照上灯，就光看，听说那有钱人，光置办好一个玻璃鱼池子，就上百万。

一切都回来了，接上了，罗锦衣觉得，她并没有离开过这里，可那个在城市里奔忙的人，是谁呢？那个在绿城二十五层楼上向南眺望的人，那个常常面对一桌子佳肴的人，如今在哪里？那些悲痛与喜乐，狂热的渴望和极度的失落，真的从心里走过？倒像是一场电影了，演着别人的故事。人与人，原来没有差别的，不管在尹张、在北舞渡从没有挪窝的，还是她这个移动了那么多地方看起来升得高又跌得重的，却原来只是在一个叫作生活的轨道上滑行后退，惊险闯关，鱼跃龙门，有的顺风顺水，安度一生，有的不小心跌倒，伤了筋骨，撕破衣衫。如果当年没有离开，一直守在北舞渡街里，凭自己的业务能力，当上年级组长，甚至小学校长，偷摸多生一个，儿女成双，受人尊重，直到退休，像这里的人一样，吃穿不愁，天天喝碗胡辣汤，也是一生。炉边半小时，人间数十载，在罗锦衣心里，是做了一场长梦。

张老师将她送回街里，肉摊上拿过她的东西，步行向西去。

尹张街里，空空荡荡，见不到一个人。学校新盖了二层教学楼，原来的三排小平房已经不见，她当年的小屋也没有了，成了高高的院墙，刷了白灰底子，画了宣传画：一些孩子在玩耍，几位老人在观看，远处人们在地里割麦子。底下一行红色字体：全面建设社会主义小康社会。她当年在此的所有踪迹，全部抹去了。秋生家从前老院，房屋闲置，院里荒草干枯，他们的新楼，一定是盖在两个儿子新划的宅基地上。站着等了一会儿，一位老人路过，她问，尹秋生家在哪儿？老人说，没这人了。她说，找她爱人。老人说，咦，看哪个楼最大最好，就是他家，可惜呀，楼盖那么好，有啥用？

她倒回村子最东头一个气派的大门楼，坐北向南一个二层小楼，好像是村委会般阔大威仪，中间镶嵌一个朱红大铁门，严严锁着，推一推，纹丝不动。罗锦衣拍了几下，铁门非常厚实，手都疼了，响声依然小，伸耳朵听听，院子里没有一点声音。她退后几步细看，楼房坚固结实，建筑风格显然与一般民居不同。

又来到十字路口，四处张望，忽见学校大门，走出一个姑娘，高高的个儿，粉白的脸，她心突突直跳。啊，是当年的罗锦衣吗？那姑娘走近，两人目光相遇，姑娘冲她甜甜一笑，她问："你是这学校的老师？"姑娘点点头。"快放寒假了吧？"她又问，用的是普通话，那姑娘也用普通话回答她："是的，下周就放了，同学们正在复习，后天期终考试，考完开个班级联欢会，我去北舞渡买些给教室装饰的东西。"那姑娘看出她不是当地农妇，额外地说了一番，落落大方地走过她身边，向东而去。她注视她的背影，那是当年的自己，从这条路上，一次次走向北舞渡。那时的土路已经变成水泥路，农村学校现在已经没有民办教师，都是会说普通话，有教师资格证的师范毕业生。她看着自己在路上走远。她问自己，那么我是谁？她见北边地里，走来一个女人，细细的身影，像一个干枯的竹竿，穿一身藏蓝色运动服，头上顶着细小的卷，手里抓着一把蒜苗。

“在那边地里薅蒜苗，听说有人找我。叫我看看这是谁呀？”宝珠挤着干涩的眼睛，侧着面孔，不断调整焦距，斜着看过来。

“咦，咦。”宝珠认出了她，走到大门前，蒜苗丢在地上，不停拍打自己的手。锦衣走上前抓住了她，将她手中的尘土握在自己手心里。

“你瘦了，脸都变小了。”毕竟不好意思直问：咋，你整容了？但很明显，锦衣的脸和五官有所变化。宝珠从腰上拉出来绳子拴着的钥匙，打开大门，弯腰抓起那把蒜苗，再次回头，激动地看她，两人又拉上手，来到院子里。

对称的两个连体小楼，两个防盗门把守两头。大大的院子，铺严了地砖。东西两边各种一棵玉兰，像城里一样，根部那里，用砖砌了四方格，一个个尖角排列，只露出一方泥土。花苞密集，缀满枝头，默默吸收寒冷，耐心等待长长一冬，酝酿春天的绽放。院子里打扫得挺干净，楼前台阶上，堆着秋天时放在那里的豆棵，落满了土，也不用它们烧火，一直堆放着，只是习惯而已。

“咦，咋能想到！你咋会来了哩？工作那么忙。”宝珠的眼，不知是吃了风，还是含了泪，闪着莹莹的亮光，把锦衣按在沙发上，她要去拔煤火烧水，被锦衣拦下，从包里拿出自己的水杯，刚才在张老师家，灌满了茶水。宝珠说，“小孩他奶奶，这两天到大闺女家去了，就剩我一人，晚上咱俩随便吃点啥。”两人一直避免目光相望，都知道，对方的眼里有了泪花。宝珠借故到房间去，擦了擦眼睛，再出来时，锦衣也打理好自己的脸。

“你咋一点都不显老，你看我老成啥了，跟你一比，咦，真成了老太婆，头发最近也没染，快白完了，你瞅瞅。”宝珠拨拉着自己的头发给她看。

“我也是染的，白了一半子，不染出不了门。”锦衣说。

快三十年了，再没有这样，大段时间只属于两个人，本以为攒了多少话要说，却一时不知从何说起，相互看一下，孩子般笑笑，就扭开头去。

“秋生不在了，你也不告诉我一声。好坏，我还见过他几面呢。”罗锦衣终于打破沉默，“那么能干的一个人。”

“你们都那么忙，就不打扰了，我谁也没说。”宝珠坐在小凳子上，像是在别人家里一样不自在，手不停揉搓着裤腿上的一点土星，“一年多了。去年秋天，回到家，挺了两天，就不中了。不甘心啊，闭眼之前说，对不住我，钱也没有给我留下几个，出去跑二十年，落个一场空。”宝珠缓缓摇头，轻轻叹息，“不愿回来，怕人笑话。你也知道，这农村人，你过得好了，他眼气，你不好了，他笑话你。就这，俺庄上还有人说，不亏他。你说说，人都死了还这样说。你们刚去城里，人生地不熟，秋生没明没黑跑来跑去帮你弄这手续，办那事情，难道就该白忙，一分钱不落你的，才中？”

穿着米色风衣，骑着电动车的尹张俊男尹秋生，行驶在西安的大街小巷，给老家刚出来的人帮忙办各种手续，拉各样托儿，介绍贵人，暗自抽取一定比例的“中介费”。有段时间，他宛若北舞渡周边村庄派驻西安市的代表和精神领袖。

这下，俩小鳖子，谁也别说多了少了。三年前尹秋生站在院子里，看着新起来的小楼，欣慰地说，再挣几年，咱俩也盖一套，好好安度晚年。宝珠说，这么大的房子，还没有咱俩住的地儿？指望咱老了后，能住多大的房子，光扫一回地都使得慌。也就是，看他俩谁敢不叫住，拿棍括他。秋生得意地说。

“我说，回吧，不回咋弄哩？西安再好，不是咱的家。”宝珠坐在空荡荡的大客厅里，对着锦衣，叹一口气。她一个人，有着无尽的时光，反复认证丈夫的一生，算是成功呢，还是失败。说不成功吧，那么多出去的人，就只他干得不赖，一个初中生，吃的却是精明饭，衣食无忧总是说得上的，我俩向来一条心，从没生过气吵过嘴；说是成功吧，却早早不在了，享受不到成功的果实。唉，要是早几年收手，有着十来万，回来胡二麻三过着，身体好着，不也挺好吗？

宝珠平时不与村里人来往，深宅大院，独自出入，现在在南边一个村小学干起老本行。年轻教师到大城市闯天下，说通校长，让她去顶住位置，每月领着人家的工资，算是保留住人家的教师岗位。

“晚上躺那儿睡不着，思来想去，是命。我谁也不怨。”宝珠瘦弱的身体在小凳子上弯曲着，手臂环抱住膝盖。脸上的皱纹一道道，清晰而恭顺地排列。她始终那么安静，这个大院子里，几十年的时光在等待着她。真正的珍珠，沉在海底，被沙子打磨成坑洼不平的麻子脸，而那些又光又圆的珠子，大多是假的。罗锦衣想起二人当年在《读者文摘》上看到的文章，那时她们都还有着光洁的脸。

“有时间去西安转转吧，那儿也是你的家呀，生活了二十多年，你孩儿还在哩，你也不想他？过完年去吧，我也想去西安玩几天，咱俩一起。”锦衣劝她。

“不想着去了，去了看见哪儿，都是难过。祥印在西安谈了个女朋友，明年五一结婚我再去。贷款买了房。他爸在家给他们盖这么好的房子，都不要。一共剩下不到十万块钱，给他俩一人三万五，婆子俺俩一人一万，都存着不动，存折还都交给我放着。靠代课每月的钱，也够俺俩老婆吃饭花销了。过几天到兰州去，俺大姐在那儿，叫我去过年，散散心。给俩孩儿也说了，恁奶奶身体还好，过年都不用回来了，反正也都忙。”

去兰州，要路过西安，她难道，真的不想下车去看看吗？看看她和秋生一起开饭馆的地方，一起收停车费的路段，看看他们租过的房子。

宝珠住在东边大儿子这一套里，婆婆住在西边二儿子那一套里，说是要给两套房子都保留人气。这只是她们的一厢情愿，两个儿子，谁也不愿回来，过年回家待几天，急急火火就跑了。在一楼客厅的后面，一个大房间，宝珠住着，窗外是街里，能听到来往的人声。其余的房间，全都落满尘土。花岗岩楼梯，用花纹玻璃推拉门挡着，若不是锦衣参观，很少拉开。扶手是木质雕刻，二楼房间的外面，是一个大大的露台，兄弟两家相通，露台边缘的金属栏杆厚实锃亮，质量最好的那种。站在露台上俯视邻人和路人，果真有唯我独尊的感觉。院子里的厕所也是对称两个，里面贴了白瓷片，装的冲水马桶，如厕后一按，水哗地冲走。宝珠说，有一个粗大的百米长的管子，埋入地下，排到村子南边的坑里。在农村，最难解决的是下水道问题，好多人家房子盖得漂亮，污水还在自家院里流淌，而秋生，将这一切都解决了，他家跟城市里的别墅一样，污水通过管道，从地下流走。这座当年让村里人眼气得骂人的楼房，直到现在，也没有被超越。

“这么好的房子，他也没有住过几天，在西安，还是租的房。秋生这人，唉，要是给人家送钱、送礼，那，可大方了，几千块钱，都不眨眼，轮到自己，舍不得花，连吃饭都抠搜。路边看车，有时候带个馍，就着开水，就算一顿饭。光叫我每天喝一包奶，说年龄大了，得补补钙。跟前饭馆里一碗面条八块，几百米那边饭馆，一碗六块，可是跑到那边，费了时间，可能就少收一个车的钱，咦，这咋弄哩？还可为难了一阵……”宝珠疼惜地笑了，好像往日重现，秋生就在眼前。

“有时候上着课，就走神了，黑板上写错字，还不知道。底下小孩说，老师，你那个字写错了，忽悠一下醒过来。”

宝珠要起身做饭，锦衣说：“不饿，刚才在张老师家，吃了点鸡蛋糕。咱俩出去走走吧，走到北舞渡街里，看吃点啥。”

宝珠锁了门，两人出村，穿过东边小贾庄的街里，几乎见不到人，几座蓝砖老房子用大锁头锁着，废弃在那里，院墙倒塌，院里枯草齐腰，宁静得脚底的细土摩擦声都能听到。向东走去，来到大路上。从这里向北再走二里地，就是北舞渡，从北舞渡向东十五里，能到县城，当年二人去上学的路，还在那里静静躺着。没有更多的话，慢慢地走。当年，两个喝完胡辣汤的姑娘，拿出手绢矜持地擦了嘴后，抢着掏钱，四只手臂，推来挡去，成为北舞渡街头的风景。大眼睛黑脸膛的老板替她们解决了问题：一人付一回妥了呗。

“卖胡辣汤的，现在可能换成那人的儿子，或者孙子了吧。”锦衣说。

“有可能，三十多年了。”宝珠说。还是像从前一样，锦衣先说起一个话题，宝珠跟着附和。天暗了一些，二人觉得她们正沿着时光的来路，倒向回走，那两个迷茫、忧愁的少女，来到面前。地球悠悠转动了一下，安静的大地轻轻颤抖，这也像多年前一样。一直走下去，能回到当年吗？夕阳的最后一缕余晖，被大地的布袋收纳。北舞渡就在眼前了，好像为了迎接二人，亮起了几点淡淡的黄色灯光，是大地温柔的眼睛。二人想起过去，那时从远处看到北舞渡的灯光，心中充满向往。

地球又轻轻转动一点，大地和村庄坠入一幅昏暗不明的图画。

罗锦衣电话响，设计院办公室副主任王娟打来，还是叫她院长，说：“今天，卢双丽到我家来，坐了半天，想让我出面请你，一起吃个饭，她要向你赔礼道歉。她很后悔，当时真不该意气用事，一条道走到黑，害得你丢了位置。想想你从前对她的好，她心里难过得很，哭得可伤心了。希望你给她一个道歉的机会。院长你看年前哪天有时间，一起吃个饭吧。”

罗锦衣拿着手机，听着几百里外的声音，那曾经迷恋向往的滚滚红尘，喧哗与骚动，阻隔在另一个世界，眼前是陷入昏暗的苍茫大地，风吹过一下冷透，点点村庄，取暖还是问题，人们收缩了自己，从早到晚，室内室外，穿得一样厚实。而城市里那些莺歌燕舞，人事纠纷，真的在她身上发生过吗？或许那一切，都是个梦，而她，没有离开过北舞渡，她还是当年那个和宝珠一起走在通往县城路上的卑微少女，能在北舞渡当个老师，有个城镇户口，就知足透了。

“王娟，请你转告卢双丽，我早就原谅她了，叫她别难过了，吃饭嘛，也不必要，还在一个单位，抬头不见低头见。她把我照顾得无微不至，我打了她，也是我不对，应该向她道歉，相互抵消吧。别这么说，没有人能害得了我，是我自己走到了这一步。我现在，都接受了，一切都挺好的。”

又进行了几个来回地对话，她试图叫王娟明白，她不是赌气，而是真心。宝珠只在一边静静地听，锦衣给电话里说的是普通话，那些话的内容，是另一个世界的，不属于她俩之间。宝珠将头扭到一边，落下了半步，表明没有在听她的通话内容。

罗锦衣手指冻得冰凉，好容易挂了电话。刚才在家里，她一直听宝珠说着秋生，也或者她没有勇气，说起自己的事，此时，她用了她们的家乡话，对宝珠说："我叫人家，抹下来了。"

不再愤怒，不再冤屈，当然她没说真正原因，只是说，因为工作上的矛盾。好像是讲着别人的故事，她问自己，那个人，真的是我吗？怎么会那么激动，那么疯狂，从哪里来那么多的热情呢？二人继续走，又不说话了，只在心里默默追寻当年。时光真是个谜，有时那么漫长难挨，有时又是眨眼之间一闪而过。三十多年的路程，又接续起来，身边的人，不知年轻还是苍老，怎么还能从对方脸上，看到十八岁的神情。

前方北舞渡的灯光，已经清晰可见。穿过这条长街，路过那些包子铺胡辣汤油馍锅肉案子，还有那些她们认为没有其实早已驻扎的保健品代理化妆品商店手机贴膜电商网吧时尚发廊婴幼用品产后恢复，走过那座大桥，踏上去往县城的路，会不会走回从前？有两个少女，正从三高走出校门，向着她们而来，她们能否在路上相遇。

不时有小轿车从身边驶过，两人贴着路边走。一个老妇，弯腰从路边小道上走出，手里可能抓了一把捡来的豆子，握成一个松松的拳头。看到她二人，站下来，呆呆地瞅，好像等她俩走近，被灯光完全照亮，她要看看是生客还是熟人。

黄昏前的最后一缕天光和北舞渡的灯光交融，老妇皱纹堆积的脸，苍凉而慈悲。锦衣和宝珠转头对视，心里一惊。时光老人在设置我们的生活时，常常动用了一些特殊手法，拼接闪回，倒带定格，人生某些场景，是否会重新上演？

三十多年前那个秋日黄昏里的老人，想必早已化作泥土，就在这附近不远的地方吧。

那么这位大婶，她又会说什么呢？她的身上，有没有藏着一个枯皱了的苹果？

2015年5月31日—2017年9月25日　一稿

2017年11月30日—12月23日　二稿

2017年12月24日—2018年1月15日　三稿

2018年4月15日—5月6日　四稿

2018年6月7日—7月10日　五稿

代后记

罗锦衣是谁?
——本书编辑与作者的微信对话

2018 年 7 月 6 日

编辑 周老师，我家小朋友跟姥姥在济南生病了，我正在火车上。书稿韩老师也看完了大部分，我看完第二遍跟他讨论过，虽然我不喜欢罗锦衣这个人物，但还是深深折服于周老师的才华，尤其是小说细节处的层层铺陈，常常让我读得酣畅淋漓。锦衣和宝珠两条线索，从篇幅来看，前者比后者多出了约三分之一。我们之前建议两部分均衡一些比较好，我分析了一下，感觉锦衣的故事情节并不比宝珠复杂，只是作者用力更多。我的阅读感受是，宝珠的故事是以第三人称视角娓娓道来，锦衣更像是第一人称叙述，读者可以跟随作者的笔触，走进人物内心深处，似乎也是这一部分时时深挖的人物内心和价值观呈现得过于充足，占了不少篇幅。我们主要的建议是：这一部分内容是不是可以压缩一点，或者表达含蓄一些？一些她对世道人心的看法，通过人物行为也基本表达出来了，作者直接跳出来说，容易让人误以为是作者的价值判断，这也是咱们上次提到的，作者对这个人物肯定是持批判态度，又似乎因为行文过程中陷入这个人物的逻辑太深，给读者带来津津乐道的错觉。我们很看好您的写作，希望不留遗憾，这部作品不是简单的一个女人、一个小人物的奋斗史，更是一个时代的画卷。作家的野心应该也不止塑造两个女性，而是更想呈现一个大时代的众生相。作者的立场尤其重要，上边提到的问题不知您这次修改是否已经做了调整？具体细节和字句问题不多，我这边编校的过程中随时跟您商量，可好？

作者 文学真是奇妙，罗锦衣这个人物一开始我也是不喜欢，讽刺的笔法，把她当成一个反面来写，可是写着写着到最后非常理解她惋惜她。被她身上那种灼热的渴望和对生活的情痴打动。所以落马之后我又用很多笔墨描写她从痛苦中一点点弥合拯救，最后回归于生活。

2018年7月8日 深夜

编辑 发现那天在火车上回您的信息没有发出：
我也是第二遍阅读才更能理解罗锦衣，您也写出了她的无奈、她的盲目的热情、她的情义，甚至她对爱情的渴望，只是这一切都抵不过她为了向上爬毫无保留地随时奉献自己。开始有点不太理解，吃上了商品粮，为什么还不断地拿自己去交换？虽然从人物逻辑来看，更高的职位和到省城意味着美好生活，但是牺牲未免太大了。读到后来我又慢慢理解了，这个女人身上有强悍的生命力，向高处的目标冲刺似乎成了她生命的唯一意义，因此衰老的到来让她感到恐惧，最终从高处跌落。即使我们定位她是个反面人物，也不能忽视她的复杂性和丰富性，这更动人。目前小说已经做了微妙的呈现，不过也确实感觉这个人物并不受作者控制，她一直紧紧抓住自己的命运，在自己的逻辑里往前冲，所以有时会让人感觉，这个人物像是作者第一人称自述。

作者 可能我太理解她了。人其实是由着自己的欲望一直前进，她有强悍的生命力，定要不停地消耗自己。

已经删除你说的那些过于发散的议论和感悟。快弄完了，过两天就发给你。

我们说她交换自己不如说她本身热力强大欲望强盛。我们身边常有这样的人，什么也不为什么也得不到，就是一天到晚乐于交际活力四射。我后来分析可能是她自身精力旺盛需要排解，她依赖这种生活。

编辑 是不是社交本身也能使人兴奋上瘾？

作者 是的，写到她在社交场合那种陶醉，是真开心啊，全身心地投入。后来想可能是小地方人刚到大城市，一切都新奇，这是她向往的生活。

编辑 是的，罗身上一直有一种小地方人对大城市的征服欲和满足感。

作者 其实罗这样的女人在生活中很多，你看不到罢了！你那么优越，一开始起点就很高，想要的基本都在眼前，可是你想没想过底层的人怎么上来？比如一个乡镇的人想到省城去过体面的生活。这个愿望并不过分。可她没有任何资源，只有她的身体。

孩子好了吗？早点休息啊，关于小说还有机会交流。

编辑 我就是死学习从乡下考来的，所以现在也只会闷头工作。孩子不烧了，疱疹性咽峡炎，我还在回京的火车上，安啦！

2018 年 7 月 10 日

作者 最新稿发给你，改动蛮大的，四到六章那里，分开了一章，并且前后顺序调整了。又整理一遍，你说的那些过多议论和罗的感悟，删去了四五千字。

之前你发来韩老师意见，我理解错了，以为是要表达作者观点。后来仔细看了你的意见，知道是隐去作者观点，更多地让人物自身说话。

罗这个人物，我十多年前就想写，听到过这样的女人的故事，观察到生活中的各种人，那时年轻，对这种人不齿，愤愤不平，其实也是想写人生和命运的荒诞。两个起点相同，差不多条件的女孩，对自己的身体选择不同，就差距那么大，一个单纯老实，就一直在人生低处，一个出卖了自己身体，就一步步爬高。本是想批判这个人，把罗写成一个欲望强烈，同时又缺点心眼的人，不能让她有好的下场。但在写作过程中，一点一点被她吸引、感动了，她身上那种强劲生命力和强烈渴望，让人不得不佩服。到后来觉得世上确实有了罗锦衣这么一个人，生活中看这个也像她，看那个也像她，甚至，我也变成了她，不由自主感情就站在她的一边，这就是你说的自述性质。所以最后她掉落下来的时候，我也十分心痛，我愿意再写那么多，陪着她在现实生活中一点点复原伤口，不断向后看，慢慢找回自己。真的是好像我自己受了伤痛又慢慢愈合的一个过程。我想，真正优秀的文学作品，应该包容所有人的缺点和不足，甚至卑下卑微的一面，我们每个人身上，都会有她的影子。比如《红楼梦》，其实我们都有林黛玉的一面，又有薛宝钗的一面，也有王熙凤的一面，甚至我们也有贾瑞的那一面，欲望不可自制，只好走向毁灭。就像贾瑞最后，道士送给他镜子，让只照骷髅那一面，病就会好，听起来这不是很容易吗？可就是做不到。这恰是我们人类的写照。你说的篇幅问题，其实两人各占的差不多，之所以感觉罗这里多一些，是她的故事太强烈太主观，而宝珠那里比较平静客观，宝珠太平凡，人物太扁平了，所以我主要写她丈夫秋生，秋生的性格也就是她的命运，这也脱离了许多作品写两个女性的旧套路。

写这个小说和出版这本书，对我们来说都是一次成长，反正我是觉得，跟着罗锦衣，又活了一遭。

下面就交给你了，有问题随时沟通。

编辑 辛苦罗老师了！不对，是周老师。（笑）

关于篇幅，我是数了页数统计的，罗的比其他人加起来都多，不过关系也不大，也体现了作者对人物的偏爱。我还处在周老师多年前的心态，不过也接受了罗这个人物，并且不那么讨厌她了。

已经读了两遍，至少还得再读两遍，跟着她再活两遭。

作者 读了这么多遍呀，真了不起，工作如此扎实。记着用新版本就是。

相信你会理解她，最终爱上她。

编辑 那您先歇一歇，再写个后记啥的呗！说说为啥读到的人会爱上锦衣。

一直在想书里那个罗老师，感觉她越来越近了，可能她一直在周围，只是我没有多看一眼。

作者 遍地罗锦衣。

2018年8月8日，关于封面

作者 总之要有个性，艳丽、深沉都好，不要陈旧和暧昧不明。

编辑 是的，要有生命的力量，还得洋气。

作者 对对，生命的力量，你把这个小说理解到位啦！！

编辑 我更懂那个罗姐姐了。因为她的生命力使这部小说更绚丽，虽然她没有做惊天动地的事，但是小说里其他人物跟她相比黯然失色，尤其是那些男人。

作者 罗锦衣身上有一种蛮力，像个精明又愚蠢的孩子，雄心勃勃要向这个世界进发，到最后我们不得不佩服她，疼惜她，甚至最终爱上她。尤其她失败了，所以更加悲情。

编辑 嗯呐，她真的是用尽她的蛮力与世界搏斗，虽然手段并不高明，但是义无反顾。

作者 小说的魅力就是写出有时代符号的人，比如石一枫的陈金芳。而罗锦衣她们，都是这一类人，可爱又可悲。

编辑 我同时还在看书稿《好日子就要来了》，这个主人公跟陈金芳一样是女性个人奋斗者，后来看《日近长安远》，又来一个更强悍的奋斗者。

作者 强悍。咱们现在开始给罗锦衣找几个词吧！

罗锦衣——一个强悍的个人奋斗者；长安远——一部当代女性成长史。

编辑 是这个内核，就是个人奋斗和成长史诗这俩词有点被用滥了。

作者 那再想想。东方女于连？

都是悲剧哈，一个杀头，一个丢职。

编辑 都很强悍。

作者 还有人提过黄粱一梦。

编辑 秋生夫妻很让人心疼，人物也很典型。咱们这个书，格局更大，不是一个人的史诗，两条主线是两条河流，承载着时代的波光流进大海。

作者 宝珠是纯洁得像水一样，也没什么可写的，单纯善良有时是可悲的。就像王熙凤和尤二姐，凤姐可爱又可恨，尤二姐就很可悲了，随波逐流，任人宰割，属于那种胸大无脑的美女，想想也有点活该。其实秋生和锦衣是一类人，对生活有自主性，都挺可爱的。
秋生夫妻俩的纯洁爱情蛮美好的，你喜欢的那种。

编辑 最喜欢的是秋生像大白鹅这个神来之笔。
为什么小说里没有一个理想的男性？

作者 我也反思了自己，好像我的小说里没有一个太像样的男人。

编辑 也没有真正的大坏蛋啊。

作者 可能这才是生活，没有高大形象，也没有大恶人。

2018 年 8 月 22 日

作者 我刚才查看微信对话，想粘贴我的话用于后记。突然有个想法，咱俩的对话就是最好的后记。

编辑 啊！我都是随便那么一说，您抬爱了。

作者 从你在火车上那一大段开始，一直贴完，觉得这真是一个生动的后记，比我一个人在那里喋喋不休好多了！
从中可见编辑的甘苦和敬业，你对人物的理解，一点点在变化。
就这样做吧！一个别出心裁的后记。

图书在版编目 (CIP) 数据

日近长安远 / 周瑄璞著. — 北京 : 北京十月文艺出版社，2019.6
ISBN 978-7-5302-1904-1

Ⅰ. ①日… Ⅱ. ①周… Ⅲ. ①长篇小说—中国—当代
Ⅳ. ① I247.5

中国版本图书馆 CIP 数据核字 (2018) 第 275009 号

日近长安远
RI JIN CHANGAN YUAN
周瑄璞　著

出　　版　北京出版集团公司
　　　　　北京十月文艺出版社
地　　址　北京北三环中路 6 号
邮　　编　100120
网　　址　www.bph.com.cn
发　　行　新经典发行有限公司
　　　　　电话 010-68423599
经　　销　新华书店
印　　刷　北京盛通印刷股份有限公司
版　　次　2019 年 6 月第 1 版
　　　　　2019 年 6 月第 1 次印刷
开　　本　880 毫米 ×1230 毫米　1/32
印　　张　11.125
字　　数　229 千字
书　　号　ISBN 978-7-5302-1904-1
定　　价　49.80 元
质量监督电话　010-58572393
如有印装质量问题，由本社负责调换。